後宮星石占術師

身代わりとなるも偽りとなることなかれ

清家未森

JN110067

23456

角川ビーンズ文庫

CONTENTS

人物紹介

CHARACTERS

周《しゅう》翠《すい》鈴《りん》

商家の娘。
星石を用いた占いが得意。
「善行の虫」と呼ばれるほどのお人好し。

後宮《こうきゅう》星石占術師《せいせきせんじゅつし》

身代わりとなるも偽りとなることなかれ

李《り》明《めい》星《せい》

翠鈴が街で出会った青年。
采国《さいこく》の皇太子で、
病弱ゆえに二十歳まで
生きられないとされている。

隼《じゅん》

周家の使用人。
翠鈴の護衛も兼ねる。
ツッコミ気質。

小《しょう》璋《しょう》

後宮秘書官の小間使いと
名乗る少年。
翠鈴を手助けしてくれる。

蘭《らん》妃《ひ》

軍機省長官の父を持つ
後宮の妃。
意外と面倒見が良い。

蓮《れん》妃《ひ》

財務省長官の父を持つ
後宮の妃。
現後宮で一番位が高い。

藤《とう》妃《ひ》

大豪族の令嬢である
後宮の妃。

桜《おう》妃《ひ》

大貴族の令嬢である
後宮の妃。

萌《ほう》春《しゅん》

翠鈴の姉で太子の初恋の相手とされるが……。

本文イラスト／ボダックス

かつて地上には、神仙《しんせん》と人とが共存していた。
天界を治める玉皇大帝《ぎょくこうたいてい》の命により、神仙が人の世を去り、幾千年《いくせんねん》。
神仙界に上った者たちは伝説となり、廟《びょう》に祀《まつ》られ、信仰《しんこう》される存在となった。
神仙は山に棲《す》んで人界に下りず、人は深山に踏《ふ》み込まず神域を侵《おか》さない。
互《たが》いに関《かか》わらず、深入りせず――今では双方《そうほう》は完全に分かたれている。
それでも、境界を越《こ》える神仙がいないわけではない。
里へ下りて人を助ける者。その逆に悪さをする者。眷属《けんぞく》を超《こ》えて恋情《れんじょう》を抱《いだ》く者――。
『おまえ、二十歳《はたち》まで生きられないわね』
貴人の息子《むすこ》に堂々と予言する者も。

しかし境界を越えるのは神仙ばかりではなかった。
神を唆《そそのか》し、操《あやつ》り、呪《のろ》いをかけさせ、祟《たた》りを起こして人心を翻弄《ほんろう》する――。
そんな人間たちが王朝の運命を左右し、皇宮を跋扈《ばっこ》しているのである。

序　太子の初恋

——太子が乱心した。

その発言を聞いた時、朝議の場にいた誰《だれ》もがそう思ったに違《ちが》いない。

「……た、太子よ。それは……もちろん、戯《ざ》れ言なのであろうな？」

そう思った筆頭であろう皇帝《こうてい》が、おそるおそる訊《たず》ねる。即位《そくい》以来、采国《さいこく》の頂に君臨し時には修羅場《しゅらば》もくぐり抜《ぬ》けてきた彼だが、今その強面《こわもて》には動揺《どうよう》が浮《う》かんでいた。

彼だけではない。皇后も、居並ぶ朝廷《ちょうてい》高官たちも、閉じられた紗幕《しゃまく》の向こうをなんとかして窺《うかが》おうと必死に目を凝《こ》らしている。

やがて、紗幕越《ご》しにくぐもった声が返ってきた。

「本気で申しております。私には忘れられない初恋の人がいるのです。ですから煌《こう》の公主とは結婚《けっこん》できません」

二度目となる宣言に、その場はいよいよざわめいた。やはり聞き違いではなかったと判明したのである。

「お、恐《おそ》れながら、太子殿下《でんか》。煌との婚姻《こんいん》は国と国との問題でございます。そういった理由でお断りできるようなことではございませぬ。どうか冷静に、お考え直しください」

「そ、そうだぞ。そなたもこの国の太子なら定めをわかっておろう。先日公主との縁談《えんだん》を持ちかけた時には快諾《かいだく》したではないか。なにゆえ急にそのようなことを言い出すのだ」

さらに動揺した宰相《さいしょう》と皇帝に口々に言われ、紗幕の向こうは沈黙《ちんもく》した。

どんな答えが返ってくるかと、一同は固唾《かたず》を呑《の》んで見守る。

皇帝の一粒種《ひとつぶだね》の男子として生まれ、それこそ蝶《ちょう》よ花よと朝廷総出で慈《いつく》しみ守り育てた太子。生まれつき病弱で今この朝堂でも紗幕の向こうで横になっているほどだったが、賢《かしこ》く優《やさ》しく温厚《おんこう》で、親を敬い臣を労《いたわ》り、非の打ち所がない青年に成長した。そんな彼が初めて逆らったのである。しかも、隣国《りんごく》との縁組《えんぐみ》というこの上なく政治的に重要な局面で。

頼《たの》む。気の迷いだったと言ってくれ——全員の目がそんな思いで血走っているのも無理はなかった。

その思いが届いたのかどうか。くぐもった声がため息まじりに返ってきた。

「……わかりました。采国のためです。縁談はお受けします」

ぱあっと一同の顔が輝《かがや》く。

「ただし条件があります。それが叶《かな》わねば結婚はしません」

ぎょっと一同の顔が引きつった。

「条件とな？　一体、何をせよというのだ？」

皇帝の問いに、待ってましたとばかりに答えがあった。

「彼女に――初恋の人にどうしても会いたいのです。一目でいい。それさえ叶えば心残りはありません。何も言わずに煌の公主と夫婦《ふうふ》になります」

「……わ、わかった。そこまで言うならば叶えてやろう。して、その娘《むすめ》はどこの誰なのだ」

「それはわかりません。嫋《たお》やかで美しい人だったとしか」

あっさりとかわされ、皇帝はがくりと肩《かた》を落とす。それだけの条件で国中捜《さが》せというのか。見つかった頃《ころ》には煌との縁談など空の彼方《かなた》に消え去っているだろう。

「太子よ……。乱心するのも大概《たいがい》にせよ。そなたが背に負っているものがどれほどのものか、忘れたわけではないだろう」

さすがに皇帝は厳《いか》めしい声をあげた。普段《ふだん》は溺愛《できあい》している一人息子とはいえ、国事をなげうってまで甘やかすことはできない。今こそ皇帝の威厳《いげん》を見せる時である。

空気が張り詰《つ》める中、太子の返事を待って一同は上目遣《うわめづか》いに紗幕を見つめたが――。

「――忘れてはおりません。皇帝陛下」

ふいに、さっと紗幕が引かれた。

休んでいたはずの太子が機敏《きびん》な動きで寝台《しんだい》から下り立ったのを、誰もが驚《おどろ》いて見上げる。

そして――全員があんぐりと口を開けた。

「彼女と……萌春《ほうしゅん》との再会を願うのがそんなにいけないことでしょうか。それさえ叶えば太子の責務をまっとうすると申しておりますのに」

凛《りん》として言い放った太子に、皇帝は震《ふる》える指を向けた。

「たたたた太子よ、そなた、その顔は……っ」

そこにいたのはいつもの白皙《はくせき》の美貌《びぼう》の太子ではなかった。

いや、太子なのだろう。……顔が隠《かく》れているから見えないだけで。

やけに声がくぐもっていたのはこのせいか——と呑気《のんき》に思っている場合でないのは確かだ。

やはり乱心としか思えないいでたちを見て舌も回らぬ父に、太子が淡々《たんたん》と会釈《えしやく》する。

「私は正気です、皇帝陛下」

ふーっ、と皇后が失神した。

慌《あわ》てて支えた官吏《かんり》たちは一様に真っ青になっている。もちろん皇帝も例外ではない。

真面目《まじめ》な太子が生まれて初めて見せた奇妙な恰好に度肝《どぎも》を抜かれ、絶句し——。

やっと事の重大さに気づいた彼は、ただちに勅命《ちょくめい》を発した。

「さ……捜せっ、捜すのだ！　草の根分けてもその萌春とやらを見つけてまいれーっ‼」

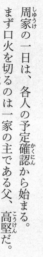

一　迷子と勅命

周家《しゅうけ》の一日は、各人の予定確認《かくにん》から始まる。

まず口火を切るのは一家の主である父、高堅《こうけん》だ。

「今日は朝から秦様《しん》の接待で湯治へゆく。ようやくあの御仁《ごじん》の意にかなう温泉が見つかったのだ。あれを探すのにどれだけ手間と銭を使ったことか……。賄賂《わいろ》代わりにしても高くついたが、まあよいわ」

朝食の最中も傍《かたわ》らの頑丈《がんじょう》な箱を彼が離《はな》すことはない。この世で最も愛してやまない銭が詰まった宝物なのだ。地元の役人に取り入って下されたという瑠璃《るり》の酒杯《しゅはい》を傾《かたむ》け、口髭《くちひげ》をしごくその様は、芝居《しばい》に出てくる悪役のごときふてぶてしさである。

「ククク……、腰《こし》だの膝《ひざ》だの痛いと言っておったからな。存分に療養《りょうよう》させてやるわい。見返りに県北の薬種の商《あきな》いは全部わしがいただく。これで周家は安泰《あんたい》じゃ！」

台詞《せりふ》までもが悪役そのものだが、家族の誰も特に突《つ》っ込むことはない。接待だの賄賂だのと言っているが大した悪事をしていないのはわかっているからだ。もしそれができていれば周家はもっと金銀財宝にまみれた豪勢《ごうせい》な暮らしをしているはずなのである。

次に、母の静容《せいよう》が事務的に述べる。

「わたくしはいつもどおり、帳簿《ちょうぼ》付けと家中の銭を数えた後は内職に励《はげ》みますわ。納期が今日明日中に四つ重なっていますので」

大豪商《だいごうしょう》めざして小細工をしまくる父と違い、堅実《けんじつ》で現実派な彼女は、家を守りながら数々の内職を経験してきた。その器用さと仕事の精緻《せいち》さ、そしてお得な内職先の情報網《じょうほうもう》などから今では近隣《きんりん》の奥さんたちに『師匠《ししょう》』と呼ばれるほどである。

「隼《じゅん》。おまえも今日はお仕事があります。楊《よう》様の奥方様からお招きよ」

続いた静容の言葉に、給仕《きゅうじ》をしていた青年が振《ふ》り返った。

「え、俺っすか。楊様って、このまえのお金持ちのおばさまっすよね」

ぞんざいな口調の彼は周家の数少ない使用人である。道を歩けば誰もが振り返り感嘆《かんたん》のため息をもらす――というと大げさだが、目立つ容姿なのは確かで、今やどこそこの役者より美形だと街で噂《うわさ》になっているらしい。もちろんそれを利用しない周家ではなかった。

「おばさまではなく、おねえさまとお呼びなさい。おまえのことをお気に召《め》したそうよ。褒美《ほうび》は弾《はず》むから一日つきあえと」

「ええー。いかがわしい仕事なら遠慮《えんりょ》したいんすけど」

「何を怠惰《たいだ》なことを！　色男に生まれた分際でそれを使わんだと⁉　罰《ばち》あたりめが！」

面倒《めんどう》くさいという内心を隠そうともしない隼とそれを叱《しか》りつける高堅を流し、静容が冷静に続けた。

「お友達のご婦人方を呼ぶので茶会に同伴《どうはん》せよとのことです。おまえのことを自慢《じまん》なさりたいのでしょう。ご婦人が喜ぶ台詞集をまとめておきましたから、持ってお行き」

「仕方ないっすね……。まあ褒美が出るんならいくらでもしゃべり倒《たお》しますわ。いただいた分は後で蔵に入れときまーす」

「うむ、それでこそ周家の使用人である！」

近頃《ちかごろ》は良家の奥方の間で、気に入りの役者の追っかけをするのがはやりらしい。役者ではないのにそれに近い扱《あつか》いをされている隼だが、自身も見目の良さを自覚しているため何も抵抗《ていこう》がないようで、周家の財が増えるならと当然のように〝仕事〟を受けているのだ。

「あ、でもそうなるとお嬢様《じょうさま》のお供ができませんけど。今日も占《うらな》いに行かれるんすよね？」

思い出したように隼が言い、父と母の視線が向く。

「そういえばやけに静かね、翠鈴《すいりん》」

「腹でも壊《こわ》したか？　ならば今日は金儲《かねもう》けはよい、寝《ね》ておれ」

口々に言われ、翠鈴は羹《あつもの》の椀《わん》を置くと、きりっと顔をあげた。

下町で細々と営む商家に生まれ、広く商いの手を伸《の》ばし一代で中流へと成り上がった父。邸内《ていない》に存在する銭の数を一枚も漏《も》らさず把握《はあく》している母。稼《かせ》いだものは頓着《とんちゃく》もせず主家の蔵にすべて入れてしまう隼。そして、ここにはいないが金目のものに目がない〝姉〟。

全員がお金大好き、仕事も儲《もう》け話も大好きなのだが、人道にもとる悪事はできないせいなのかいまいち発展しきれない――そんな周家の娘として、最後に自分も宣言しておかねばならない。

「寝るなんてとんでもない！　お腹《なか》を壊している暇《ひま》なんかないわ。今日の仕事の段取りを考えていたのよ」

商売道具である巾着《きんちゃく》を卓《たく》に載《の》せると、玲瓏《れいろう》たる音がした。翠鈴の大好きな玉《ぎょく》の音色だ。

「さっき占ったんだけど、今日の吉方《きっぽう》は戴《たい》様のお屋敷《やしき》のあたりなの。あのへんは人通りも多いし、目に留まりやすいでしょ。きっと依頼《いらい》もたくさんくるはずよ」

「戴様って、あの大金持ちの？」

「そういえば……ご子息が家出をなさったとか小耳に挟《はさ》んだけれど」

隼と母が何気なさそうに言ったとたん、父の顔が輝いた。

「ほう！　さりげなく街一番の素封《そほうか》家を狙《ねら》うとは見事じゃ。恩を売って稼ごうという魂胆《こんたん》じゃな！　さすがは我が娘《むすめ》よ」

いきなり金目当て扱いされ、翠鈴は憤慨《ふんがい》した。

「失礼ね！　わたしはそんな不純な動機で仕事しないわ。そりゃ確かにお金は大事よ。でも世の中それだけじゃないでしょ。相手がお金持ちでもそうでなくても関係ないわ」

「わかっておるわかっておる。情けは人のためならず。助けた貧乏《びんぼう》人が後々出世して金持ちになるかもしれんしな。人を助けるのは良いことじゃ。対価は出世して後に搾《しぼ》り取ればよい」

「搾り取りません！　なんてことを言うのよ。情けは人の云々《うんぬん》も使い方がおかしいでしょ」

人でなし発言を連発する父に、翠鈴はますます目をむいた。

「戴様のご子息のことはわたしも聞いたわ。お母君はとてもお嘆《なげ》きだっていうし、お気の毒だからお力になれればいいなとは思ってる。でも報酬《ほうしゅう》目当てに押しかけようなんて夢にも考えたことないわ」

「なっ……、わしの娘ともあろう者が、なんという甘えん坊《ぼう》な！　仕事の対価はきちんとせしめる、それが商人の常識じゃ！」

「わたしはお金儲けのために占いをしてるんじゃありません！　そもそも商人じゃないし」

「ゆくゆくは大豪商になる予定の周家の跡《あと》取り娘ではないか！」

「それは、まだやるとは決まってないし……。わ、わたしは今困っている人を助けたいの。悲しんだり苦しんだりしてる人がいるって聞いただけで夜も眠《ねむ》れないんだもの。わたしがその人たちを助けられれば自分の睡眠《すいみん》不足も解消するのよ。素晴《すば》らしいことじゃない。お金では買えないことだわ」

「出た。善行の権化《ごんげ》」

　ぼそりと言った隼を、熱弁していた翠鈴は、きっ、と見る。

「権化じゃないわ。一日一回は善行を積まないと気が済まないだけ。せいぜい善行の虫よ」

「はいはい。そんじゃ善行の虫のお嬢様」

　軽くいなしつつも、隼が真面目《まじめ》な調子で見つめてきた。

「今日は俺、護衛につけないっすよ。一人じゃ危ないし別の日にしたらどうっすか？」

　使用人とはいえ、生まれた時から知っている彼は幼なじみのようなものだ。腕《うで》が立つので外出の際は用心棒を務めてくれている。年頃《としごろ》の娘ということで彼も心配なのだろうと、翠鈴は笑ってみせた。

「大丈夫《だいじょうぶ》よ。隼のお仕事は楊様のお屋敷でしょ？　戴様のところと目と鼻の先だもの。それに、あんなところで昼中に悪者なんか出やしないわ。一人で平気よ」

「いや……、あんたが気づいてないだけで世の中悪者だらけなんすよ……」

　隼はなおも気になる様子でぼやいたが、やる気になっていた翠鈴は揚々《ようよう》と出かける支度《したく》を始めたのだった。

◆

采国の都、天耀《てんよう》。

中央を大街《たいがい》と呼ばれる大路が貫《つらぬ》き、その頂に皇城を奉《ほう》じる。

大街を中心に縦横に伸びた路《みち》によって区と呼ばれる街ができており、区壁《へき》で囲まれたそこに人々は住んでいた。

皇城に近い区には重臣や官吏《かんり》らの屋敷、少し下って都の官庁街、それから様々な商店が軒《のき》を連ねる商館街。民《たみ》が暮らす区はそのさらに下にある。

下というと聞こえは悪いが、要は皇宮から離《はな》れているというだけで、家は建ち並び人々は大いに行き交《か》いどこも活気に満ちている。おまけに今日は市の立つ日で、いつにも増して人通りが多い。

その一角に仕事場を構えた翠鈴は、本日最初の依頼人と向かい合っていた。

卓の周りには天幕を張って、ちょっとした小部屋のようなしつらえにしてある。手前に置いた小卓には『石占い』『失《う》せ人　捜《さが》します』と注意書きをした看板。天幕内には香《こう》が焚《た》かれ清浄《せいじょう》な空気に満ちていた。

「あの……本当にこれで見つかるの？　よく当たるって聞いてきたんだけど……」

依頼人である若い娘が半信半疑といった顔で小さな石を差し出す。

「はい、この星石《せいせき》があれば捜すことができます。お兄様は連なりはお持ちですよね？」

「ええ。ちゃんと持って出かけていったわ」

石を受け取った翠鈴は丁寧《ていねい》にそれを卓に置いた。そこに自分の玉を並べていく。

「この玉は神通力を持っていて、陣《じん》を作って並べ呪《じゅ》を唱えると、星石の力を引き出します。星石同士は呼び合いますから、この一粒《ひとつぶ》があればお兄様がお持ちの連なりの行方《ゆくえ》を捜せます。つまりはお兄様の居場所もわかるというわけです」

采国では、子どもが生まれると、親はその子に石を一粒与《あた》える。高価な宝石でも拾ってきた小石を磨《みが》いたものでもなんでもいい。紐《ひも》に通して首からさげたり、あるいは手首にはめたりして常に身につけておくようにする。

それはその子の守護石となり、以降、一年ごとに一つずつ石を増やしていく。そしてこの世を去る時に、歳《とし》の数だけ集まった石の連なりを棺《ひつぎ》に収めるのである。

人々はそれを星石と呼んでいた。大抵《たいてい》の者は装飾品《そうしょく》のようにして身につけているのだが、遠近に拘《かか》わらず家を離れる時に一粒だけ石を置いていく。星石同士は呼び合うため、無事に帰ってこられるようにというまじないのようなものだ。

翠鈴はそれを使い、人捜しをするのを仕事にしていた。戻《もど》ってこない人が置いていった一粒の星石と師から継《つ》いだ玉を使って占《うらな》い、居場所を捜すのである。

「ではお兄様の行方を占います。目を閉じてお待ちください」

娘が緊張《きんちょう》したように目を瞑《つぶ》る。それを確認《かくにん》し、翠鈴は大きく手を打った。

「天の玉皇、地の玉帝《ぎょくてい》に伏《ふ》してお伺《うかが》い奉《たてまつ》ります。我は天と地より生まれ出《い》で還《かえ》る者――」

目を閉じて呪を唱えると、陣を敷《し》いた玉が光を帯び始める。

「この者の居場所は何処《いずこ》か、お導きください」

清められた空気が光の粒《つぶ》を含《ふく》んできらきらとただよう中、翠鈴は目を開けた。

玉の放つ光が重なっていくと、やがていくつもの光景が浮《う》かんでくる。翠鈴はしばしそれらをじっと見ていたが、おもむろに紙に筆を走らせた。

「――お待たせしました。お兄様はおそらくこのあたりにおられるみたいです」

見えた光景や目印になるものを箇条《かじょう》書きにして渡《わた》すと、娘は目を丸くして交互《こうご》に見た。

「臨成《りんせい》県府？　そういえば、行方不明になる前に臨成の店の話をしてたわ……。でもこの印は何？」

「医院ですね。ひょっとしたら怪我《けが》をしたとかで帰ってこられないのかも」

翠鈴の言葉に娘はますます目を見開いた。

「すごいのね……！　不思議な術が使えるなんて、まるで神様か仙女《せんにょ》様みたい」

「へっ!?　まさか、そんな、とんでもないっ。けっしてあやしい者ではございません！」

「やだ、冗談《じょうだん》よ。こんな街中にいるはずないものね。とすると、もしかして〝玉児《ぎょくじ》〟なの？」

大慌《おおあわ》てで首を横に振《ふ》っていた翠鈴は、言葉に詰《つ》まり、曖昧《あいまい》に微笑《ほほえ》んだ。

隠《かく》すことではないが自分が望んだことでもない。娘の好奇《こうき》と羨望《せんぼう》の目に、どう反応したらいいかわからなかった。

「ま、いっか。とりあえずここに向かってみるわ。はい、お代」

娘はすぐに話を引っ込め、代金を差し出したが、受け取った翠鈴は驚《おどろ》いて押し戻した。

「これじゃ多過ぎます！　ここに書いてるように人捜しは一回五十文で……」

「多い分は感謝料よ。兄さんがいなくなって家族みんな本当に心配してたんだもの」

「いえいえ、わたしのはもう、仕事というか善行ですからお代なんて本当は」

「あたしたちだけじゃ捜しようもなかったんだから。ここに来てみてよかったわ」

娘は半ば無理矢理代金を置くと、「ありがとね、お姉さん」と笑顔《えがお》で天幕を出て行った。

返し損《そこ》ねた翠鈴はあたふたして追いかけようとしたが、去って行く依頼《いらい》人の足取りが弾《はず》んでいるのを見ると、追いすがるのも無粋《ぶすい》な気がして足を止めた。せめてもの思いで深々と礼をして見送る。

(ああ……よかった。今日も一つ善行を積めたわ)

行方知れずの彼女の兄はきっと家族と再会できるだろう。その手伝いができたことにほっとしつつ、後片付けに取りかかった。

「この力でお金をいただくなんて、なんだか申し訳ない気もするんだけど……」

それだけ喜んでもらえたと思えばいい、と隼に言われてからはそう思うようにしている。それに実際、周家の中で自分だけ稼《かせ》がずぼんやり過ごすわけにもいかない。父や母の努力を見ているから、力になりたいという思いはもちろんある。だからこうして占いで得た金銭は隼と同じく蔵にすべて入れている。

(今のうちに……稼げるものは稼いで家を裕福《ゆうふく》にして、せめてもの親孝行をしなきゃね。家を継げるかどうかも、いつまで傍《そば》にいられるかもわからないんだし……)

父は商家を継いでほしいようだ。商人になるのが嫌《いや》なわけではないし、できれば商家の片隅《かたすみ》で占いもやれたら、と考えることはあるけれど——。

(はあ……どこかにいないかしら。わたしの代わりに家を継いで親孝行してくれてずっと長生きして家を盛り立ててくれる健康な跡取りは)

「……って、都合のいい夢よね」

つまんだ玉を相手に、ぽつりとつぶやく。

ため息まじりにそのまま玉を磨いていた翠鈴だったが、ふと気になって目を留めた。

(あの人……また戻ってきたわ)

店を構えた通りは大通りから一つ入ったところにあるが、それなりに人が多い。近隣《きんりん》の住民か通りがかりの商売人がほとんどなので気にもしていなかったが、明らかにそれらとは違《ちが》う身なりの青年が一人、目の前を通り過ぎていったのだ。

（覚えてるだけでも五、六回は見かけたけど……もしかして迷子かしら）

紙切れを手にしてきょろきょろしながら歩く彼を、まじまじと観察してみる。

銀の刺繍《ししゅう》がされた濃《こ》い青の長袍《ちょうほう》に、金細工の腰紐《こしひも》や玉飾《たまかざ》り。裾《すそ》からのぞく傷一つない靴《くつ》。

一目見ただけでも上等な品だとわかる。雰囲気《ふんいき》からしてどこぞの良家の若君だろうか。

気になったのは翠鈴だけではないようで、通りすぎざま人々が視線を投げている。ぼうっと見とれている若い奥方や、わざわざ振り向いてまで確認している女行商人、ひそひそ話しながら目を向けている娘《むすめ》たち。誰《だれ》もがのぼせたような顔で瞳《ひとみ》をきらめかせていた。

（確かに。このへんじゃ見かけないような立派な若様よねぇ。……んっ？）

注目を集めるのも納得《なっとく》だと感心していた翠鈴だったが、値踏《ねぶ》みするように見つめている者たちもいるのに気づき、思わず腰《こし》を浮かせた。

女性たちが向けるのとは違う意味での熱い視線、そして失礼ながらどう見ても胡乱《うろん》な風体の男ばかり。彼らに目をつけられてはまずいのではと、咄嗟《とっさ》に身体《からだ》が動いていた。

「あの――、そこのお兄さん！」

若様と呼びかけるべきか少し迷ってから、おずおずと駆《か》け寄ると、青年が振り向いた。

なんの邪気《じゃき》もない、端整《たんせい》な面《おも》立ちが、不思議そうにこちらを見る。その様子からして本当に世間ずれしていないご子息様のようだ。

これは胡乱な人たちに捕《つか》まったらひとたまりもなかっただろう。翠鈴は急いで彼の袖《そで》を引き、道の端《はし》へ連れていった。

「お節介《せっかい》してごめんなさいね、でもちょっと目立ちすぎてるから気になって」

青年は驚いた顔で翠鈴を見つめている。いきなりぐいぐい押されて物陰《ものかげ》まで連行されたのだから無理もない。申し訳なく思いながらも翠鈴は彼を人目から隠すように努力した。

「そんなに立派な身なりでうろうろしてたら、悪い人に目をつけられるわ。何か用があって来たのなら早く立ち去ったほうがいいわよ。お供の人はいないの？　お一人？」

早口でまくしたてられて圧倒《あっとう》されたのか、青年は黙《だま》り込んでいたが、やっと気づいたように自身の身なりを見下ろした。

「……目立っていたのか。気づかなかった」

ぽつりとつぶやくのもいかにも頼《たよ》りない。

すらりと長身で、女子の目を集めるのも当然のごとき凜々しい顔立ちなのだが、なんだか弟のような気分になってくる。

「何度もこの道を行ったり来たりしてたでしょ。迷子なの？　それは地図？　見せてみて」

いよいよ心配になり翠鈴が紙切れをのぞきこむと、彼は素直《すなお》にそれを差し出した。

「拝美堂《はいびどう》という店に行くところなんだが、どうしてもたどり着けなくて」

それは周家が行きつけの店の名だった。甘味も出す小さな食事処《どころ》である。

「そのお店ならよく知ってるわ。でもこれ、地図が間違《まちが》ってる。通り一本向こうに行かな

きゃ」

「そうなのか？　道理で……」

彼は目を瞠《みは》り、拍子抜《ひょうしぬ》けしたように地図に目を落とした。なかなかたどり着けない理由がわかって脱力《だつりょく》した様子なので、翠鈴は取りなすように笑みを向ける。

「新しい道順を書き足してあげる。向こうに筆があるからそこで――」

仕事場である卓《たく》を指さしかけ、はたと言葉を呑《の》み込んだ。

依頼人の情報などを書き込むのに使うため、卓には筆と硯《すずり》が出したままになっている。

その横には商売道具である玉の入った巾着《きんちゃく》が。さらに隣《となり》には本日の売上金入りの小箱が。

その大事な大事な小箱に手を伸《の》ばしている男を発見した瞬間《しゅんかん》、翠鈴は目をむいた。

「あーっ！　何するのーっっ！」

響《ひび》き渡った絶叫《ぜっきょう》に、男はぎょっとした様子で小箱をつかむと身を翻《ひるがえ》した。

一瞬《いっしゅん》立ちすくんだ翠鈴も慌《あわ》てて駆け出す。悪い人に目をつけられ云々《うんぬん》と人様の世話を焼いている隙《すき》に自分が悪い人の餌食《えじき》になっては笑い話にもならない。

「待って！　待ちなさいよー！　それは今日の全財産なのに……っ」

男の姿は早くも人波の向こうに見えなくなろうとしている。見失うまいと必死で目を凝《こ》らし、叫《さけ》んだ時だった。

すぐ傍を疾風《しっぷう》のごとく誰かが駆け抜《ぬ》けていった。

追い抜かれた翠鈴は、それが迷子の青年だと気づいて目を瞠った。先ほどまでのおっとりした様子とは別人のような機敏《きびん》な動きだったのだ。

（でも、人が多すぎる。これじゃ追いつけない……！）

そう思った瞬間、青年がひらりと通りの側壁《そくへき》に飛び移った。

そのまま壁《かべ》の上を飛ぶように駆けていく。ぴくりとも上体が揺《ゆ》らぐことなく、まるで地面を走っているかのような彼を、翠鈴だけではなく通りの人々も度肝《どぎも》を抜かれて見ていた。

やがて人混《ひとご》みに紛《まぎ》れそうになっていた盗人《ぬすっと》を発見したらしい。走る勢いそのままに近くの露店《ろてん》の屋根へ、そこから荷馬車へ次々に飛び移り、軽々と着地した。

彼の目の前でたたらを踏《ふ》んだ盗人が、慌てて踵《きびす》を返そうとする。しかしどういう体技なのか、青年に腕《うで》を摑《つか》まれた途端《とたん》、ぎゃっと叫んで腹ばいに地面に倒《たお》れてしまった。

まさに華麗《かれい》としかいいようのない追跡劇《ついせきげき》だった。人をかきわけながらやっと追いついた翠鈴は、息を切らして彼を見つめた。

（かっこいい……！）

あれほどのことをしておきながら青年は息一つ乱していなかったのだ。表情も冷静で、『仕事人』と呼びたくなるような貫禄《かんろく》である。

「盗《と》られたのはこれで間違いはないか？」

手慣れた様子で盗人を後ろ手に縛《しば》りあげ、背中を片膝《かたひざ》で押さえつけた彼が、こちらに気づいて声をあげる。小箱を差し出され、翠鈴は興奮して駆け寄った。

「すごかったわ！　今まで見たどの軽業師《かるわざ》よりも一番かっこよかった！」

頰《ほお》を上気させて力説した翠鈴を、彼はきょとんとして見上げてきた。それから、おかしそうに笑《え》みを浮《う》かべた。

「それは初めて言われた。光栄だ」

「あっ、でも怪我《けが》はない⁉　大丈夫《だいじょうぶ》なの？」

「平気だよ。念のため中身の確認《かくにん》を」

促《うなが》され、小箱の蓋《ふた》を開けてみると、さっき数えたままの銭がちゃんと入っていた。翠鈴はほっと息をついた。

「ありがとう……！　全部無事だわ」

「そうか。よかった」

青年が微笑《ほほえ》む。嫌みのない爽《さわ》やかな笑みに、集まっていた人々から拍手《はくしゅ》がわきおこった。

これにて一件落着、といったふうである。

あざやかな捕《と》り物劇に感動した野次馬が役人を呼んでくれて、盗人が連行されていく。

翠鈴たちがそれを見送っていると、入れ違いのように中年の男が数人やってきた。

「もし、若君様。お手並みはお見事だったんですがね、うちの店がぺしゃんこで……」

「俺の荷車も粉々で……」

「俺んちの壁と門柱も……」

若干《じゃっかん》言いづらそうに打ち明けた面々の視線の先には、建物や荷車の残骸《ざんがい》が散乱している。

翠鈴は引きつった顔で青ざめた。

（大惨事《だいさんじ》起こってた――!!）

青年の活躍《かつやく》は素晴《すば》らしかったが、その陰《かげ》では多大なる犠牲《ぎせい》が生まれていたのだ。まあ確かに彼の追跡《ついせき》の勢いはすさまじいものではあった。

「あ……すまない。つい夢中で……。もちろん弁償《べんしょう》させてもらう」

惨状《さんじょう》を見てさすがに焦《あせ》ったのか青年はごそごそと懐《ふところ》を探《さぐ》り、急いで何かを取り出した。

「持ち合わせがこれしかないが、足りるかな」

と言って彼は、並んだ男たちの掌《てのひら》にごろんごろんと金塊《きんかい》を載《の》せていく。

翠鈴含《ふく》めてその場の全員が目をむいた。

「ちょっ、ここでそんなの出しちゃだめ――――！」

慌てて飛びつき、手で覆《おお》って金塊を隠《かく》すと、彼は驚《おどろ》いたように瞬《またた》いた。

「だめなのか？　やはり足りないか」

「じゃなくて、こんな大金見せたらまた目をつけられるでしょ！　もらうほうだって対処に困るしっ」

金塊を持たされた店主たちは呆然《ぼうぜん》としており、中には白目をむいている者もいる。

青年は申し訳なさそうにまた懐を探り、今度は平たいものを取り出した。

「では後で屋敷《やしき》に来てくれるか。話は通しておくから、この玉牌《ぎょくはい》を持ってきてほしい」

受け取った店主の一人は玉牌をしげしげと眺《なが》め、ぎょっとしたように青年を見た。

「……えっ……、若君様──」

驚く店主たちに、青年は表情を変えぬまま口元に指を立ててみせる。

何も言わないでくれとの意を汲《く》んだのか、彼らはぶんぶんと何度もうなずいた。

（あれって、身分を表す玉牌よね？　よっぽどすごいおうちの若君様なのかしら）

店主らの動揺《どうよう》した様子からしてそうなのだろう。興味を引かれて翠鈴もなんとなく見ていたが、ふと彼の手元に気づき、息を呑んだ。

「手……、やっぱり怪我してる！　血が出てるわ」

青年が初めて気づいたようにそれを見下ろす。

「いや、大したことはない」

「大したことありすぎよ！　早く手当てしましょう、こっちに来て！」

言うが早いか彼の手をつかみ、猛然《もうぜん》と来た道を戻《もど》った。卓を出した場所まで来ると、半ば強制的に青年を椅子《いす》に座らせ、急いで荷物を探る。

「壁で擦《こす》ったみたいね。これなら軟膏《なんこう》でよさそうだわ。洗ってから塗《ぬ》ります」

「これくらいの傷、手当てなど……」

「だめだめ！　化膿《かのう》したらひどくなっちゃう。綺麗《きれい》なお肌《はだ》なんだから大事にしなきゃ」

翠鈴は真顔で言ったが、思わぬ褒《ほ》め言葉だったのか青年は呆気《あっけ》にとられたように黙《だま》り込んでしまった。

と、そこに横から笑い声が割り込んだ。

「いいから、気にせずやってもらいなって！　この子、いつもこんなふうなのよ。怪我人を見かけた時のために手当て道具一式持ち歩いてるんだって。善行のためにってんだから、薬もあやしいのじゃなく一級品のやつだしね。薬種も扱《あつか》ってる店の娘《むすめ》だし間違いはな……あらヤダッ、あんたいい男ね！」

隣に店を構えていた食器売りの宋《そう》おばさんだ。出店する場所は日によって変わるが近隣《きんりん》の区でやることが多いため、いろんな店の売り子が知り合いなのである。思わぬ場所で美《び》丈夫《じょうぶ》に出会ったせいか急に目がきらめきだした。

「善行のため、というと？」

「なんか、徳を積むのが趣味《しゅみ》みたいよぉ？　一日一善はしないと夜も眠《ねむ》れないんだって」

「徳……。趣味……？」

浮かれた様子の宋おばさんの答えに、青年は納得《なっとく》したようなしないような顔になった。

「でもこれは善行のうちに入らないわ。わたしのせいで怪我させてしまったんだし。ごめんなさい。お父さまとお母さまもご心配なさるわね」

傷口に包帯を巻き終え、翠鈴はいそいそと筆の用意に移る。

青年の地図に手早く筆を入れ、正しい道順を書き足してから、丁寧《ていねい》に差し出した。

「あなたもお急ぎだったでしょうに、助けてくれて本当にありがとう」

同じく丁寧な仕草で受け取った青年が、真面目《まじめ》な顔でうなずく。

「こちらこそ助かった。君がいなかったら永遠にたどり着けなかったかもしれない」

「そんな、大げさね。——あ、ちょっと待ってて」

はたと思いつき、翠鈴は急いで近くの露店へ向かった。店先に並ぶ品を一つ選んで購《こう》入《にゅう》してから小走りに青年のもとに戻る。

「これどうぞ。花梨《かりん》の入った飴《あめ》なの。わたしも今朝食べたけどおいしかったわよ。ささやかなお礼で申し訳ないけど」

飴の入った紙袋《かみぶくろ》を差し出すと、彼は驚いたようにそれと翠鈴を交互《こうご》に見た。

「そこまでしてもらうほどのことじゃない。気にしないでくれ」

「あ、そうか。お口に合うかはわからないわね……。わたしは好きな味だったんだけど」

良家の若様が露店の飴などもらっても戸惑《とまど》うに決まっている。しかし感謝の意は表したいしどうしたものか。

悩《なや》んでいるのがわかったのだろうか。青年がくすりと笑って袋を受け取ってくれた。なめらかだが筋のしっかりした大きな手だった。

「君が好きな味なら食べてみたい。ありがたくいただくよ」

翠鈴は瞬いて彼を見上げ、ほっと息を吐《つ》く。押しつけるつもりはなかったのだが、受け取ってもらえるのであればやはり嬉《うれ》しかった。何しろ今日の売り上げの恩人なのだ。

珍《めずら》しげに袋の飴を眺めていた青年が、あらたまったように見つめてくる。

「大変世話になった。いつかあらためてこの礼をしよう」

「そんな、お礼をしなくちゃいけないのはわたしなんだから」

「しかし、一級品の薬まで使って手当てしてくれたのだし」

「いやいやいや、こっちのせいで怪我させたんだから当然よ」

「だがこれで終わりにするわけにはいかない」

「いいのよいいのよ、気にしないで」

「そうだねぇ、次の約束でもしとくかい?」

宋おばさんがにやにやと口を挟《はさ》んだ時、「お嬢様《じょうさま》ぁー」と間延びした声が聞こえた。

振《ふ》り向いて見ると、人波の向こうから隼がこちらにやってくるところだった。

「さっきそこでひったくりがあったとか聞きましたけど、もしかして……」

言いかけた隼が、一緒《いっしょ》にいる青年を見た。

青年のほうも隼を見やり、腰《こし》に剣《けん》をはいているのに目を留めた。武官でもないのに帯剣《たいけん》しているのを不審《ふしん》がられるかもしれないと思い、翠鈴は急いで説明した。

「うちの用心棒なの。隼、この人がそのひったくりから助けてくれたのよ」

「えっまじで？　いや、にこにこしてる場合じゃないっすよ。だから今日はやめたほうがいいって——」

隼が眉《まゆ》をひそめて言いかけた時、青年が身を翻《ひるがえ》した。

「私はこれで。また会おう、お嬢さん」

「あ……」

急なことに驚き、翠鈴は歩いて行く青年を見つめた。

長いこと道に迷っていたようだし、一刻も早く目的地に行かねばならないのだろう。足取りが急《せ》いているのがわかる。

引き留めてしまった責任を感じ、せめてものお詫《わ》びの代わりにと声を張り上げた。

「拝美堂ってお饅頭《まんじゅう》が名物なの！　用事が済んだらぜひ食べてねー！」

ややあって、青年が振り返る。

その口元が微笑《ほほえ》んでいることが嬉しくて、翠鈴は手を振って見送った。

見返りを求めたことは一度もないけれど、善行を返してもらったようで、胸が温かくなった。

◇

数日後。

いつもと同じく各人の予定報告から始まろうとした周家の朝は、思わぬ来客のせいで中断することになった。

「――朝廷《ちょうてい》の使者が来ただと？」

日課である瑠璃《るり》の酒杯《しゅはい》を傾《かたむ》けていた父、高堅が扉《とびら》へと目をやる。取り次ぎにきた使用人が紙のように白い顔でぶんぶんうなずくのを訝《いぶか》しげに見ていたが、はたと目を輝《かがや》かせた。

「もしやあれか。秦様の温泉接待が実ったのだな？　それで商業契約《けいやく》のために役人が来たのであろう！」

わぁっ、と朝食の席が沸《わ》いた。

「おめでとうございます。大口のお仕事が入って周家も安泰《あんたい》ですわ」

「お父さますすごいわ！　これまでのがめつさが実ったのね！」

「さすがは旦那様《だんな》っす」

手をとりあう静容と翠鈴、拍手《はくしゅ》をする隼をよそに、伝えに来た使用人は蒼白《そうはく》のまま今度はぶんぶんと頭《かぶり》を振っている。

「ん？　なんじゃおまえは、白い顔をして。喜びのあまり腹でも下したのか？　まあよい、とにかく出迎《でむか》えてご挨拶《あいさつ》せねば！」

早くも揉《も》み手しながら父が出ていき、翠鈴は母と隼とともに接待の準備に取りかかった。よくあることなので歓待《かんたい》用の一式がまとめて揃《そろ》えてあるのだ。

飾《かざ》り付け用の布や置物の入った箱を客間に運んでいると、後ろからきた隼がひょいとそれを取り上げた。

「俺やるんで。先に空気入れ替《か》えといたらどうすか。最近あの部屋使ってないでしょ」

「そういえばそうね。ありがと、隼」

ありがたく荷物を任せ、客間に入って窓を開けていると、すぐに隼も入ってきた。卓《たく》を拭《ふ》いたり置物を並べたり、手分けしてやっていたが、ふと思い出したように彼が話しかけてきた。

「そういや、この前の持ち場にはもう行かないんすか？　ほら、戴様の屋敷《やしき》の近く」

「ええ。あのあたりが吉方《きっぽう》だったのはあの日だけだったから」

「けどあの若君様と約束してたんじゃ？　またあらためて会いましょうって」

翠鈴はきょとんとして彼を見返した。

「なんの話？」

「あれ、違《ちが》います？　宋さんが言ってましたよ。お嬢さんが良縁《りょうえん》に恵《めぐ》まれそうでやったわねーって。色男でしたもんねー。俺には負けますけど」

翠鈴はしばし考え、やっと思い当たって目を瞠《みは》った。食器売りの宋おばさん、想像力が豊かにもほどがある。

「そんなわけないでしょ！　ただ通りすがりに会っただけなんだから」

「その通りすがりの出会いから生まれるものもあるって話じゃ」

「ないってば。あれはただの人助けよ。つまり善行よ、いつものやつ！」

まあ助けたはずが助けられたのだけれど。とにかくそれ以上に何か発展するわけがない。

しかし隼はそうは思っていないのか、意味ありげに見ている。

「善行善行って呪文《じゅもん》みたいに言ってないで、そろそろ浮《う》いた話も聞いてみたいっすけどねー」

「いやよ、一生善行し続けるわ。死ぬまでずーっと徳を積みまくってやるんだから」

「……」

「さ、次のを運びましょ。お酒も取ってこなくちゃ」

あっさりと話を切り上げた翠鈴に、隼は何か言いたそうにしていたが、結局は髪《かみ》をかきつつ「へーい」と従った。

元の部屋に戻《もど》り、母の指示のもと支度《したく》を続けていると、ガタンと大きな物音がした。小一時間見れば、高堅が部屋の戸にもたれるようにしながら入ってきたところだった。

前は勇んで出て行ったはずが、さっきの使用人よりもよほど真っ白な顔色になっている。

「……大変なことになった……」

つぶやくなりがっくりと床《ゆか》に膝《ひざ》をついたので、皆《みな》、何事かと顔を見合わせる。

「どうしたの？　接待作戦が失敗したの？　でもそんなの今までもあったじゃない」

「お終《しま》いじゃ……。周家一族……全員捕《と》らわれて死刑《しけい》まっしぐらじゃ……」

「ええっ⁉」

翠鈴は目をむいて立ち上がった。

まったく意味がわからないが、いつでも自信満々な父がここまで打ちひしがれているのだからよほどの事件が起きたようだ。

「どうしてっ？　も、もしかして、不正をしたってお役人に追及《ついきゅう》されたとか⁉」

「不正も何も、一緒に温泉行っただけでしょ。それで死刑とかないっすよー。せいぜい罰《ばっ》金《きん》かひどくて流刑《るけい》だってのに。俺、もっとすごいことやったお歴々のことチクってきましょうか？」

「まさかお父さま……、わたしたちも知らないうちに、人の道にはずれた極悪《ごくあく》なことをやってたんじゃ……！」

「旦那様が極悪なのは人相だけっす。誤解があるなら俺が代わりに解いてきますけど」

浮き足立つ翠鈴と、呑気《のんき》に言いつつも目が殺気だっていく隼をよそに、ただ一人無言だった静容は食卓《しょくたく》から酒器を取ってくると夫の頭上に中身をぶちまけた。

「うぷ……っ、ななな何をするかっ、酒がもったいないであろうがっ」

「死刑とは穏《おだ》やかじゃございませんわね。何がありましたの？」

「う、おおっ、そうじゃ、これじゃ！」

妻の鉄壁《てっぺき》ともいえる冷静さと、けちな精神を刺激《しげき》されたことで我を取り戻したらしく、高堅があたふたと書状を差し出した。

静容が開いたそれを隼とともにのぞきこんだ翠鈴は、思わず息を呑《の》んだ。

「え……、勅命《ちょくめい》!?」

言うまでもなく、皇帝《こうてい》が下す命令が勅命である。黄金で縁取《ふちど》られたそれは印璽《いんじ》のされた勅書だったのだ。

もちろん、こんな下町の商家に届くような代物《しろもの》ではない。勅書を運んできたとなると使者の規模も仰々《ぎょうぎょう》しいもののはずだ。父が腰《こし》を抜《ぬ》かしたのも納得《なっとく》である。

（いやいや、納得できないっ。どうしてうちに皇帝陛下の勅書が届くの!?）

混乱しながら文面を追おうとしていると、高堅がうめくように口を開いた。

「つまりは……太子殿下《でんか》の思《おぼ》し召《め》しらしい。殿下の初恋《はつこい》の娘《むすめ》を捜《さが》しておられるのだそうだ」

沈黙《ちんもく》が落ちた。

皇帝の勅書と初恋の娘というのが咄嗟《とっさ》に結びつかず、問いかける言葉も出てこなかった。

「太子殿下というと、確か、皇帝陛下のお一人きりの皇子様であらせられましたわね。ゆえに生まれながらに皇太子となられたとか」

最初に我に返った静容が言うと、高堅も重々しくうなずく。

「そうじゃ。幼少時からお身体《からだ》が丈夫《じょうぶ》でなく、二十歳《はたち》まで生きられるかわからぬと予言を受けたこともあったらしい。さっきの使者が言っておった」

「まあ……」

翠鈴は眉《まゆ》を曇《くも》らせた。雲上の世界の方々に縁《えん》などあるはずもないから知らなかった。二十歳まで生きられるかわからないとは、なんてお気の毒な境遇《きょうぐう》だろう。

「先頃《さきごろ》、煌国の公主と縁談《えんだん》が持ち上がったそうじゃ。太子殿下も初めのうちはお受けになられたが、急に態度を翻《ひるがえ》されてな。結婚《けっこん》する前に一目でいいから初恋の相手に会いたいと仰《おお》せらしい。会うまでは公主を迎《むか》えても結婚せぬ、と。それで困り果てた官吏《かんり》らは、皇帝陛下のご命令のもとにその初恋の娘を捜したらしいのじゃが……」

苦々しげに説明をした高堅に、ふーん、と隼が相づちを打つ。

「なんか平和っすね。太子様のわがままに皇帝様も朝廷も振《ふ》り回されて」

「でもわからなくもないわ。お身体が弱くていらっしゃるんだもの、皇帝陛下もそりゃ大切になさるだろうし、なんでもお願いを聞いてあげたいと思われるでしょう。朝廷の官吏さま方だってそうよ。たったお一人の皇子さまなんだし……」

唯一《ゆいいつ》の皇子であり皇位継承《けいしょう》者である人が、二十歳まで生きられるかわからないと言われるほど病弱なのだ。いろんな意味で慎重《しんちょう》になるのは理解できる。

見たこともない太子やその周辺の人々に対して同情していた翠鈴は、ふと首をかしげた。

「ん？　じゃあこの勅書を持ってきたのはその初恋相手を捜してる官吏さまってこと？なんでうちに来たの？」

「まさか、お嬢様《じょうさま》が麗《うるわ》しの初恋の君……？」

「そんなわけないでしょ。お目にかかったこともないのに」

隼のつぶやきに呆《あき》れ半分に答えると、「ですよねー」と返ってきた。彼だって本気で言ったわけではないのだ。

「とにかく儚《はかな》げで嫋《たお》やかな美少女を求めてきたと使者は言っておる。そんな娘はうちにはおらぬと言ったのじゃが、聞かぬのじゃ」

「ちょっと、それどういう意味？　──でもわたしもそう思うわ」

父の失礼な発言に翠鈴は目をむいたが、すぐに首をひねった。儚げで嫋やかな美少女だなんて、確かに自分を形容した言葉とは思えない。

「となると奥様か、俺っすかね」

「なんで自分も入れるのよ。捜してるのは『娘』なのよ。だったらお母さまだって違うわ」

太子が年上好みという可能性もなくはないが、それなら『初恋の女性』という表現になるのが妥当《だとう》だ。第一、下町で家の奥の仕事に専念している母が太子と出会えるわけがない。

「たぶん手違《てちが》いだったのよ。近所の家と間違《まちが》えたんじゃないかしら。もしくはそれとは別件の勅書があったのにこっちを持って来ちゃったとか」

「別件って、皇帝様がここにどんな御用《ごよう》で勅書を出されるんすか」

「それはそうなんだけど、でも他《ほか》に思いつかないんだもの。うちにはわたし以外に娘はいないんだし――」

困り顔で反論していた翠鈴は、はたと口をつぐんだ。

ある人物の顔が脳裏《のうり》に浮かんだのだ。

見ると、母も隼も虚《きょ》を衝《つ》かれた顔をしていた。同じことを考えたらしい。

冷や汗《あせ》が噴《ふ》き出すのを感じながら、翠鈴は父へと目をやった。

「お父さま……。ま、まさか」

がっくりと高堅が再び床に膝をつく。

「その娘の名は………萌春というそうじゃ」

――その場にいた全員の顔が蒼白《そうはく》になった。

「なんで萌春姉さまが太子さまと初恋なんか育《はぐく》んでるの――!?」

道理で父があれほど取り乱し打ちひしがれていたわけだ。妙《みょう》に納得しつつも翠鈴は動転して叫《さけ》んでいた。

周萌春。それは翠鈴の姉にあたる人である。——表向きは。

「まずくないっすか。万が一、萌春様が初恋の君だったとして……あのお方が大人しく太子のお召しに従うとは思えないんすけど」

さすがに隼の顔も引きつっている。静容も沈痛《ちんつう》な面持《おもも》ちでうなずいた。

「そうね。ご使者を蹴散《けち》らしたあげく勅書に落書きして叩《たた》き返しかねないわ」

「もしくは面倒《めんど》くさがって一瞬《いっしゅん》で山に逃《に》げるか——煩《わずら》わせんなってぶち切れて皇宮に殴《なぐ》り込みかけるかも」

「どちらにせよ周家はお終いね……」

「旦那《だんな》様の仰《おっしゃ》ったとおり……一族全員死刑《しけい》っすね……」

「ちょ……ちょっと待ってよっ！」

うなずきあう二人に、翠鈴はめまいを覚えながら割り込む。

確かにこれはとんでもない事態だ。だからといってすんなり死刑を受け入れたくはない。

「ねえ隼、姉さまは今どこにいらっしゃるんだっけ？　わたし、呼びに行ってくるわ」

「いやいや、無理っすよ。住まいは蓬白山《ほうはくざん》っすけど、基本は住所不定でしょ。ああいうお方って」

「蓬白山におられたとしても、たどり着くのに何ヶ月かかるかわからないわ。その間に太子殿下に催促《さいそく》されたらとてもごまかせないでしょう」

隼と母から口々に言われ、ますます翠鈴は頭を抱《かか》えた。

そうなのだ。姉は今、この家にいない。それどころか采国にいる可能性すら低い。

それに、たとえ訪ねていったとしても勅書に応じて一緒《いっしょ》に帰ってきてくれるとは思えない。隼や母が言ったように、まあ、そういう人なのである。

ならばこちらでどうにかするしかない。

「お父さま！　姉さまは今留守にしてるって、ご使者に話したら？　仕事で遠くへ行ってるとか静養中で当分戻《もど》らないとか、何か口実を考えて」

「もうとっくに話したわい……。しかしあちらも必死なのじゃろう。血走った目をして、とにかく太子のもとへ上がれの一点張りじゃった……やっぱり死刑じゃろうな……」

「じゃ……じゃあ、思い切って本当のことを話してみるのはどうかしらっ？　それなら仕方ないなって、納得してもらえるかもしれないわ」

うなだれていた高堅ががばりと顔をあげる。彼の目もまた血走っていた。

「本当のことじゃと⁉　萌春は我が娘ではなく五代前のご先祖で、今は仙籍《せんせき》に入った仙女《せんにょ》様じゃと言えというのかっ⁉　それこそ不届き者だとして引っ捕《と》らえられるわ‼」

父の絶叫《ぜっきょう》に、翠鈴は耳鳴りを覚えつつ目をつぶった。

（ですよね……）

そう、萌春は今や人ではない。仙人の弟子《でし》として修行中《しゅぎょう》の仙女なのである。

普通《ふつう》なら仙籍に入った者は深山に棲《す》み、人の世界との縁は切れる。ところが萌春は俗世《ぞくせ》から離《はな》れることを選ばず、今も子孫が住む生家にたびたび訪ねてくる。若い頃《ころ》から容姿が変わらない彼女を何十年かぶりに見かけた近所の人が卒倒《そっとう》した、という事件も過去にはあったらしい。

そのため今では、訪ねてくる時は目立たぬようにと念を押し、表向きは当主の娘《むすめ》ということにしている。だがその実、当主にとっては数代前の大伯母《おおおば》という繫《つな》がりなのだ。

「やっぱりまずいのよね？　姉さまが仙女だってことが知られるのは……」

おそるおそる口を開いた翠鈴に、静容がうなずく。

「神代の昔ならいざ知らず、今じゃ仙人は伝説の存在ですからね。それを口実にお断りするのは難しいでしょう。娘を差し出したくないあまりにお上を謀《たばか》ったと思われかねないわ」

「街で仙人と偶然《ぐうぜん》会って云々《うんぬん》というのはお伽噺《とぎばなし》じゃ。あの家の先祖で時々遊びにきてる、なんてことはあってはならん。そのあり得ぬことをやらかすのはあの方くらいなものじゃ」

高堅がぶつくさ毒づくのも無理はなかった。

確かに世間には仙人と出会って不思議な体験をしただの、変わった物をもらっただのという伝聞がごろごろ転がっている。それらをまとめた説話集もあるくらいだ。

その一方で、仙人を騙《かた》って人心を惑《まど》わしたとして罰《ばっ》せられる妖術《ようじゅつ》師が存在するのもまた事実だった。そんな者の係累《けいるい》だと思われてはたまらない。母の言ったように神仙《しんせん》は今や伝説上の遠い存在であり、人界には関《かか》わらないとされているのだ。

「仙女だからと断るのもだめ、他の口実も通用しない。逆らえば太子を溺愛《できあい》する皇帝《こうてい》様にキレられる、しかし萌春様は絶対応じない。こりゃどうしようもないっすねー」

「だから死刑じゃと言っておろうがっ」

他人事《ひとごと》のような隼のぼやきと父の嘆《なげ》きを聞きながら、翠鈴は必死の思いで勅書《ちょくしょ》に目を走らせた。命が助かるためになんとしても方法を探さねばならない。

何度も読み返しながら考えていたが、はっと思いだし、顔をあげた。

「お母さま。姉さまの里帰りの日取りって、確かそろそろじゃなかったかしら？」

傍《かたわ》らで同じく書面を見つめていた静容が、小さく息を呑《の》む。

「そうね……。ちょうど一月後よ」

全員の目が暦《こよみ》に注がれた。父が商売のため作った特製のもので、一年分の日付がいっぺんに見られるのだ。翌月の半ばに印がつけてある。

「姉さまは毎年この時期にお戻りになるわ。そして必ずなじみのお店に立ち寄る。それを変えたことはないと言ってらしたわ。その日に姉さまを捕《つか》まえてお願いするしかない。条件が合えば聞き入れてくださるはずよ」

翠鈴は目を輝《かがや》かせ、開いた書状を指さした。

「ここを見て。太子殿下《でんか》は姉さまを後宮に入れようとなさってるわけじゃない。ただ話し相手になってほしいとおっしゃってるのよ。そしてそれが終われば好きなだけ褒美《ほうび》をつかわすって。お金大好きな姉さまにとっても悪いお話じゃないわ。まあ莫大《ばくだい》な褒美を要求するおそれはあるけど」

「なるほど。一月だけ時間を稼《かせ》げば丸く収まるかもしれないってわけっすね」

感心したように隼がつぶやいたが、高堅の顔色はさえない。

「ご使者に出された猶予《ゆうよ》は二日だけなんじゃ。とても一月もはごまかせぬわ」

「二日⁉　そんなぁ……」

せっかく名案だと思ったのに。これもだめとなるといよいよ進退窮《しんたいきわ》まってしまう。

しかし落ち込む翠鈴とは逆に、なぜか高堅の顔が急にいきいきとしてきた。

「そうか……。確かにそうじゃ。要は一月だけごまかせればよいのか。なるほどなるほど」

ぶつぶつ言いながら考えていたようだったが、やがて頭の中で算盤《そろばん》をはじき終えたのだろう。いつもの悪役面に戻り、とんでもないことを宣言した。

「よし！　翠鈴。おまえが代わりに『初恋《はつこい》相手』として皇宮にあがるのじゃ！」

たっぷり五拍《はく》ほど父の顔を眺《なが》めてから、翠鈴は目をむいた。

「はいぃ⁉」

「案ずるな。一月後に大伯母上を捕獲《ほかく》し、なんとしても皇宮へお連れする。それまでの代役じゃ。迎《むか》えの使者がくるのをなんとか引き延ばせば六、七日は稼げるはず。つまり実際は二十日ほどの我慢《がまん》ということじゃ」

「は……、いや、いやいやいやっ、なに言い出すのよお父さま！　そんなのだめに決まってるじゃない！」

「何がいけぬと言うのじゃ？」

「だ、だって、太子様が会いたがっておられるのは萌春姉さまなのよ。わたしが代わりに行ったってごまかせるわけが」

「いいや。おまえと大伯母上は面影《おもかげ》がよく似ておる。そもそも太子殿下の初恋というのは数年前のこと、しかも遠目にお見かけされたという奥ゆかしい出会いなのじゃ。別人と気づかれるおそれは低い」

「な……」

思わぬ初恋話に一瞬絶句した隙《すき》をつくように、高堅がずいっと身を乗り出してくる。

「勅書にもあったじゃろう？　皇宮にあがるとはいえ、太子殿下のお話し相手をするだけじゃ。難しいことではない。それに役目が終われば褒美をいただけるのじゃぞ。話すだけで金銀財宝が手に入るとはなんとありがたいことか」

「お父さま……、お金目当てに娘を売るつもり⁉」

「人聞きの悪い！　死刑回避《しけいかいひ》と周家繁栄《はんえい》を模索《もさく》した末の策じゃ！　おまえとてその若さで刑場《けいじょう》の露《つゆ》と果てるより太子の後宮できらきらしく過ごしたいじゃろう！」

「死ぬのは嫌《いや》だけど後宮できらきらも無理よ！　わたしみたいな庶民《しょみん》にそんなこと」

ぎゃんぎゃん言い合ったせいで頭痛がしてきた。翠鈴は額を押さえ、ため息をつく。

「だいたい、なんでそんなに話をせっつくの？　姉さまが帰ってくるのはわかってるんだからどうにかして引き延ばせばいいじゃない。丸め込むのはお父さまの得意技でしょ」

「わしとてできるならやっておるわ。言ったであろう、使者も必死なのじゃと。太子殿下のお加減が優《すぐ》れぬゆえに早く進めたいということなのじゃろう」

顰《しか》め面《つら》の父の言葉に、はっとした。

頭に血が上っていたのが、すーっと覚めていくようだった。

そもそもなぜこんな無茶苦茶なことを押しつけられようとしているのか。

（そうか。太子殿下にはあまり時間がなくていらっしゃるんだわ……）

二十歳《はたち》まで生きられるかわからないという太子。秘《ひ》めた初恋の相手と会いたいと欲《ほっ》したのは、この世に悔《く》いを残したくないからではないだろうか。

この時期に初恋云々《うんぬん》と言い出したことを良く思わない者もいただろう。それでも、どうしても萌春が忘れられなくてなりふり構わず求めたのかもしれない。

（会わせて差し上げたい……けど……）

顔も知らない太子が、回廊《かいろう》から寂《さみ》しげに空を見上げている。萌春を思い出しながら——そんな情景が浮《う》かび、胸をつかまれたようになる。

「……あ。これ善行の権化《ごんげ》出てきてますね」

眺めていた隼がぼやいたが、翠鈴は気づかずなおも考え込む。

（一月待てば姉さまに会えるわ。けど、太子様のお身体《からだ》がどれほど耐《た》えられるかはわからない）

一人寂しく待たせておくか、別人であっても真心を持って話し相手を務めるか。太子が慰《なぐさ》められるのはどちらだろう。

偽《いつわ》って御前《ごぜん》に出るのは心苦しい。けれど勇気を出して求めたであろう太子に——時間があまりないという人に、理由も言わず一月待てと突《つ》っぱねるのはとてもできない。

そもそも、突っぱねることは不可能なのだ。それをするということは父の言ったように周家の終わりを意味する。

（どうしよう……）

ここで断って皆《みな》で死を待つか。それとも、少しでも太子の慰めになる道を選ぶか。もしそこで嘘《うそ》がばれたとしても、どちらのほうがより人のためになるだろうか。

死が訪《おとず》れるのは怖《こわ》い。でもそれは太子も同じはずだ。二十歳までの残された日を、太子の本分と個人としての願いの板挟《いたばさ》みになって苦しんでいるかもしれない。

翠鈴はぎゅっと目をつぶり——やがて息をついた。

取るべき道は一つのみ。これも善行だと思って、やるしかない。

「……わかったわ。姉さまの代わりに行きます」

「おおっ！」

「ただし！　言っておきますけど、お父さまに屈《くつ》したわけじゃないわよ。褒美につられたわけでもなければ死刑《しけい》が怖かったわけでも……まあそれはあるけど……と、とにかく」

途端《とたん》に目をぎらつかせた父に、翠鈴は厳《おごそ》かに宣言した。

「余計な野心は燃やさないで。わたしは徳を積みにいくだけなんですからね！」

「——止めなくていいんすか？」

やはりこうなったかという顔で訊《き》いた隼に、静容が冷静な顔でため息をつく。

「現実的なことを言うけれど、わたくしも死刑は嫌なのよ」

「……さすが奥様っす」

「せめて翠鈴が困らぬように支度《したく》をしましょう。手伝ってちょうだい」

周家随一《ずいいち》の現実派である静容が足早に出ていくのを、隼は肩《かた》をすくめて追いかける。

こうして、翠鈴の平凡《へいぼん》な日々は激変することになったのだった。

二　いざ、後宮生活

皇城の中央を貫《つらぬ》く大街と呼ばれる大路を、一台の馬車が走っていく。

赤い房飾《ふさかざ》りがぐるりと周囲をめぐり、車壁《しゃへき》は花の透《す》かしが入った美しい布張りで、それを締《し》めるのは緻密《ちみつ》な細工と宝石で彩《いろど》られた縁飾《ふちかざ》り。見るからに貴人の女性が乗る代物《しろもの》だ。

その車内で一人揺《ゆ》られながら、翠鈴は落ち着きなく目線を泳がせていた。

(地味な車を寄越《よこ》すって聞いてたのに……。これじゃ目立ちまくりじゃないのかしら)

事情が事情だけに、『初恋の君』の登城は秘密裏《ひみつり》に行われることになっている。

仰々《ぎょうぎょう》しい出迎《でむか》えの儀式《ぎしき》も行われない。一人で皇宮に上がり、ひそかに太子の宮殿《きゅうでん》の隅《すみ》に入るのだ。迎えの使者は一緒《いっしょ》だが、両親の付き添《そ》いは許されなかった。ただ、隼だけは護衛として同行してくれている。

(いよいよだけど……本当にうまくいくのかな)

姉の代わりに皇宮へ行くと決めてから、一家はあらためて作戦を詰《つ》めた。

まずは母の提案で、皇宮にいる間は面紗《めんしゃ》をかぶって顔を隠《かく》すことになった。咎《とが》められた場合は『顔に傷を負ったため治るまで隠している』という言い訳を用意している。

『太子様は忙《いそが》しい御身《おんみ》だろうし病弱でいらっしゃるのだから、すぐにはお召《め》しがないかもしれません。わたくしはそこに賭《か》けています。もしお召しがあったとしても、萌春様と入れ替《か》わるまでけっして布を取ってはいけませんよ』

そう言って母は徹夜《てつや》で面紗を縫《ぬ》ってくれた。部分的に刺繍《ししゅう》をほどこし、花の飾《かざ》りを縫い付けた美しいものだ。

『ここまでして求めた初恋相手に無体はなさらんだろう。ある程度はこちらの言い分も聞いていただけるはずじゃ。そこは口八丁で乗り切るのじゃ』

助言をくれた父があの手この手で登城を六日遅《おく》らせてくれたので、皇宮で過ごすのは実質二十日ほど。萌春が行きつけの店に寄るのを待ち構え、つれてくるのは隼の役目だ。

『周家の命運はおまえにかかっておるのだ。頼《たの》んだぞ！』

家を出る時の父の顔を思い出し、ぐっと拳《こぶし》を握《にぎ》る。

（わたしさえうまくやれば全部丸く収まるんだから。たぶん、だけど。頑張《がんば》るわ！）

つんのめるような感覚があり、馬車が止まった。

「――到着《とうちゃく》でございます」

使者の声がして、がたがたと物音が続く。降りるための足場を用意しているようだ。

翠鈴は何度も深呼吸し、頬《ほお》を叩《たた》いて気合いを入れると、帳《とばり》を開けて外へ出た。

車を降りるとすぐ門があり、宮殿に続いていた。

案内されて中へ入るまでの間、あちこちから好奇《こうき》の視線が突き刺《さ》さるのを感じた。太子の初恋《はつこい》相手、しかももったいつけた面紗をかぶっているとくれば無理もないが、おかげで足が震《ふる》えてしまった。

（とにかく宮殿に入ったんだから、あとは人目につかないように過ごせばいいんだわ。えと、ここがわたしの泊《と》まる部屋ってことなのかしら？）

紗の布地で作られているので、面紗越《ご》しでも少しは視界がきく。こっそりあたりを見回してみると、いかにも個人の居間という感じでそれほど広い部屋ではない。

ただし調度品は、天井《てんじょう》から下がった紗幕《しゃまく》や玉簾《すだれ》から床《ゆか》に敷《し》かれた黄金色の絨毯《じゅうたん》まで、すべてが絢爛豪華《けんらんごうか》だった。

花の透かし柄《がら》が入った薄玻璃《うすはり》の帳。馥郁《ふくいく》とした香《かお》りをただよわせる金と銀の香炉《こうろ》。きらびやかな燭台《しょくだい》の数々。磨《みが》き抜《ぬ》かれた長椅子《ながいす》には繊細《せんさい》な刺繍がされたやわらかそうな敷物《しきもの》がかかり、玉細工の卓《たく》には見たこともない果物が盛られた器《うつわ》と花瓶《かびん》がある。

（はぁ……。すごい。目がちかちかしちゃうわ）

まるでお伽噺《とぎばなし》で読んだ龍宮《りゅうぐう》のようだ。一応は父が新調してくれた上等の衣《ころも》を着てきたが、すでに場違《ばち》い感が半端《はんぱ》ではない。

圧倒《あっとう》されながら次の部屋へ入っていくと、一緒にいた使者が畏《かしこ》まって振《ふ》り向いた。

「皇帝《こうてい》陛下と皇后様がお待ちです。特別にお言葉を賜《たまわ》るとのことです」

完全にお上りさんと化して気を抜いていた翠鈴は、ぽかんと口を開けてしまった。

（――――は？）

どうぞと手で促《うなが》され、部屋の奥を見やると、窓を背にした座席に人の姿がある。

金色の長袍《ちょうほう》をまとった恰幅《かっぷく》の良い男性。髭《ひげ》のせいで一見怖そうに見えるが雰囲《ふんい》気《き》は泰然《たいぜん》としている。その隣《となり》には深紅《しんく》の衣に紗の打ち掛《か》けを重ねた美しい女性。結《ゆ》い上げた髪《かみ》に歩《ほ》揺《よう》や簪《かんざし》が揺れ、大輪の花のごときあでやかさだ。

あまりにも唐突《とうとつ》すぎて呆然《ぼうぜん》と眺《なが》めてしまってから、翠鈴は勢いよくその場に膝《ひざ》をついた。

姿を目にしたのはもちろん初めてだが、この威厳《いげん》と高貴さは疑いようがなかった。

（こっ……皇帝陛下と皇后様――っ!?）

予想外にもほどがある登場である。ここは自分に与《あた》えられた部屋ではなく皇帝と皇后の宮殿だったのか？

「……そなたが、萌春か」

皇帝のお声がけだ。怪訝《けげん》そうな声音《こわね》に気づき、身体《からだ》が震え出す。

面紗で顔を隠しているのだから不審《ふしん》に思われて当然だ。萌春と入れ替わるまで顔をさらさないという作戦を立てた時には、皇帝と皇后に目通りした場合の対処法は誰《だれ》も考えつかなかったのである。

(ひぃぃ……、ど、どうしよう……っ)

やはりこのまま死刑《しけい》か――と頭の中が真っ白になりかけた時、父の声がよみがえった。

『周家の命運はおまえにかかっておるのだぞ』

『案ずるな。おまえにはわしの血が流れておるのだからな』

誰が相手であろうと口先を駆使《くし》して乗り切るのじゃ――。

(……そうね。お父さまの娘《むすめ》だもの)

覚悟《かくご》を決めて、息を整える。震えて黙《だま》っていたって何にもならない。

ここまで来たのだ。家族を守るために、もうやるしかない。

「――周萌春でございます。皇帝陛下と皇后様にご挨拶《あいさつ》申し上げます」

顔を伏《ふ》せたまま、とびきりの澄《す》まし声をしぼりだす。

ここにいるのは姉の萌春。太子のお召しに応じてやってきた初恋相手。とことん演じきるしか生き残る道はない。

「うむ。よく参った。しかし、その布はどうしたのか」

当然すぎる問いかけに、小さく深呼吸してから答える。

「ご無礼をお詫《わ》びいたします。実は先日、転倒《てんとう》して顔に傷ができてしまいました。医師の見立てでは一月ほどで治るとのことでしたが、皆様《みなさま》にお目にかけるのが心苦しく、こうして隠しているのでございます。お許しくださいませ」

緊張《きんちょう》で少しつかえてしまったが、それが逆に真実味があったのだろうか。皇帝はそれ以上は咎めることはしなかったものの、やはり気になるようだ。

「それは哀《あわ》れな。早く治るよう後で侍医《じい》を遣《つか》わそう」

（ひぇッ）

「あ……ありがたきお言葉。もったいのうございます。しかしながら、後はわずかな傷跡《きずあと》が残っているのみですので、持参した薬で事足りるかと存じます」

「遠慮《えんりょ》はいらぬ。早く治すに越《こ》したことはない。太子もそなたを待ちわびていたのだから」

ずいぶん熱心に食い下がってくる。気遣《きづか》いは本当にありがたいことだが、出てくるのは冷や汗《あせ》ばかりだ。

これ以上皇帝の申し出を拒否《きょひ》してもいいものか――？

頭からかぶったものと、耳にかけて顔下半分を隠すもの、念を入れて二つの面紗をつけてきている。ここはかぶっているものだけでも取ってみせ、不審さを軽減しておくべきか。

だが翠鈴が言い訳を編み出すより早く、皇后がたしなめるように口をはさんだ。

「陛下。萌春も年頃《としごろ》の娘にございます。見も知らぬ侍医に顔の傷を見られるのが恥《は》ずかしいのでございましょう」

「しかし、侍医だぞ？　医者が傷の治療《ちりょう》をするだけではないか」

「陛下。わたくしどもが無理を通して萌春を召し出したのでございますよ。あまり機嫌《きげん》を損《そこ》ねるようなことは……こほん」

皇后の咳払《せきばら》いしつつの目配せに、皇帝がはっとした様子で言葉を呑《の》む。

「そうであったな。ごほん。──そなたを呼んだのは他《ほか》でもない。頼みがあってのことだ」

皇帝があらたまった口調になったので、翠鈴は思わず居住まいを正した。

「遣わした使者にも聞いていよう。太子がそなたに会いたがっている。突然《とつぜん》のことゆえ驚《おどろ》かせたと思うが、そなたに初恋を抱《いだ》いて忘れられずにいたというのだ。会わぬうちは縁談《えんだん》に応じぬと言い張るので朕《ちん》も驚いた。ゆえに国中に遣いを差し向け探し求めたのだが、萌春という名の他には『とにかく嫋《たお》やかな美少女』としか申さぬので、なかなか骨が折れた」

ため息まじりの嘆《なげ》きに、翠鈴はひそかに首をかしげる。

（とにかく嫋やかな美少女……？　ほんとに誰のことなのかしら……）

萌春の実像といえば、熊《くま》やら虎《とら》のみならず妖魔《ようま》までも打ち倒《たお》して手下にしている剛《ごう》の者《もの》なのだが──太子の中ではよほど美しい想《おも》い出になっているらしい。

（人界をさすらってる間に賊《ぞく》と名の付く者を聞きつけたら退治に行くのが趣味《しゅみ》っていうくらいなのよ。しかも人相手の時は仙の力を使わないみたいだし。それで勝っちゃうような人が嫋やかはないわよね……）

賊から巻き上げた金銭や財宝は人々にばらまいているそうだから、そういう意味ではありがたがられているようだが、まさかそれが初恋の決め手とは考えがたい。

「太子は生まれつき身体が丈夫《じょうぶ》ではない。性格も穏《おだ》やかで優《やさ》しいのだが、此度《こたび》のことには恐《おそ》ろしく強情《ごうじょう》になっておる。このまま我を張れば体調を崩《くず》すやもしれぬ。加えて煌国との縁談を控《ひか》えている身でもある。朕もできるだけ太子の願いを聞いてやりたいとは思っているが……っ」

　急に声が揺《ゆ》れたので、そっと視線を上げてみると、皇帝は目頭《めがしら》を押さえていた。彼に手《しゅ》巾《きん》を差し出した皇后も頬をぬぐっている。

（な、泣くほど心配してらっしゃるのね……）

　どう反応したらいいのか分からず固まる翠鈴の前で、皇帝と皇后は互《たが》いに慰《なぐさ》めるよううなずきあうと、同時にこちらを見た。

「萌春よ。あの控えめな太子がここまで言い張るのだから、我らはもう邪魔立《じゃまだ》てせぬ。どうか、煌の公主を迎《むか》えるまでの想い出を作ってやってくれぬか。それさえ済めばなんでも褒美《ほうび》をとらせよう。望むならそのまま太子の後宮に入ってもよい」

　こちらを拝まんばかりに見つめる皇帝の隣で、目を潤《うる》ませた皇后もうんうんとうなずいている。面紗越《めんしゃご》しに視線を受けながら翠鈴はまたも冷や汗が噴《ふ》き出すのを感じた。

（めちゃくちゃ頼《たよ》りにされてる……っ）

これは思ったよりも責任重大なことを引き受けてしまったのかもしれない。周家の命運のため策をめぐらせている場合ではなかったようだ。

「ほ……褒美は望んでおりません。太子殿下《でんか》のお力になれればそれで充分《じゅうぶん》でございます。皇帝陛下と皇后様のご期待に添《そ》えるよう力を尽《つ》くします」

「うむ……。頼《たの》んだぞ。これ以上奇行《きこう》に走られては、我らの寿命《じゅみょう》が持たぬ……」

ため息まじりの声は疲《つか》れているようでもある。聞き違《ちが》いかと翠鈴は首をひねった。

(奇行？　って聞こえたような……。なんのことだろ？)

「おや。噂《うわさ》をすれば、太子ではないか」

驚いた声をあげた皇帝につられ、思わずそちらを振り返った。

戸口の帳に半ば隠《かく》れるようにして、ひっそりと誰かが立っていた。

銀の布地に繊細《せんさい》な刺繍《ししゅう》がされた袍を、濃《こ》い紫《むらさき》の帯で締《し》めている。腰《こし》には翡翠《ひすい》の玉佩《ぎょくはい》と、白と藍《あい》を連ねた玉輪。細いきらびやかな鞘《さや》に収まっているのは飾《かざ》りの太刀《たち》だろうか。

そして――顔には黄金色に輝《かがや》く仮面。

「……っ!?」

翠鈴がぎょっと目をむいたと同時に、彼は身を翻《ひるがえ》した。

そのまま、まるで逃《に》げるかのように行ってしまった。一言も発することなく。

「なんだ、挨拶もなしに。萌春に会いにきたのではないのか」

「陛下。太子も年頃ですもの。わたくしたちの前では気恥《きは》ずかしいのですわ」

「照れているだと？　まったく、純情なことよ」

皇帝《こうてい》と皇后は微笑《ほほえ》ましそうにひそひそ話しているが、翠鈴はそれどころではなかった。

（奇行って、もしかしなくてもこれのこと――⁉）

面紗をかぶって登城した自分が言えた義理ではないが、仮面をつけて闊歩《かっぽ》している太子様というのは確かになかなかの奇行ぶりだ。待ち望んだ『初恋《はつこい》相手』との再会だろうに、まさかどちらも顔を隠したままとは、感動もへったくれもない事態である。

病弱で穏やかで優しく、初恋を大事にする純情な太子。

一方では仮面で顔を隠し、物陰《ものかげ》からうかがい、気づかれたら逃げてしまう――。

（ど……どう接するのが正解なの――⁉）

いくら考えてもわからない。面紗の下でひきつるしかなかった。


使者の話では、皇帝と皇后との対面は急に決まったことだったらしい。どうしても息子《むすこ》の初恋相手と話がしたい、しかし正殿《せいでん》で仰々《ぎょうぎょう》しくするのは憚《はばか》られるということで、車を着けやすい建物に場をしつらえたとのことだった。

御前《ごぜん》を辞した後、翠鈴は再び馬車に乗って移動し、東宮《とうぐう》へと案内された。太子の住まう宮殿《きゅうでん》である。

　東宮の中は基本的には馬車が入れないため、移動は輿《こし》か徒歩になる。せっかくだから輿にしておけと隼が言うので、紗幕《しゃまく》付きのものに乗せてもらうことになったのだが。

「──ふぅん。あれが例の？」

「ああら。さっそく妃輿《きさきこし》でご登場？　まだ入内《じゅだい》したわけでもないくせに」

「あんなものかぶってるんだもの。当然その気なんでしょう」

「供も連れずに粗末《そまつ》な行列だこと」

「仕方ないわ。そんな身分だから『話し相手』なのでしょ」

　通りにはやけに人が行き交《か》っており、その誰《だれ》もがこちらを注視している。ささやき合う声も心なしか刺々《とげとげ》しい。

（初恋相手ということが知られているからかしら。だとしても、好奇《こうき》の目ならまだしも、これじゃまるで嫌《きら》われてるみたいだわ）

　怪訝《けげん》に思っているのがわかったのかどうか、使者が咳払いして声をひそめた。

「殿下の後宮にはすでにお妃方がいらっしゃいます。萌春様が話し相手として参内されたこともご存じです。しかしそれは口実で、実は新しい妃だと思われる方もいるのです」

　翠鈴は仰天《ぎょうてん》した。嫌われてるみたい、などと呑気《のんき》に不思議がっている場合ではない。

　紗幕越《しゃまくご》しによく見てみると、綺麗《きれい》な身なりの女性たちがこちらをにらみながらひそひそ話している。ほぼ全員の目に敵意がこもっているのに気づき、めまいがしてきた。

「じゃあ、あの方たちってみんなお妃さまなんですか……？」

「いえ、お妃付きの侍女《じじょ》です。お妃方は後宮からお出になることはあまりないので」

「で、でも、どうしてそんな勘違《かんちが》いを？　普通《ふつう》はお妃になられる方ってもっと華《はな》やかに入られるものなんじゃありません？　ちゃんと儀式《ぎしき》をしたりとか」

「さようです。あの方たちもどこまで本気でいらしたかはわかりませんが……。萌春様の今日のいでたちをご覧になって、信じてしまわれたのかもしれません」

「今日の……ですか？」

使者が言いにくそうにちらりと見る。

「その面紗を、ご婚礼《こんれい》の折の衣装を模したと思われたのやも」

「！」

翠鈴は硬直《こうちょく》し、やがてがっくりと肩《かた》を落とした。

（確かにそうだわ……。そこまで考えが至らなかった……！）

婚礼の日、花嫁《はなよめ》は鮮《あざ》やかな布を頭からかぶるのだ。新郎《しんろう》にそれを取ってもらうまで顔を隠しておくのが慣《なら》わしである。道理で東宮の皆《みな》さんの視線が怖《こわ》いわけだ。

（わたしは太子様の後宮に入るわけじゃないんです！　ごめんなさい配慮《はいりょ》が足りなくて！）

なんとか誤解を解こうと必死に目で訴《うった》えたが、悲しいかな誰にも通じた様子はなく、輿は彼女たちのもとを通り過ぎてしまった。

やがて一行は後宮の門の前で止まった。

この先は男性は入ることができないため、輿を降りることになる。

「なんか目つけられちゃいましたけど、大丈夫《だいじょうぶ》すかね」

手を取って降りるのを助けながら隼が言った。彼ともここでお別れなのだ。

「さすがに後宮までは付き添えないんで……。まあ、お嬢様《じょうさま》がやれってんなら女装でもなんでもしてついていきますけど」

「やめて。そんなことしたら目立ってしょうがないわ」

翠鈴は青ざめつつたしなめた。なまじ顔がいいだけに女装もこなせそうだが、別の意味で後宮の住人の目を引きそうだ。第一、男だとばれた時のことを考えただけで恐《おそ》ろしい。それこそ言い訳無用で死刑《しけい》になってしまう。

「一応、話の通じる人がいたんで、何かあったら教えてもらいますけど。くれぐれも気をつけてくださいよ」

彼が目をやった先には、後宮の女官《にょかん》らしき女性が頬《ほお》を染めて立っている。先ほど荷物を渡《わた》したついでに口説いた――もとい、話をつけたらしい。さすがの早業《はやわざ》だ。

「すぐには来られないかもしれないすけど……非常の時には呼んでください。飛んでいくんで」

いつになく口調が真面目《まじめ》だ。飄々《ひょうひょう》として軽口ばかり叩《たた》いている隼だが、やはり心配してくれているのだろう。

使用人ではあるが、彼とは生まれた時から共に暮らしてきた。幼なじみでもあり、兄妹《きょうだい》のような間柄《あいだがら》でもあるのだ。だからこそ翠鈴も信頼《しんらい》している。

「わたしは大丈夫。なんとかしてみせるわ。……とにかく隼は姉さまのことをお願い」

声を落として念を押すと、隼は眉《まゆ》をあげてみせた。

「ご心配なく。引きずってでも連れてきますんで」

翠鈴も真剣《しんけん》な顔でうなずく。今はその言葉をひたすら信じるしかなかった。


隼や使者らに見送られて後宮の門をくぐると、そこには回廊《かいろう》で繋《つな》がれた広大な宮殿が広がっていた。

それぞれに門があり、宮の名が書かれた扁額《へんがく》がかかっている。一つ一つに妃が住んでいるのだ。どこからか楽しげな声や楽の音が聞こえてきて、華やいだ空気が流れている。

先導の女官は回廊を回り込み、奥へと進んでいく。やがて視界が開け、広い庭園に出た。橋の架《か》かる大きな池を中心に、梅林や桃園《とうえん》、牡丹《ぼたん》の園などもあるようだ。その奥に小さな門と建物があった。

「こちらの離宮《りきゅう》をお使いくださいとのことです」

女官の言葉に、翠鈴はまじまじとそれを見上げた。彼女について中に入りながら、胸が高鳴るのがわかった。

（すてき。お庭もきれいだし、こぢんまりしてて静かだし。すごく過ごしやすそう）

それに個人的なことをいえば、お妃たちのいる宮殿から離《はな》れているのがいい。あちらだったらますます生きた心地《ここち》がしなかったに違《ちが》いない。

やがて荷物を運んでくれた女官たちが出て行き、翠鈴は一人、椅子《いす》に座り込んだ。

居間も寝室《しんしつ》も、やはり皇宮らしく最高級の調度品が並んでいる。けれども、皇帝に謁見《えっけん》した部屋に比べると色合いは落ち着いていて、きらびやかなものはあまりない。

（姉さまの好みに合わせてあるみたい。これも太子様のご意向なのかしら）

もし萌春のためにこの離宮のすべてを用意したのだとしたら。太子が初恋《はつこい》の相手を心から大切に思っているのは間違《まちが》いないようだ。

逃《に》げるように去って行った後ろ姿を思い出し、しばし考え込んだが、頭《かぶり》を振《ふ》った。

（難しいことを考えたってしょうがない。もうここまで来ちゃったんだから）

両親と自分の身の安全のため。恐れ多くも皇帝《こうてい》と皇后の期待に応《こた》えるため。そしてできれば太子の心を慰《なぐさ》める一助となるためにも。

「……あと二十日。なんとしても姉さまの代わりをまっとうしなきゃ」

自分を鼓舞《こぶ》するようにつぶやき、ひとまず荷物を整理することにしたのだった。

◇

翌朝。

翠鈴は悩《なや》みながら部屋の中を行ったり来たりしていた。

何度も廊下《ろうか》をうかがい、時には外へ出てみたりもしたが、なぜなのかまったく人の気配がしないのだ。離宮の中は物音一つなく静まりかえっている。

（ええと……。これは一体、どうしたらいいのかしら）

静かすぎるせいで、ぐうぅぅ、とお腹《なか》が鳴る音が悲しいほど響《ひび》く。

思い起こせば、ここへ来た時から様子がおかしかった。

昨日は荷物の整理を終えるとうたた寝《ね》してしまい、気づいたら夕方になっていた。ところが、室内が薄暗《うすぐら》くなったというのに誰《だれ》も灯《あか》りをつけにやってこない。しばらく待ってみたが音沙汰《おとさた》がないので、真っ暗になる前に種火を見つけ出し、自分でつけて回った。

その後は夕食が運ばれてくることもなく、入浴や就寝《しゅうしん》の準備をしに誰かが来ることもなく。完全放置されたまま一日が終わってしまったのである。

（宮殿《きゅうでん》って女官の人たちが至《いた》れり尽《つ》くせり世話を焼くものだと思ってたけど、そうじゃないのね……。お妃さまじゃないんだから、お風呂《ふろ》に入るのも寝台《しんだい》を整えるのも、そりゃ自分でやらなくちゃね。夕食だって後宮では食べないっていう習慣なのかも）

自分の思い込みを恥《は》じつつ朝を迎《むか》え、さて女官に後宮のしきたりを聞いておかねばと待っていたのだが――。

午《ひる》近くなろうというのに、相変わらず、人っ子一人訪ねてくる様子がないのだ。

（まさか後宮では朝食もとらないっていう習慣が……？　いや、さすがにないわよね）

このままでは昼食にもありつけそうにない。痺《しび》れを切らし、こちらから探《さぐ》りに行ってみることにした。

女官と出くわした時のために耳からの面紗《めんしゃ》を付け、廊下へ出る。朱塗《しゅぬ》りの柱が並ぶ回廊伝いに扉《とびら》を片っ端《ぱし》から開けていったが、やはりどの部屋にも人の姿はなかった。

裏手に回ると離れ家があったが、こちらも無人だ。どうやら厨房《ちゅうぼう》のようで、竈《かまど》や鍋《なべ》、調理に使う道具がきれいなまま並んでいた。

棚《たな》を探してみると、米と味噌《みそ》や塩などの調味料、それに干し野菜なども置いてある。

翠鈴は目を輝《かがや》かせ、思わず手を打った。

（そっか。後宮では食事も自分で作るのね！）

そうとわかれば話は早い。てきぱきと火を熾《おこ》し、お粥《かゆ》を作ることにする。家では母と一《いっ》緒《しょ》に炊事《すいじ》をしているので、余所《よそ》の厨房でも特に困ることはなかった。

椀《わん》や匙《さじ》も用意し、炊《た》き上がった粥を注《つ》ごうとしたが、ふと手を止めた。

「……少し緑が欲しいわね」

そういえばここへ来る途中《とちゅう》の庭園に薬草園のようなところがあった。さすがに勝手に使ったら怒《おこ》られるだろうが、道端《みちばた》に生えている野草なら構わないだろう。

門を開けて庭園をのぞいてみる。日差しが降り注ぎ、あちこちに芽《め》吹いた若芽がきらめいていた。庭園自体は門で区切られているわけではないので、後宮の住人なら誰でも入れるようになっている。人目につく前にと、翠鈴はそそくさと野草を探した。

「あ、鼠麴草《そきくそう》。――車前草《おおばこ》も！」

思った通り、あまり人の踏《ふ》み入っていないような場所にぽつぽつと生えている。

当面の食料にしようと、せっせと摘《つ》んで籠《かご》に入れていると、何かが視界をかすめた。

振り向いて見ると、誰かが庭園を歩いているところだった。しきりに手元に目をやりながら、どこか頼《たよ》りなげな足取りでうろうろしている。

なんとなく見つめた翠鈴は、大事なことに気づくと、ぎょっと目をむいた。

（ちょっと待って。――後宮に男が入ってる!?）

すらりとした長身を袍《ほう》に包み、髪《かみ》を冠《かんむり》にまとめた姿は、明らかに男のものだ。

確かめるまでもなく後宮は男子禁制である。翠鈴は青ざめながら木の陰《かげ》に隠《かく》れた。

(侍医《じい》とか占術官《せんじゅつ》とかお許しがあれば入れるみたいだけど、そんな感じでもないし……。誰かが手引きして恋人《こいびと》を引き入れた？　それとも押し入った狼藉者《ろうぜき》？　ど、どっちにしろ危険だわ。見つかったら何をされるか……でも放《ほう》っておくわけには……ん？)

おろおろしながら観察していたが、引っかかりを覚え、目を凝《こ》らした。

どこかで見たような顔だ。それも、ごく最近。

(——あ！　あの人……！)

思い出した瞬間《しゅんかん》、翠鈴は口元を押さえていた。

先日街で出会った天然気味の若様、もとい売り上げの恩人の迷子青年だったのだ。

良家の子息のようだったから皇宮にも上がれる身分ということなのだろう。しかしあのうろつく様を見るに、また道に迷ったのか。

(よりによって太子様の後宮にまで普通《ふつう》迷い込む？　嘘《うそ》でしょ……！)

どれだけ方向音痴《おんち》なのかと信じられない思いで見つめたが、彼は確かにそこにいる。時折首をかしげたりきょろきょろしたりしながら行ったり来たりしている。

この分では誰かに見咎《みとが》められるのも時間の問題だ。翠鈴はたまらず木陰から飛び出した。

「ねえ、ちょっと！　——お兄さん！」

急いで駆《か》け寄ると、青年がはっとしたように振りむいた。面紗を付けていたのを思い出し、翠鈴がそれを取ってみせると、彼は目を見開いた。

「君は……」

覚えていてくれたらしい。翠鈴は構わず彼の手をつかんで引っぱった。

「だめじゃない後宮なんか入っちゃ！　こんなところで何してるの？　また迷子なの？」

「えっ？　いや、私は」

「早く、こっち よ！　見つかる前に隠れなきゃ」

運悪く、庭園の入り口のほうから人の声が聞こえてきた。お妃《きさき》の誰かが散歩にでも出てきたのかもしれない。

「急いでッ。ばれたら死刑《しけい》になっちゃうわ！」

経緯《けいい》はどうあれ侵入《しんにゅう》者の男と手をとりあっている現場を目撃《もくげき》でもされたらお終《しま》いである。

翠鈴は必死の形相で青年を押しやり、離宮《りきゅう》へと駆け込んだ。

ぜいぜい息をつきながら門を閉め、向こうをうかがう。騒《さわ》ぎになっていないところをみるとなんとか見られずに済んだようだ。

「はー……。危なかったぁ……」

声が完全に聞こえなくなるまで確かめると、安堵《あんど》のあまりへたり込んでしまった。

「大丈夫《だいじょうぶ》か？」

青年が心配そうな顔で手を差し伸《の》べる。翠鈴はため息をついてそれを見上げた。

「何を他人事《ひとごと》みたいに言ってるの。危なかったのはあなたなんですからね。こんなところでまで迷子になるなんて」

青年は瞬《またた》いてこちらを見ている。翠鈴は彼の手を借りて立ち上がった。

「怒ってるんじゃないのよ。ただ、ひやひやしただけ。後宮に男が入るのは御法度《ごはっと》だってあなたも知ってるでしょ。狼藉者なら通報しなきゃだけど、あなたは恩人だもの。お役人に売るわけにはいかないじゃない」

青年はしげしげと翠鈴を見つめていたが、やっと理解したように口を開いた。

「つまり、私を助けようとしてくれたのか」

「そうよ。今日はどこに行くつもりだったの？　後宮のことはよく知らないけど、方向はなんとなくわかるわ。見せてみて」

手にしている紙は地図だろう。のぞきこもうとしたが、彼はやんわりとそれを隠した。

「いいんだ。一人で行けるから」

「でも、また間違《まちが》ってるんじゃない？」

「いや……もうわかったから大丈夫だ」

重ねて辞退されてはしつこくするわけにもいかない。気になりながらも、翠鈴は門を少し開けて外をうかがった。

「誰もいないわ。今のうちに、急いで」

「あ……ああ」

「もう迷子にならないでね。外出する時はお供の人をつけたほうがいいわ」

青年は何か言いたそうだったが、さすがにそんな余裕《よゆう》はないと思ったのか、素直《すなお》にうなずいて門を出ていった。

隅《すみ》の目立たないあたりをたどって後ろ姿が遠ざかっていく。見えなくなるまでこっそり見送った翠鈴は、そっと息をついた。

（……それにしても、あの人……）

彼は一体どこの誰で、皇宮で何をしていたのだろう？

今さらそんな疑問がよぎったが、考え込む前に、はたと思い出した。

「そうだ、お粥！」

ぐぅ、とお腹《なか》が鳴る。

たちまち青年への疑問は吹《ふ》き飛び、翠鈴は急いで厨房へと走ったのだった。

◇

それからも離宮は実に静かでのどかだった。

相変わらず誰《だれ》もいないので、食事を毎回作り、風呂《ふろ》を用意し、洗濯《せんたく》もした。善行のため宮殿《きゅうでん》中を掃除《そうじ》して調度や回廊《かいろう》を磨《みが》き上げ、庭の草抜《ぬ》きをし、不備を見つけたら簡単に修理もした。それでも時間があまったので取ってきた野草で保存食やおやつも作った。さらには書庫にあった見事な絵巻物に感動し、長編の恋物語《こいものがたり》を読んで涙《なみだ》し——。

そんなふうに満喫《まんきつ》していたら、いつのまにか独りぼっちのまま五日が過ぎていた。

（どういうこと？　これじゃ後宮に一人暮らしを楽しみにきたみたいじゃない）

国中を捜《さが》すほど萌春を熱望していたはずなのに、太子は一度も気配すら見せていない。あの逃《に》げるように去って行った後ろ姿が、彼を見た最後だった。

（お加減がお悪いとかじゃなければいいけど……。それとも、実はそこまで切羽詰《せっぱつ》まってはいない感じなのかしら？）

太子の体調に心配が募《つの》るが、どこの誰に様子を伺《うかが》えばいいのかもわからないのだ。

翠鈴は家から持ってきた荷物を整理しながらため息をつく。こうも一日中一人でいると、さすがにやることがなくなってきた。この荷の整理ももう何度目になるかわからない。

父が持たせてくれた新しい衣《ころも》や装飾《そうしょく》品。もし誰かににらまれそうになったら袖《そで》の下を贈《おく》れと言って、珍《めずら》しい化粧《けしょう》品や薬なども用意してくれた。後宮の住人なら指輪や簪《かんざし》はいくらでも持っているし、化粧や薬品のほうがありがたがられるだろうという心遣《こころづか》いだ。

『使う時にはスパッと使うのが真の商人じゃ。この非常時に金に糸目はつけぬ。なぁに、そのうち褒美《ほうび》をもらうのじゃし、それで潤《うるお》うなら構わんわい。ハッハッハ……ご、ごほん』

隠しきれない本音が見えつつも、翠鈴が不自由しないようにと精一杯《せいいっぱい》の支度《したく》をしてくれた。お金大好きでけちな父が、対後宮策として超一級《ちょういっきゅう》の品々ばかり持たせてくれたのだから、そこは感謝している。

母からは風呂敷包《ふろしきづつ》みを渡《わた》された。『話し相手という名目だけど、男相手に何が起こるかわからない。いざとなったら自分の身を守りなさい』とのことだったが、明らかに金属のこすれる音がしたり短剣《たんけん》のような形状が確認《かくにん》できたりしたため、いろんな意味で怖《こわ》くてまだ開けていない。

「まあ、お母さまが心配してるような事態にはなりそうもないけどね……」

気を取り直して、占《うらな》い道具の玉を磨いていると、外から物音が聞こえた。

驚《おどろ》いて耳を澄《す》ますと、どうやら門を叩《たた》く音のようだ。

（誰か来た？　も、もしかして、いよいよ太子様のお使いが！）

翠鈴は慌《あわ》てて衣を手で払《はら》い、髪《かみ》をなでつけると面紗《めんしゃ》をつかんで部屋を飛び出した。


この数日、掃除しまくったので離宮内はどこもぴかぴかだ。毎朝起きたら新調の衣と装飾品で娘《むすめ》らしい装いをするよう心がけていたので、身なりにも抜かりはないはず。

（いきなり太子様ご本人が訪ねていらっしゃるかはわからないけど、そうなってもおかしくないいんだものね。一応準備しておいてよかった）

門の前まで駆けてくると、胸に手を当てて何度も息を整えた。

ここにいるのは周萌春。翠鈴である自分のことは絶対に出してはいけない。

相手は病弱ゆえの不安を抱《かか》えているはず。刺激《しげき》せず真心を尽《つ》くして仕えねば。

固く自身に誓《ちか》うと、翠鈴は面紗の下で小さく咳払《せきばら》いし、ゆっくりと門を開けた。

「──はい。お待たせいたしました……」

ふいっと誰かが門扉《もんぴ》の陰《かげ》から顔を出す。

「おはよう」

翠鈴は目をむいて相手を見上げた。

さわやかに微笑《ほほえ》んだのは、またしてもあの迷子の若様だったのだ。

「よかった。応答がないから留守かと思って、出直すところだった」

「……な……」

「これは土産《みやげ》だ。前に露店《ろてん》の飴《あめ》をくれただろう？　お返しをしたくて、私も倣《なら》って買ってきた。もっと早く持ってくるつもりだったんだが、ここ三日ほど店を出していなくて──」

楽しげに紙袋《かみぶくろ》を差し出した彼を、翠鈴は慌てて中に引き入れた。

誰にも見られていないか高速で確認して門を閉める。だーっと冷や汗《あせ》が噴《ふ》き出すのがわかった。あまりの勢いに面紗も落ちてしまったが、拾う余裕もない。

なんて心臓に悪い登場をするのだろう。この前の説教を聞いていなかったのだろうか。

「あなた……迷子になるのも大概《たいがい》にしてちょうだい。お供をつけてと言ったじゃないの」

はあはあと肩《かた》で息をするさまを、彼は不思議そうに見ている。

「迷子じゃない。君に会いに来たんだ」

「……へ？」

「会いたいと思っていたら、ここに住んでいると知ったから。――まさかこんなところで会えるとは思わなかった」

翠鈴はぱちぱちと瞬き、彼を見つめた。

そんなふうに屈託《くつたく》なく、嬉《うれ》しそうに言ってもらえるとは思ってもみなかった。それも変な下心からでなく、まるで子どもがまっすぐ好意を伝えるように堂々とした態度で。

照れのような感情で頬《ほお》が熱くなったのを感じながら、翠鈴はおずおずと頭を下げた。

「あ……、ありがとう。そんな、わざわざ、お返しまでくれるなんて」

「揚《あ》げた芋《いも》に蜜《みつ》をからめてあって、なかなか美味だったよ。口に合うかな」

「わあ、わたしこれ大好きなの。嬉しい！」

ついつられてにこにこしてしまったが、はっと我に返って頭を抱えた。

「って、違《ちが》う違う！　こんなことしてる場合じゃないんだってば」

「どうした？」

「いや、だからそんな不思議そうな顔しないでっ。ここは後宮だと言ってるじゃないの。

あなた、ええと」

ああ、と青年が微笑む。

「明星《めいせい》だ」

「め……明星、さま。そりゃわたしだって、また会えてよかったと思ってるわ。でも……」

男が後宮に入ってはいけない、というのはさすがに理解しているだろう。その上で訪ねてきたのだとしたら、なんとなく自分にも責任があるような気がしてきて口ごもってしまうと、その隙《すき》に彼はすたすたと本殿《ほんでん》のほうへ歩き出した。

「一緒《いっしょ》に食べないか？　私が茶を淹《い》れるから」

「へっ⁉　ちょ……」

（まさかここで寛《くつろ》ぐつもり⁉）

慌てて後を追うと、厨房《ちゅうぼう》を見つけたらしい彼はさっさと入っていき、中を検分していた。

「茶葉は……これか。茶器……茶器はどれがいいかな。いや、その前に湯の用意が先か。えーっと、鉄瓶《てつびん》は……」

明らかに手慣れていない様子で、あっちへ行ったりこっちへ行ったりしている。よその厨房に初めて入ったというのもあるだろうが、それだけでは済まされない手際《てぎわ》の悪さだ。

「ああ、ここにあった。湯を沸《わ》かして、茶葉を三杯《ばい》……あっ」

手順の書かれているらしき紙切れを見ようとした拍子《ひょうし》に、茶葉の入った筒《つつ》を倒《たお》してしまった。がっかりした顔で棒立ちになっているので、翠鈴は思わず手を差し出した。

「わたしがやるわ。あなたは座ってて」

「いいったら。この前の礼として私が」

「いや、やったことないんでしょ。あなた、見るからに良家の若様みたいだもの」

よほどやりたかったのだろうか。明星は無念そうに息をついている。

「やり方を聞いてきたんだが、実際にやるのとは違うものなんだな」

「そうかもね。今日のところは見学していて。そこのお菓子《かし》でも食べながらね」

励《はげ》まそうとしたのだが、なんだか微笑ましくて笑ってしまった。街で出会った時もそう感じたのを思い出しながら。

(このぽやんとした感じ。やっぱり、弟みたい)

くすくす笑われて彼はばつが悪そうにしていたが、促《うなが》されるまま大卓《たく》のほうを見やり、目を瞠《みは》った。そこには色とりどり、形も様々の菓子が卓上いっぱいに並んでいたのだ。

「これは?」

「暇《ひま》だったから作っちゃった。あ、これなんかおすすめよ」

まず勧《すす》めたのは一口大の蒸《む》し饅頭《まんじゅう》だ。緑は鼠麴草《そきくそう》、薄紅色《うすべにいろ》は赤紫蘇《しそ》、黄色は柚子《ゆず》の皮で色と風味をつけている。どれも庭で摘《つ》んだり家から持ってきた保存食で作ったものだ。

皿に載《の》せたそれを差し出すと、明星は戸惑《とまど》ったように交互《こうご》に見た。

「いいのか？」

「もちろん。わたし一人じゃ食べきれないもの。好きなのを選んで」

重ねて勧めたが、彼はなおも躊躇《ためら》いがちに菓子を眺《なが》めている。しかし決心がついたのか、ようやく一つをつまんで口へ運んだ。

「……うん。おいしいな」

少し緊張《きんちょう》したようなその顔が、かすかにはにかむ。

いかにも慣れないふうの仕草や表情を見ていた翠鈴は、ふと思った。

（もしかして、つまみ食いしたの初めてだったのかしら？）

これはよほどの箱入りの若様なのかもしれない。いくらでも高価な菓子を知っているだろうに、こんな質素な饅頭をそんなに楽しそうに頰張《ほおば》るなんて。

ひらひらと、どこからか花びらが飛んできた。それは次の菓子を選ぼうとしていた明星の指にちょうど落ちて、彼はあたりを見回した。

「中庭に桃《もも》の木があるのよ。ちょうど今盛りの頃《ころ》なの。窓を開けてるから入ってきたのね」

指さして教えると、明星は伸《の》び上がってそちらを見た。

「本当だ。――露台《ろだい》があるな」

「ええ。桃花《とうか》を愛《め》でるために作られたんでしょうね」

「行ってみよう。私も愛でたい」

「……え？　ちょ、ちょっととっ？」

言うなりさくさくと茶器一式を盆《ぼん》に載せ、それを抱えて厨房を出ていってしまった。

慌てて追いかけると、早くも露台にのぼった明星が卓の上に器《うつわ》を並べている。駆《か》け寄った翠鈴に、彼は笑《え》みを見せて手を差し伸べた。

「ここで茶を飲もう。君の菓子ももっと食べたい。一緒に花を見よう」

（……はいぃぃ⁉）

とっても爽《さわ》やかな笑顔なのだが言っている内容はとんでもない。太子の後宮に侵入《しんにゅう》しておいて堂々と茶会を催《もよお》すとは、なんという大胆不敵《だいたんふてき》。

しかし思わず手を差し出したのがいけなかった。軽々と露台に引き上げられ、呆然《ぼうぜん》としている間に、彼は何度か往復してあらかた菓子を運んできてしまったのだ。

（しまった……お茶会が始まってしまったわ……っ）

なりゆきで席についてしまい、翠鈴は動揺《どうよう》していた。茶を注《つ》いだり持参した菓子を取り分けてくれたりと、慣れない手つきでかいがいしく働いているので言いづらいのだが――。

「あ……あの、……め、明星さま」

「ん？　こっちの味のほうがよかったか？」

「わあ、二つも買ってくれたの？　嬉しい、どっちも好きなの！」

思わぬ贈《おく》り物に目を輝《かがや》かせたが、はっと我に返って顔を覆《おお》う。

「じゃなくてッ。こんなことしてたらわたしたち命がいくつあっても足りな――」

「どうした？」

「いやだから、なんでそんな不思議そうな顔……っ」

とことん他人事《ひとごと》かと目をむきかけて、はっと口をつぐんだ。

ゆったりと卓にもたれ、片手で茶器、もう片手で翠鈴が作った菓子をつまんでいる明星。

おだやかな表情でこちらを見る彼は、まるで親しい友といるかのように安らいでいる。

それを見たら、一人できりきりしているのが申し訳なくなった。会いたかったと土産《みやげ》を持ってきてくれた人に対する態度ではないと気づいたのだ。

「……拝美堂の名物、食べてみた？」

おずおずと訊《き》いてみると、茶をつぎ足していた彼が嬉《うれ》しそうにうなずいた。

「ああ。君の言ったとおり、美味だった」

「今の季節は茶餡《あん》と桃饅よね。どっちを食べたの？」

「どちらも。都で一番だと店の者に勧められて」

「都一かは知らないけど、下町では一番だと思うわ。……ってあなた、さっきわたしが作った饅頭食べてたわよね。やだ、ごめんなさい。せっかく名物を勧めたのに素人《しろうと》の饅頭なんか食べさせちゃって」

さすがに都一との触《ふ》れ込みの饅頭と比べられるのは恥《は》ずかしい。赤面してしまったが、明星はそんな翠鈴に楽しげに笑いかけた。

「君の饅頭のほうがおいしかったよ」

「えぇーそんなあー」

お世辞だとわかりつつも照れ笑いを浮《う》かべたが、すぐに両手で耳をふさぐ。

「いやおかしいでしょ！　後宮で男ときゃっきゃしてたら死刑《しけい》なんだってば！」

ころころ対応の変わる翠鈴に、明星はきょとんとしている。まだ事の重大さがわかっていないのか。

やはりびしっと言って帰ってもらわねばと翠鈴は気合いを入れて向き直ったが、彼の背後にあるものに気づいて目を瞠った。

「うそっ!?　こんなところに采玉《さいぎょく》の実がある！」

桃の木のやや後ろ、雑草にまぎれて紫色《むらさきいろ》の小さな実を付けた草が鈴《すず》なりになっている。

初代皇帝《こうてい》が天から授《さず》かったといわれ、今では庶民《しょみん》にも愛される果実だ。

自分で食料を調達せねばならない身にとって新鮮《しんせん》な果物は貴重である。頬《ほお》が上気するのを止められなかった。

「ここは見てなかったから知らなかったわ。後で収穫《しゅうかく》しなきゃ。砂糖を入れて煮込《にこ》むとすごくおいしいのよ。ああ、でも煮込みにするにはちょっと量が少ないかしら」

うきうきする翠鈴をよそに、明星は桃の木を思案げに見ている。

「あの木の陰《かげ》になっているせいだろう。日が当たればもっとたくさん生《な》るはずだ」

「そうね。でも仕方な……どうしたの？」

彼が露台を下りて木のほうへ歩いていくので、驚《おどろ》いて見ていると、

「あの実が欲しいんだろう？　微力《びりょく》ながら手伝わせてくれ」

「え、今？　じゃあ一緒《いっしょ》に収穫する？」

「いや。桃の木を引き抜《ぬ》く」

「――――は？」

明星が桃の木の幹に両手をかけるのを翠鈴はぽかんとして見つめた。発言の意味がわからなかったのだ。しかし幹がめきめきっとすごい音を立てたので、仰天《ぎょうてん》して飛び上がった。

「ちょっと――っっ！　何やってるの!?」

明星が怪訝《けげん》そうに振《ふ》り返る。

「だから、木を引き抜いて日当たりをよくしようかと」

「平然として恐《おそ》ろしいこと言わないでッ。後宮の植木を抜こうなんて万死《ばんし》に値《あたい》するわよ！　いや後宮じゃなくても無闇《むやみ》に抜いちゃだめ！　一体どういう考え方してるの、いいとこの若様ってみんなそうなの!?　どうせ手伝うならもっと正統派でしてちょうだい！　というかどんだけ怪力《かいりき》なの、めきめきって言ったわよ今！　どんな鍛《きた》え方してるの!?」

ものすごい剣幕《けんまく》で説教されさすがに驚いたのか、明星はたじろいだ顔で手を離《はな》した。

「す、すまない」

「わたしに謝ったってしょうがないでしょ。もう、さすがに木の養生はできないわよ」

「……すまない」

くるりと背を向け、明星が桃の木に向かって頭を下げる。心なしかしゅんとした様子だ。息を切らしていた翠鈴は、軽く頭《かぶり》を振った。

(何なのかしら、この人。浮世離《うきよば》れしすぎて、ほっとけないっていうか……)

露台を下りて木の傍《そば》へ行ってみる。確認《かくにん》してみたが、割れたり裂《さ》けたりということはないようだ。そのことにほっとして幹を撫《な》でた。

「無理に抜いたり傷つけたりしたら可哀相《かわいそう》よ。植物だっていつかは終わりがくるけど、今は生きてるんだから。天命が尽《つ》きる時まで……最期《さいご》まであるべき姿のままでいたいはずよ」

木はいずれ朽《く》ち果てる。けれどまったく別の物質になるわけではない。木のままで老いていき、木としての死を迎《むか》える。――そんな当たり前のことが羨《うらや》ましい。

愛《いと》しむように撫でていた翠鈴は、明星の視線に気づき、はっと我に返った。

「って怒《おこ》っちゃったけど、野草を採りまくってるわたしが言えたことじゃないわねっ」

「何かあったのか？」

「……え？」

「なんだか悲しそうに見える」

どきっとして翠鈴は彼を見つめ返した。

まなざしにあるのは詮索《せんさく》や不審《ふしん》の色ではなく、ただ気遣《きづか》うような真摯《しんし》なものだったが、そんなふうに見えたのかと驚いてしまい言葉が出なかった。

そのまま黙《だま》り込んでしまった翠鈴を明星は見ていたが、やがて露台《ろだい》へと目を向けた。

「続きをしないか？　もう少し茶会に付き合ってほしい」

温かな声だった。きっと気になっているだろうに、追及《ついきゅう》せず話を変えてくれて。困っていることに気づいたからだろう。

翠鈴はおずおずとうなずいた。会って三度目の相手に心の内を見抜《みぬ》かれたようで、なんだか落ち着かなくなる。

「……よほど庶民のお茶会が気に入ったのね。いつもは豪華《ごうか》な茶会をしてるでしょうに」

取り繕《つくろ》おうと、なんとかそう言うと、彼は当たり前のように答えた。

「いつもというか、実は茶会自体が初めてなんだ」

「ええ？　でも家でもやるでしょ？　家族でお茶したり」

露台へ向けて歩いていた明星が、少しだけ沈黙《ちんもく》する。

「した記憶《きおく》がない。家族とはそういう親しさはないから。集まることがまずあまりないし」

翠鈴は驚いて彼を見上げた。何気ない話題のつもりだったのにと、焦《あせ》りがこみ上げる。

「あの……悪いこと聞いちゃったかしら……」

おろおろするのを見て、明星が首を横に振る。ごく自然に、微笑《ほほえ》みながら。

「茶会とは楽しいものだと君が教えてくれた。嬉しかったよ。ありがとう」

それは心からの言葉に思えた。

翠鈴はじんと胸が熱くなるのを感じた。自分にとっては些細《ささい》なことでも、彼にとっては礼を言うようなことで。人の役に立てたとわかってほっとしながらも、強く思った。

この人はいい人だ。でもきっと家族のことで悲しい思いもしている。そんな人に罰《ばっ》を受けさせたくはない、と。

やはりしっかり伝えて帰ってもらわねばならない。そして外へ出たらあらためて茶会に誘《さそ》おう。そう心を決め、あらたまって彼を見つめた。

「……あのね、明星さま。実はわたしは太子様の話し相手としてここへ来てるの。だからあなたと気軽に会うわけにはいかないのよ。もしこんな現場を見つかったら、わたしはもちろんあなただって厳罰《げんばつ》を受ける。つまり今、とってもまずい状況《じょうきょう》なの」

彼がいかに世間知らずの若君様だとしても、ここまで言えばわかってくれるはずだ。曲がりなりにも皇宮に出入りしているのなら。

「二度と会えないわけじゃないわ。外へ出て会えばいいんだから。でもここはだめ。後宮に入れる男は太子様だけなのよ。わかるでしょ？」

打ち明けた翠鈴を彼は表情も変えずに見ている。驚いたり焦ったりするそぶりもない。

そして平然としたまま、信じられないことを言った。

「それは問題ない。君の言う太子とは私のことだから」

風に乗って、ゆるりと花びらが飛んできた。

優雅《ゆうが》にそれを掌《てのひら》で受け止め、明星が視線を戻《もど》す。

「しかし君は萌春のふりをしているようだが別人だ。どういうことかな」

――心臓が一瞬《いっしゅん》止まった。

翠鈴は目を瞠《みは》って明星を凝視《ぎょうし》した。

たちの悪い冗談《じょうだん》だと笑い飛ばすこともできなかった。なぜなら彼は本物の萌春を知っている。萌春が皇宮に呼ばれた事情も承知している。だから翠鈴が偽者《にせもの》だと気づいた――。

(まさか、そんなはず……、だ、だって、太子様があんな街中にいるはずないじゃない。確かになんだか浮世離れしてるし、箱入りの若様だなとは思ったし、後宮に堂々と入ってくるし、朝っぱらからここを訪ねてきたりしたけど……でも……そ、そんなことが……)

身体《からだ》が震《ふる》えだした。相手が誰《だれ》であろうとここにいるのが萌春でないと看破されたのだ。死刑《しけい》の文字がちらつき、息が上がっていく。

堂々と入ってきたのも当然だ。ここは太子の後宮なのだから。あの時彼はまったく慌《あわ》てていなかった。それどころか匿《かくま》った翠鈴のことを不思議そうに見ていた――。

(いや、ありえない！　だって太子様は病弱なのよ。すごい勢いでひったくりを捕《つか》まえた

り木を引っこ抜こうとしたりやるわけない、というかできないでしょ！　だ、だいたい、こっちは太子様のお顔も知らないんだから確かめようが……）

必死に打ち消そうとしていた翠鈴は、うぐっと息を呑《の》んだ。

太子の姿を目にしたのは一度だけ。仮面をつけた彼が逃《に》げるように去って行った時だ。あの時、太子が腰《こし》につけていた玉輪——目の前の青年も同じものをつけている。そしてそれに連なるようにして黄金の仮面が下げられていたのだ。

「そ……その仮面……」

愕然《がくぜん》とつぶやいたのに答えるように、彼が腰の仮面に目をやる。

「庭園に入るまでは付けていたんだが、ここなら萌春しかいないと思ってはずしたんだ。これを知っているということは、陛下の御前《ごぜん》にいたのもやはり君か」

ざっ、と全身から血の気が引いた。

翠鈴は震えながら明星を見上げ——。

「……君っ？」

——恐怖《きょうふ》のあまり失神した。

◈

気がつくと、透《す》かし彫《ぼ》りの天井《てんじょう》が目に入った。

見覚えのあるそれは毎晩寝《ね》ている寝台《しんだい》のものだ。それがわかって、ほっと息をはく。

（なんだ……夢だったのね。びっくりしたぁ……）

「気がついたか？」

「ひッ⁉」

ふいに誰かがのぞきこんで来た。それだけでも心臓がまた止まるかと思ったのに、なんとそれは明星——もとい太子殿下《でんか》だったのだ。

「急に気を失うから驚《おどろ》いたよ。大丈夫《だいじょうぶ》か？」

心配そうに眉《まゆ》をひそめている彼を、目をむいて見上げ——。

翠鈴は転がるように寝台から下りると、怒濤《どとう》の勢いでその場に平伏《へいふく》した。

「もっ、申し訳ございませんでした……！　どうかお許しください……っ」

今まで彼にしてきた無礼な言動。そして一瞬で偽者だとばれたこと。その二点だけでももう死刑が決定されたような所業だが、さらには彼の前で一言もなく失神してしまった。しかも他《ほか》に人がいないところを見るにどうやら彼がここへ運んでくれたらしい。我ながら非礼がすごすぎてどんな罰を受けるか想像もつかないくらいだ。

（お父さまお母さまごめんなさい。隼もごめんね。もうわたしたちおしまいよ……）

冷や汗《あせ》がだらだら流れて床《ゆか》に落ちる。頭の中が真っ白になり、ぎゅっと目をつぶった。

きっと次に太子が口を開いた時が、自分の命が尽きる時なのだ——。

がくがく震えながら打ち伏《ふ》しているのを、明星は驚いた顔で見ている。

その目見がふと曇《くも》った。

「……そうか。民《たみ》にとって皇族とは、それほど恐《おそ》れる存在なのだな……」

独り言のように言うと、しばし間を置いてから、彼はその場に膝《ひざ》をついた。

「お嬢《じょう》さん、頭を上げてくれないか。君を罰するつもりはまったくない。もちろん君の家族についてもだ」

穏《おだ》やかな声が間近で聞こえ、翠鈴はびくりと身を震わせる。

問答無用でお手討《てう》ちにするようなお方でないのは察せられたが、こんなに近い距離《きょり》に太子殿下がいるのだ。恐れ多くてどちらにしても顔をあげられるはずがない。

「本当だ、約束する。だから話してほしい。なぜ萌春ではなく君がここにいるのか」

なおも縮こまっているのを見て、彼は小さくため息をついた。

「どうしても萌春に会わねばならないんだ。手を尽《つ》くして捜《さが》したが、どこにも見つからず困っている。何か事情を知っているなら教えてくれないか。察するに、君は萌春の縁者《えんじゃ》なのだろう？」

太子の声がいかにも困り果てているように思えて、翠鈴はつい顔をあげてしまった。

初めて街で出会った時と変わらぬ様子のまま、彼がまっすぐ見つめていた。

「頼《たの》む。助けてほしい」

凛《りん》としたまなざし。誠実さを感じる声音《こわね》。

相手を下賤《げせん》の者だと侮《あなど》る色など微塵《みじん》も感じられない。むしろこちらを信用し、あまつさえ頼《たよ》ろうとさえしている純粋《じゅんすい》さ。

思わず吸い込まれそうな感覚に陥《おちい》ったが、はたと我に返り、翠鈴は慌てて平伏した。

「ご……、ご賢察《けんさつ》のとおりです。わたくしは……、……萌春ではございません」

打ち明けながら、思わず目をつぶる。こんなに明らかにばれているのに、これ以上ごまかす術《すべ》が思いつかなかった。もう覚悟《かくご》を決めるしかない。

これほど萌春に会いたいと願っている太子にもう嘘《うそ》はつけない。せめて事情を話さなければと思った。

「太子様が萌春をお捜《さが》しだと御使者《ごししゃ》がいらっしゃいました時、姉は……その、家を長らく空けているところでした。わたくしどもにも行方《ゆくえ》がわからず……、どうしようもなく、わたくしが姉に代わって参内《さんだい》することになりました」

仙女《せんにょ》だというあたりを省いて説明するとなるとなんともあやふやな話になってしまう。こんなことで納得《なっとく》してもらえるだろうかとうろたえていると、彼が怪訝《けげん》そうに言った。

「姉？　君は萌春の妹なのか？」

「は……はい。さようでございます」

「しかし萌春は仙女だろう？　年齢《ねんれい》が合わない。では君も仙女なのか？」

「いえっ、めっそうもございません。わたくしはただの人で……えっ？」

慌てて答えた翠鈴は、一瞬、ぽかんとした。

聞き違《ちが》いだろうかとおそるおそる顔を上げてみると、太子が意外そうに見ている。

「似ているから血が繋《つな》がっているのかと思ったが……、萌春はもう二百近い歳《とし》だろう？　君はそうは見えないし。つまり名目上の姉妹《しまい》か」

「……」

「あ、すまない。女人《にょにん》に歳の話などして」

妙《みょう》なところに気を回す太子様だったが、翠鈴はそれどころではなかった。

まさかという思いがこみ上げ、思わずごくりと唾《つば》を飲み込む。

「お……おそれながら……、太子様。姉が仙女だとご存じだったのですか……？」

明星がきょとんとして見返してくる。

「もちろん。自ら話していたからな」

翠鈴は目をむいた。

「もしや秘密だったのか？　それはすまなかった。安心してくれ、口外はしないから」

（……………な…………）

これほど綺麗《きれい》に絶句したのは生まれて初めてかもしれない。

初恋《はつこい》相手が仙女だと知ったら太子の心身に衝撃《しょうげき》を与《あた》えるかもしれない。仙女が出入りしているとばれたら周家も処罰《しょばつ》される――だから命がけで一家総出の作戦に打って出たというのに、最初の前提が間違っていたとは。

(わたしたちの苦労って一体……!!)

脱力《だつりょく》のあまり魂《たましい》まで抜《ぬ》けそうになっているのを見て、太子も気づいたらしい。

「そうか。萌春が留守だと断れば、仙女であることも話さねばならない。それは使者には言えないものな。それで君が代わりに？」

「はい……。姉が戻《もど》ったら入れ替《か》わるつもりで……」

翠鈴がよぼよぼしながらうなずくと、彼は同情のまなざしになった。

「だから面紗《めんしゃ》をつけて顔を隠《かく》していたのか。それは申し訳ないことをした。こちらも事情を話せばよかったんだが、それができないものだから」

「い……いえ、そんな、もったいないお言葉。あの……、姉はまもなく参内できると思います。毎年同じ頃《ころ》に里帰りするのですが、それがもうすぐなのです。なじみの店に必ず立ち寄るため、我が家の者が連れてくると申していました」

「ああ、拝美堂だろう？」

「え……、ご存じでしたか」

太子はうなずき、少しいたずらっぽい目で微笑《ほほえ》んだ。

「饅頭《まんじゅう》がうまい店だ。君が教えてくれた」

翠鈴は目を瞠《みは》り、思わず口を押さえた。

「もしかして、だからあの時……!?」

街で会った時、彼が行こうとしていたのが拝美堂だったのだ。あれは萌春が来ていないか訊《たず》ねるためだったのか。

そこまで知っていたとは、彼と萌春はかなり親しい間柄《あいだがら》のようだ。太子様なのに城下に一人で下りるというのは信じがたいけれど。

「あの店に立ち寄ると以前聞いたことがあって行ってみたんだが、今年はまだ来ていないと言われた。時期が早すぎたわけか」

「は、はい。ですがあと半月ほどです。もう少しお待ちいただければお会いになれます」

「いや、そんなに悠長《ゆうちょう》なことを言っていられない。事は急を要するんだ」

太子の声が硬《かた》くなった。

驚いて見上げると、彼は真剣《しんけん》な顔つきになっている。翠鈴は戸惑《とまど》いながら見つめた。

「姉が太子様の初恋のお相手だとうかがいました。それに関連することでしょうか?」

もしや体調が優《すぐ》れず、一刻も早く会わねば手遅《ており》れになるとかそういうことだろうか。

途端《とたん》に心配になってきてはらはらしていると、太子がためらうように目を伏せた。

「初恋云々《うんぬん》というのは実は方便なんだ。どうしても萌春に相談したいことがあって……」

「相談、でございますか？　あ、それでこの離宮《りきゅう》にお一人でいらしたのですか？」

「うん。皇宮に来たと聞いて半信半疑で会いにきたら、萌春ではなく君がいたから驚《おどろ》いたよ。陛下の御前《ごぜん》では面紗をつけていたし。なぜそんなものをと不思議に思っていた」

「う……、苦肉の策で……」

意味のなかった策に恥《は》じ入りながらも、何やら深刻な事情がありそうなのはわかった。力になれればと翠鈴はおずおずと申し出た。

「あの、もしわたくしでお役に立てるのなら、代わりにうかがいましょうか。薬や食に関することなら姉から少し習っておりますので。あ、もちろん仙薬《せんやく》についてでございます」

「仙薬か……。薬や食で解決できるものだろうか……」

「で、では、占術《せんじゅつ》はいかがでしょう？　わたくしは人捜しが専門ですが、星見や筮竹《ぜいちく》なども基本的なことならできますので」

「人捜し？　なら、萌春が今どこにいるかも占《うらな》えるか？」

もっともな要請《ようせい》だ。翠鈴は消え入りそうになりながら頭を下げた。

「実は、仙人《せんにん》相手の占いは難しく……。申し訳ございません」

「難しい？　できないというわけじゃないんだな？」

ずい、と太子が迫《せま》ってくる。その勢いに押されるように翠鈴は小さくうなずいた。

「特性上、一箇所《いっかしょ》にずっとおられるとは限りませんので……。もし捜し当てたとしても、訪ねていく頃には場を移られている場合もございます。そういう意味では人捜しが成功したとは申せませんので」

「しかし、ある程度の居場所を知ることはできるんだな。仙が可能なら神も捜せるか？」

「神？　で、ございますか？　……はい、おそらくは」

ぽかんとしつつ、またうなずく。なぜこんなことを聞かれるのかわからず、つい反射的に答えを返してしまった。

黙考《もっこう》していた太子が、やがて心を決めたように翠鈴を見た。

「今から言う話は、ごく一部の者しか知らないことだ。口外しないと誓《ちか》ってくれるか？」

目を丸くしながらもこくこくうなずいた翠鈴に、太子は声を低め、重々しく告白した。

「――実は私は、神の呪《のろ》いにかかっている」

◆

事は五代前に遡《さかのぼ》る。

時の皇帝《こうてい》が、狩《か》りで土地の神を射る事件を起こしたのがきっかけだった。

かの神は激怒《げきど》し、皇帝に呪いをかけた。

いわく、「子孫の繁栄《はんえい》を許さず。皇帝一族は自ら滅《ほろ》びるであろう」と。

その後、かの神は御代《みよ》が代わるたびに呪い続けた。

先々帝の御代では伝染病《でんせんびょう》が猛威《もうい》を振《ふ》るい、皇帝をはじめとして多くの者が命を落とした。

先帝の御代では激しい皇位争いが起こり、皇族のほとんどがいなくなった。

今上帝は多くの妃《きさき》を持ったが、太子以外に男子が生まれることはなかった。

そして今、太子にかけられた呪いというのが――。


「女人を口説くべからず……、で、ございますか？」

呆然《ぼうぜん》として聞き返した翠鈴に、太子はため息まじりにうなずいた。

「つまり、妻を迎《むか》えたところで男女の関係にはなれない。そうなれば世継《よつ》ぎどころじゃない。帝位を継ぐ者として責任を果たせないかもしれないんだ」

「えええっ！」

確かにそれは大問題だ。お世継ぎが生まれなければそこで皇帝一族は滅びることになる。

まさしく神の呪いのとおりに。

(そうなったらわたしたち庶民《しょみん》だってどうなるの⁉　治める御方《おかた》がおられなくちゃ国は荒《あ》れるわ。というか、あんなにたくさんお妃さまがおられるのに誰《だれ》とも仲良くできないなんて……)

あの女官《にょかん》たちが仕えるお妃方は、脳裏《のうり》に東宮《とうぐう》の門をくぐった時のことがよみがえった。あの女官たちが仕えるお妃方は、

おそらく片手では足りないくらいいるはずだ。華《はな》やかな後宮にこんな秘密があったとは。

青ざめて頬《ほお》を包んでいた翠鈴は、ふと気がつき、顔をあげた。

「そういえば、煌の公主様をお迎えになると聞きました。急を要すると仰《おっしゃ》ったのはそれが理由でございますか？」

「ああ。公主が嫁《とつ》いでくる前になんとかせねばならないが、解呪《かいじゅ》の仕方に皆目《かいもく》見当がつかない。萌春とは昔なじみなんだが、仙術でどうにかできないか相談しようと思ってな」

「さようでございましたか……」

ようやく合点《がてん》がいき、何度もうなずいたが、また引っかかりを覚えて首をかしげた。

「お話を聞いた限りでは、歴代の皇帝陛下は即位《そくい》された後に呪いを受けたように思いましたが……」

「正確には、かの神が呪いをかけたのは一度きりだ。要は皇帝、ひいては采国が短命になるという呪いだが、それが発動するのが即位した後ということらしい」

（短命……）

二十歳《はたち》まで生きられない予言を思い出し、どきっとして息を呑《の》む。目の前にいる人がそんな運命を背負っているのが信じられなかった。

（病弱と聞いてたわりに、全然そんなふうに見えなかったけど……。短命の予言がそうや

って伝わっているということなのかしら）

　それはそれで恐《おそ》ろしいことだ。こんなに健康に見えても、呪いのせいである日突然《とつぜん》命を落とすかもしれないのだから。

「では、なぜ太子様は即位前に呪いを受けられたのでしょう？」

　あらたな緊張《きんちょう》を覚えながら訊《たず》ねると、明星は深刻な顔つきで目を伏《ふ》せた。

「それがわからない。短命となる呪いと今回のは別物のようなんだ。かの神があらたに仕《し》掛《か》けたのか、別の神によるものか、それとも太子をよく思わない者の仕業《しわざ》なのか」

「え……、神ではなく人がかけた可能性もあるのですか？　そんな……。太子様にそんな狼藉《ろうぜき》をはたらくなんて」

　政敵という存在が太子にもいるのだろうか。たった一人しかいない皇位継承《けいしょう》者に何かあれば、その人物だって困るだろうに。

「あ、あの、どうして女人が口説けない呪いなのだとおわかりになったのですか？　相手からそういった宣言のようなものがあったのでしょうか？」

　もしそうであれば、それをもとに呪いの主を調べることができるかもしれない。そう気《せ》づいて急き込んで訊ねたが、なぜか太子はぐっと詰《つ》まったように目をそらした。

「それは……、……その、実際に、そういうことができなくなったから……というか……」

　それまでの冷静で整然とした口調と打って変わり、とても言いづらそうな様子だ。

気まずげな横顔を見つめていた翠鈴は、はっと気づいて赤面した。

(そ、そういうわけなんですね……!)

とにかく女性を相手にできないということだろう。これ以上訊《き》く度胸はなかった。

「では、もしもそれを破ったら……えっと、強行しようとしたらどうなるのでしょう」

「……。わからない……試《ため》していないから。……もしかしたら死ぬかもしれないな」

心なしかやさぐれた口調で言い捨てた彼に、翠鈴は涙目《なみだめ》になりかけた。

(たっ……太子様――!)

女性を口説けない、口説こうとすれば死が待っている――なんと恐ろしい呪いなのか。

「じゃ、じゃあ、その状態で公主様が嫁いでいらしたら……」

「……婚姻《こんいん》が成立しない。ごまかそうにも婚礼《こんれい》には煌の使節団も列席するからまずばれるし問題になるだろう。もしこれがきっかけで煌との交易が断絶すれば采国には大打撃《だいだげき》だ」

煌は国力豊かな大国だ。交流ができなくなればどうなるのかは翠鈴にも想像がついた。

(きっとうちも破産しちゃう……。お父さまの野望終わった――!)

大商人を目指す父の努力も周家の未来も、すべてが無に帰してしまうのか。

青い顔であわあわする翠鈴を前に、太子は軽く咳払《せきばら》いして話を戻《もど》した。

「呪いがかかってからは病が悪化したといって人前に出ないようにしているし、やむなく出る時には顔を隠《かく》している。呪いをかけたのが人なら、かの人物は注視しているはず。何か異変はないか観察するだろう。以前と変わったところを見せれば気になって探りを入れてくるのではと、そういう輩《やから》をあぶり出そうとしているところなんだ」

「それでわざと仮面を……」

突然態度がおかしくなった太子を、普通《ふつう》の官吏《かんり》なら不思議に思うだろう。しかし呪いをかけた当人ならどうにかして確かめようとするはずだ。太子が豹変《ひょうへん》したのは呪いのせいなのか、そして本当に呪いにかかったのかどうかを。

「呪いをかけた相手が誰か、占《うらな》いで特定することはできるか？」

真剣《しんけん》な顔で見つめられ、翠鈴はたじろぎながらうなずく。

「はい……。石があれば、ですが……」

「石？」

「はい。わたくしの行うのは星石を使った占いなのです。ご存じのように、星石は采の民《たみ》なら常に身につけています。そのため、持ち主と同じものを見聞きしています。わたくしは占いによってその石の記憶《きおく》を共有し、視《み》ることで人を捜《さが》します。星石同士は呼び合いますので、離《はな》れたところにいても今いる場所を突《つ》き止めることができるのです」

采国に生まれた者なら誰でも知っている慣習だ。太子もそうだったようで仕組みについてはすぐ理解したようだった。

「それは素晴《すば》らしい才だ。しかし……逆に言えば星石がなければ捜せないということかな」

もしかして、という顔で訊かれ、うっと翠鈴は詰まった。

「……さようです。申し訳ございません……！」

そうなのだ。翠鈴の占いにはこの弱点がある。星石でなくとも縁《ゆかり》の物なら視えることもあるが、それらに頼《たよ》らないと占えないのだ。

「そうか……。仕方ない。君のようなか弱き女子を頼ろうとした私が間違《まちが》っていた」

「う……、役立たずで本当に申し訳もなく……」

「あ、いや、そうじゃない。私の考えが浅かったと言っているんだ。そもそもは帝室《ていしつ》の問題であるのに市井《しせい》の者に背負わせてはいけなかったと」

小さくなる翠鈴を急いたようになだめ、太子はため息をつく。

「しかし、困ったな。公主との縁談《えんだん》がまとまるのが先か、呪《のろ》いが解けるのが先か。萌春を待つしかないのがもどかしい」

その萌春も絶対的に捕《つか》まえられる保証はない。さらに言うなら朝廷《ちょうてい》へ来たとしても呪いの解き方を知っているとは限らない。それに公主との縁談が明日にもまとまってしまう可能性だってないこともないのだ。

つまり太子は今、絶体絶命の窮地《きゅうち》に立っている。そうでもなければ庶民の娘《むすめ》でしかない翠鈴にまで事情を話し、縋《すが》ろうとはしないはずだ。

(どうしたらいいのかしら。お力になって差し上げたいけど、星石がないと占えないし)

物憂《ものう》げな太子の横顔を見つめ、翠鈴はおろおろと考える。——ついでに善行の虫もむくむくと頭をもたげてきた。

（姉さまの星石はあるから占おうと思えばできるけど、ほぼ毎回とんでもない深山しか視えないのよね。しかも大陸中を廻《めぐ》ってるみたいだし……。ああ、でもやってみるべき？　こんなにお困りなんだもの。もしかしたら采国におられるかもしれな……あっ！）

はっと思い出して胸を押さえた。

仙籍《せき》に入ったというのに、里帰りを終えて山へ戻る時、萌春はいつも律儀《りちぎ》に星石を一粒《ひとつぶ》置いていく。何かあったら捜して呼んで、との台詞《せりふ》つきだが、これまで捜し当てられたためしがない。

それはともかく、もう一つ彼女から預かったものがあったのを思い出したのだ。

「た……太子様に申し上げますっ。姉が参内《さんだい》するまで、わたくしが代わりに呪いをかけた者捜しをお手伝いしとうございます。どうかお許しをいただきたく」

急に平伏《へいふく》した翠鈴を太子は驚《おどろ》いたように見たが、すぐに表情をあらためる。

「何か策が？」

「……はい。もし相手が人であった場合、その人物や呪いがかけられた場所に心当たりがおありなら、捜すことはできるかもしれません。星石でなくてもその人物の持ち物ですとか……そういうものがあれば、占いで見えるか試してみます」

星石や物を手がかりに特定の人物を捜《さが》すのではなく、大勢の中から一人を捜し当てる。あまりしたことはないがやってみるしかない。翠鈴は顔を上げ、さらに続けた。

「もし神であった場合ですが、実はわたくしは姉から『神仙縁遊録《しんせんえんゆうろく》』という巻物を預かっています。大陸の地図が描《えが》かれ、そこに棲《す》む神仙の名が記されたものです。天界に届けられた住所録のようなものだと姉は申していました。今現在必ずそこにいるとは限りませんが、土地の主神が誰《だれ》かということは一目でわかります。呪いのかかった場所がわかれば、そこを治める神を捜して交渉《こうしょう》することが可能です」

五代前の神であった場合は、時の皇帝《こうてい》がかの神を射た場所を捜し当て、神と交渉する。もし他《ほか》の神であった場合は、太子が呪いを受けた可能性のある場所を特定し、その神を捜す。神仙が地上を闊歩《かっぽ》していた時代と違《ちが》い、今も人界に存在している者となると数は限られてくるはずだ。

翠鈴の説明を聞く太子の顔に真剣味《しんけんみ》が増していく。この案が使えるかどうか、吟味《ぎんみ》しているように見える。

力になりたい一心で、翠鈴は、ずいっと膝《ひざ》を進めて訴《うった》えた。

「そのうえで女人を口説く訓練もなされればよろしいかと。命を取られない程度を探るですとか……。僭越《せんえつ》ながら、わたくしでよければお相手いたしますのでっ」

太子が目を見開いた。虚《きょ》を衝《つ》かれたようなその顔は、どこかあどけなく見えた。

しばしの沈黙《ちんもく》の後、彼はふっと苦笑《くしょう》をこぼした。

「それは頼《たの》もしい申し出だ。力を貸してくれるのはありがたい。内密に動いているから、何分人手が足りなくて……ええと、君……」

太子が言いよどんだので、はっと気づき慌《あわ》てて礼をとる。

「周翠鈴と申します、太子様」

まだ名乗っていなかったのだ。鈍《どん》くさい自分に恥《は》じ入っていると、そっと手をとられた。

「では翠鈴と呼んでもいいかな。お嬢《じょう》さん」

「……っ、はい。仰《おお》せのとおりに」

「よかった。私のことも太子ではなく明星と呼んでほしい」

（はい!?　いやそれは無理、できな……、……う……）

いきなりのとんでもない要求に思わずぎょっと顔をあげてしまったが、隠しきれない高貴さとまぶしいほどの爽《さわ》やかさ全開で見つめられては、うなずくしかなかった。とてもじゃないが断れる雰囲気《ふんいき》ではない。

その〝返答〟に満足したのか、太子は微笑《ほほえ》み、いくらか表情をあらためて言った。

「これからよろしく頼む。翠鈴」

厳《おごそ》かに、秘《ひ》めやかに。

二人の間に契約《けいやく》が結ばれたような気がした。

初恋《はつこい》相手の代役として会うはずだった太子に、まさかこんな秘密があったなんて。しかもそれを解決するための手助けをすることになるとは。

(びっくりしすぎて信じられないけど……でもお力になれたらこれほどの善行はないわ。太子様をお助けすることはひいては国のためにもなる。わたしの願いも叶《かな》うかも……)

今こそ徳を積む時だ。どぎまぎしつつも翠鈴は太子の微笑を見上げてうなずく。

「……はい。喜んで!」

あらゆる意味で、胸が大きく高鳴っていた。

三　神捜し、はじまる

夜更《よふ》け。静まりかえった後宮の小路を、一人の女官《にょかん》が歩いていた。

主《あるじ》の急な用で東宮《とうぐう》府へ行った帰りである。誰もいない夜道は心細く、また春先の気候は肌寒《はだざむ》い。それでなくても最近は妙《みょう》な噂《うわさ》が流れている。自然、足取りは速くなった。

考えないように意識すればするほど、あの噂が耳の奥によみがえるようで、物陰《ものかげ》に忙《せわ》しなく視線をやったり、逆に見るまいと目を瞑《つぶ》ったり。そうこうするうちに仕える宮殿《きゅうでん》が見えてきて、ほっと息をついた時だった。

嫌《いや》な気配を感じた。思わず立ち止まり、彼女はおそるおそる振《ふ》り返る。

——誰もいない。深閑《しんかん》とした夜の闇《やみ》があるだけだ。

(……気のせいよね)

自分を励《はげ》ますように笑い、また歩き出す。——が、すぐに足が凍《こお》り付いた。

ちょうど差し掛《か》かった庭園の高楼《こうろう》に、人の姿があった。

女だ。髪《かみ》を結《ゆ》わずに振り乱していて顔は見えない。

女官は息を呑《の》んでそれを見つめた。

「栄寧《えいねい》……⁉」

思わず漏《も》れた声が聞こえたのかどうか。高楼の女がゆっくりと振り返る。

「……苦しい……」

囁《ささや》くような声が聞こえ――、

女官は絶叫《ぜっきょう》とともに失神した。

◇

「お嬢様《じょうさま》、お食事の用意ができました」

礼を取りながら言った侍女《じじょ》に、翠鈴はぎくしゃくと返事する。

「あ……ありがとうございます。玲琅《れいろう》さん」

すると、畏《かしこ》まっていた侍女は、ころっと笑顔《えがお》になった。

「さんだなんて、いやですね。あたしのことは玲琅とお呼びくださいってば。硬《かた》い言葉遣《づか》いもいりませんから」

「そ、そうだったわね。ありがとう、……玲琅」

はい、と微笑んで玲琅が食膳《しょくぜん》の卓《たく》に案内してくれる。色とりどりの皿に見たこともない料理が卓いっぱいに並んでいるのを、翠鈴は途方《とほう》に暮れるような心地《ここち》で見渡《みわた》した。

（やっぱりそうよね……後宮ってこんな感じよね。ううん、想像以上のすごさだわ……）

太子の秘密を知ってからというもの、翠鈴の生活は一変した。

まず初めに、お付きの侍女ができた。一人で暮らしていたと聞いて驚いた明星が差し向けてくれたのだ。来たのは萌春だと思っていたわけだから、仙女《せんにょ》である彼女に侍女を付けるという発想がなかったのだろう。

すまなそうにしながら彼が紹介《しょうかい》したのが玲琅だった。年齢《ねんれい》はあまり変わらないように見えるが、明星に昔から仕える腹心だという。皇宮の事情に精通し、愛らしい顔に似合わず近衛《このえ》並みに腕《うで》も立つらしい。

『代役の事情も話しているから心配しなくていい。私に用がある時は彼女に言ってくれればすぐに対応するから』

恐縮《きょうしゅく》する翠鈴に明星は優《やさ》しくそう言ってくれた。

そして翌日から、なぜかお妃《きさき》並みの待遇《たいぐう》を受けるようになってしまった。

「お食事の後にお召《め》し替《か》えなさいます？　若様から新しい衣装が三箱ほど届いてますけど」

あっけらかんと言われ、ぎこちなく箸《はし》を口へ運んでいた翠鈴は座ったまま数寸ばかり飛び上がった。

箱といっても荷車で運ぶくらいの大きなものに、最高級の衣装がぎっしり詰《つ》め込まれているのだ。しかも贈《おく》られるのはこれで四回目。

（わたしなんかにもったいなさすぎる！　お父さまが持たせてくれた衣装だってそこそこ上等だけど、たぶん全部合わせてもこの一着の値段にも及《およ》ばないはず……っ）

美しいお妃ならさぞ映《は》えるだろう絢爛豪華《けんらんごうか》な衣装。散々勧《すす》められたので一応袖《そで》を通してはいるが、あまりの場違《ばちが》い加減に最初は手足の動かし方すら忘れてしまうほどだった。

「こ……、この衣装のままでいいわ。調べ物をするから汚《よご》してしまったらいけないし」

「そうですか？　はーいわかりました。じゃあ隣《となり》の部屋を整えておきますね。たぶんお使いもうすぐ来ると思うので」

「ええ。お願いします」

若干疲労《じゃっかんひろう》を覚えつつ会釈《えしゃく》した翠鈴に気づいたのか、玲琅はきょとんと見つめていたが、やがて耳元に顔を寄せてきた。

「そんな他人行儀《たにんぎょうぎ》はおやめくださいったら。あたしたち、若様の隠密《おんみつ》仲間じゃないですか」

「——!?」

目を丸くして振り返る翠鈴に、「ね？」とささやき、にこにこしている。

（お、隠密って何？　そりゃ確かにこっそりお力になる役目ではあるけど……）

明星は彼女にどんな事情説明をしたのか非常に気になるところだ。やけに親しげにしてくれると思っていたら、〝同志〟だと認識《にんしき》されているせいだったらしい。

どちらにしろ彼女の存在が心強いのは確かだ。ひとまず今は突《つ》っ込むのはやめておき、

「そうね。隠密よね」

と笑みを返しておいた。

気を遣《つか》いまくる朝食をなんとか終えると、軽く身支度《みじたく》をして隣の部屋へ向かう。

太子に呪《のろ》いをかけた者を捜《さが》す仕事が昨日から本格的に始まったのだ。家から持ってくるよう隼に頼《たの》んでいた『神仙縁遊録』が届いたので、太子の秘書官とともに呪いのかけられた日時や場所を特定する作業に入ったのである。

この秘書官というのがまた予想の遙か上をいく人で、昨日は翠鈴の度肝《どぎも》を抜《ぬ》いたのだが——。

「おはようございます。小璋《しようしよう》さん」

部屋に入って挨拶《あいさつ》すると、卓に積まれた巻物を眺《なが》めていた彼が顔をあげた。

「おはようございます。今日も素敵《すてき》なお召し物ですね。お妃様」

なんとも無邪気《むじやき》な笑顔で言われ、翠鈴は目をむいた。

「お妃じゃないんですったら！　昨日も申し上げましたけどっ」

「えっ。でも、桃花離宮《とうかりきゆう》にお住まいだし、桃妃《とうひ》様なのでは？」

不思議そうに目を瞬《またた》く彼に、汗《あせ》をかきながら首を横に振る。

「違います！　わたしはただ——」

「そうですよ！　お嬢様はただの若様の隠密ですよ！　ねっ？」

「……そ、そうです、はい」

横から玲琅が力強く言い添《そ》えてくるので、目を泳がせながらうなずく。実際のところ自分の役名がなんなのか、翠鈴自身にもよくわからないのだ。

「そうなんですか。残念だな。僕はまた、お可愛《かわい》らしいお妃様が入られたのだとばかり」

がっかりしたように彼が言う。翠鈴はひたすら首を横に振るしかない。

（違うんです、いろいろと……というかほぼ全部違うんです……！）

秘書官を遣《つか》わすから必要事項《じこう》を聞くようにと太子からお達しがあった時は、少なからず緊張《きんちょう》していた。庶民《しょみん》の身で皇宮の高官とともに任務に就《つ》くなんて夢にも思わなかったし、その内容が〝太子の呪いについて調べる〟とくるのだから。

しかもここは後宮なのだ。秘書官といえど男であるのに堂々と出入りできるのだろうかと、そういう意味でもはらはらしていたのだが――。

訪ねてきたのはなんと十歳になるかどうかの少年だったのだ。翠鈴も驚《おどろ》きのあまり二度見してしまったくらいである。

正確には秘書官ではなく、その小間使いだと彼――小璋は名乗った。やはり成人男子が後宮に入るのは支障があったらしい。

色が白く華奢《きやしや》でいかにも子どもという感じの彼も、一般《いっぱん》の官吏《かんり》と同じく髪を結って冠《かんむり》をつけている。少し色の薄《うす》い瞳《ひとみ》で見上げてくるのもなんとも愛らしい。

「昨夜《ゆうべ》はよく眠《ねむ》れましたか？　緊張されていたようなので、心配していました」

「はい、おかげさまで。ご心配いただいて恐縮です」

「そんなに堅苦《かたくる》しくなさらなくていいですよ。僕はただの小間使いですし」

「いえいえ、その若さでお務めなさってるんですから、ご立派です。本来ならわたしのような者がお話しできる方じゃないんですから」

見た目に引きずられて馴《な》れ馴れしくしてはいけないと、翠鈴はかしこまって応じる。つい可愛がってしまいそうになるが、それが非礼だというのはさすがにわかっていた。

小璋はそんな翠鈴を小首をかしげて見上げたが、やがてにこっと笑った。

「まあ、よくお休みになれたのならよかった。僕は眠れませんでした。今日もあなたに会えると思うと楽しみで仕方なくて」

「――え？」

「あ、これが太子の行動記録表です」

急に仕事の話に入られ、翠鈴は慌《あわ》ててそちらに目をやる。

「太子が呪いを受けた前後の行動記録は以上です。基本的に皇宮から出ることはほとんどないので、かなり範囲《はんい》は限られていると思います。どうぞ」

渡《わた》された巻物を受け取り、翠鈴はどぎまぎしながら開いてみた。

太子の一日の行動が細かく記してある。ただ、それにしてもあまり特筆すべきところがないように思えた。皇宮の外に出た記録もない。

「本当だわ。ほぼ一日中を東宮《とうぐう》でお過ごしなんですね」

「はい。まあ執務《しつむ》室が東宮の中にありますからね。あとは皇宮本殿《ほんでん》の皇帝《こうてい》陛下と皇后様にご機嫌伺《きげんうかが》いにいくくらいで」

「……後宮にはあまりいらっしゃらないみたいですけど……」

記された行動記録は二週間分ほどだが、一度しか後宮を訪《おとず》れていない。失礼にあたるからと省いてあるのだろうかと思っていると、小璋がにこやかに答えた。

「あまり近づきたくないそうですよ。綺麗《きれい》な花ばかりだけど、棘《とげ》も多いからって」

「そ……そうなんですか？」

「前に太子が後宮の昼の茶会に出席した時、呼ばれなかった妃が腹を立てて、主催《しゅさい》した妃と後で摑《つか》み合いの喧嘩《けんか》をしたとか聞きましたよ。だいたい週に一回はそういうことがあるので、いろいろ大変なんです」

「はあ……」

その場を想像し、翠鈴はごくりと唾《つば》を飲む。確かにできれば居合わせたくない現場だ。

「後宮って華《はな》やかなところだとばかり思っていましたけど、それだけじゃないんですね。太子様のご苦労が偲《しの》ばれます……。そういう揉《も》め事があった時って太子様が仲裁《ちゅうさい》なさるん

でしょう？　どちらの肩《かた》を持つかとか、気を遣われるでしょうね」

同情しながら翠鈴が言うと、小璋は苦笑《くしょう》気味に微笑《ほほえ》んだ。

「家柄《いえがら》だとか親の朝廷《ちょうてい》での位だとか、高い人ばかりが選ばれてますからね。誰《だれ》か一人の味方をするわけにはいかないので」

「やっぱり、ものすごいお嬢様《じょうさま》ばかりなんですね。全然想像がつきませんけど」

「ええ、まあ。蓮妃《れんひ》の父上は財務省の長官、蘭妃《らんひ》の父上は軍機省の長官を務めておられます。桜妃《おうひ》は国一番の大貴族の令嬢《れいじょう》ですし、梨妃《りひ》は先代の宰相《さいしょう》であり陛下の師でもあった人の孫娘《まごむすめ》、藤妃《とうひ》は北部の大豪族《だいごうぞく》の令嬢、梅妃《ばいひ》は大陸屈指《くっし》の豪商《ごうしょう》の令嬢、それから――」

「そ、そんなにっ？　あの、お妃様って何人いらっしゃるんですか？」

数の多さに驚けばいいのか、肩書《かたが》きの煌《きら》びやかさに圧倒《あっとう》されればいいのか。

目を白黒させる翠鈴に、小璋は指折り数えて考え込む。

「今のところは十人ですね。候補者を入れるとその三倍くらいかな」

「候補者っ？　ということはまだまだ増えていくということ……？」

「はい。後宮ですから」

つまりゆくゆくは三十人もの妻を持つわけか。翠鈴はあんぐりと口を開けてしまった。

「すごすぎて想像が追いつかないわ……」

「太子が唯一《ゆいいつ》の男子だったので、皇帝陛下と皇后様は跡《あと》継ぎを心配されているんですよ。

それで良家の令嬢を次々と輿入《こしい》れされて」

小璋が少し声をひそめたので、翠鈴も神妙《しんみょう》な顔になってうなずく。帝室《ていしつ》のみならず民《たみ》にとっても切実な問題なのだ。

「真心を持って太子様にお仕えなさっているんですもの。素晴《すば》らしいお妃《きさき》様たちですね」

「ははは。まあ喧嘩は絶えませんけどね」

「……でも競《きそ》いたくなる気持ちもわかるわ。太子様は素敵な御方《おかた》だもの」

街で人目を引いていたこと。罰《ばっ》しないと言ってくれた寛大《かんだい》さ。気さくな言葉と穏《おだ》やかな物腰《ものごし》。思い返すだけでもそれを実感する。妃たちに慕《した》われるのも当然だろう。

思わずつぶやいた翠鈴を、小璋が意外そうに見る。

真面目《まじめ》な顔でいるのを見つめ、彼はまた笑《え》みを浮《う》かべた。

「もう少し仕入れておきますか？　後宮の情報」

その微笑が意味ありげに見えたのは気のせいだっただろうか。しかし深く考えることなく翠鈴はうなずいていた。

「ぜひ、お願いします」

小璋が手元に硯《すずり》と筆を引き寄せた。

「皇帝陛下の後宮では、妃嬪《ひひん》には位があります。皇后が頂点でその下に貴妃《きひ》、淑妃《しゅくひ》、徳妃《とくひ》、賢妃《けんひ》の四妃。その下は嬪とか夫人とか細かく決まっているんです。でも太子の後宮には基本的には序列はなく、みんな妃と呼ばれます。住んでいる宮殿《きゅうでん》の名にちなんで花の愛称《あいしょう》で、たとえば桜霞宮《おうかきゅう》なら桜妃、蓮華宮《れんげきゅう》なら蓮妃、といった具合です」

さらさらと彼が筆をすべらせていく。宮殿と妃の名を一つずつ書いてくれたのですぐ理解できた。だから桃花離宮に住む翠鈴を桃妃だと彼は言ったのだ。

「ただ序列がないというのは表向きで、厳密に言うと違います。太子の後宮でもっとも位が高いとされるのは李妃《りひ》です。帝室が李氏なので、李という字は尊いとされているからです。李妃になった者がいずれ皇后になると決まっています」

字を目で追いながら翠鈴は首をかしげる。

「さっきは李妃のお名前は出なかったような」

「李妃はまだいません。煌の公主が輿入れしたら李妃に封《ほう》じられることになっています」

「あ……なるほど」

妃たちがどれほど身分が高かろうとも、大国の公主にはかなわない。公主を差し置いて将来の皇后とされる李妃の座につけるはずがないのだ。だから李妃は空席になっている。

「次に位が高いのは蓮妃です。蓮女《れんにょ》伝説にちなんで蓮花は尊いとされていますから。その次は桜妃と蘭妃で、あとは横並びですね。といっても当事者たちにとってはいろいろあるでしょうけど」

「いろいろというと？」

「家格や身分の高さによって、上下関係がなんとなくあるみたいです」

そこは庶民《しょみん》の翠鈴にも想像ができた。自分からすればみんな途方《とほう》もないご令嬢だが、都の名門と地方の豪族《ごうぞく》、現役《げんえき》の大臣と先代の宰相、貴族と豪商──比べようと思えばいくらでも差は生み出せる。

もしそんな中にしがない中級商人の娘《むすめ》が放《ほう》り入れられたらと思うと、ぞっとした。

「わたし、離宮《りきゅう》に案内されて本当によかった。太子様に心から感謝です」

青ざめながらため息をつく翠鈴を、小璋は同情めいた顔で見つめたが、やがて取りなすように笑みを浮かべた。

「妃たちに関《かか》わることはまずないでしょうし、大丈夫《だいじょうぶ》ですよ。ここに閉じこもっていれば向こうも手を出したりしないでしょう」

「ええ……、そうします」

彼女たちと同列に考えること自体が馬鹿《ばか》げているのだ。そもそも自分は後宮の人々と交流しにきたわけではないのだから。

自分の役目は太子に呪《のろ》いをかけた相手を捜《さが》すこと。それをあらためて心に刻み、巻物にもう一度目を通す。

「東宮でお過ごしの間は、いつも決まった方とご一緒《いっしょ》ですか？」

「はい、大体は。これが目録ですね。その中でも太子に恨《うら》みを抱《いだ》いていそうな者は印をつけています」

あっさり言われてぎょっとしながら、それも受け取る。

「あんなにお優《やさ》しい太子様を恨むなんて、なんだか信じられませんけど……」

「個人的な恨みはなくても、身分やそれに付随《ふずい》するものに対して不満を抱くことはある。それは誰に対してもそうじゃありませんか？」

穏やかに小璋は言って別の巻物に目を落としている。その静かなまなざしは年齢《ねんれい》にそぐわぬ老成したものを感じさせ、翠鈴は咄嗟《とっさ》に何も言えなかった。

彼の発言もわからなくはない。太子個人ではなく、太子の位に付随するものに不満を持つ者。そう考えたほうが犯人をしぼりこめるかもしれない。

「あの……ちなみになんですが」

「はい」

無礼を言って申し訳ないと心の中で謝り倒《たお》しながら、翠鈴はおそるおそる口にした。

「お妃様方のどなたかが犯人だという可能性って、あるんでしょうか……？」

さすがに愛らしい小璋にも叱《しか》られるかも——と思ったのだが、彼は少しも動揺《どうよう》した顔をせず、顎《あご》に手を当てて考え込んだ。

「なるほど。李妃の座を狙《ねら》っていた妃の誰かが、公主の輿入れに危機感を抱いて呪いをかけた……とか？　ありえなくはないな」

「あ……でも、呪いの内容からするとその説はやっぱりないかも……。だって、ご自分のことも口説いていただけなくなるんですものね。それはきっとお困りになるでしょうしっ」

太子にかけられたのは〝女人《にょにん》を口説くべからず〟という呪いなのだ。妃にとっても死活問題のはずである。

困っていた明星の顔を思い出し、赤面しながら翠鈴は行動記録を広げた。

「それよりも、ここなんですけれど。皇宮の北と東宮《とうぐう》にある廟《びょう》にお参りなさってるでしょう。そこの神様の仕業《しわざ》かもしれません。わたし調べてみますねっ」

あたふたと早口になるのを小璋はきょとんとしたように見ていたが、やがてくすりと笑い、また筆を執《と》った。

「ひとまず調査の段取りを記しておきましょうか。神捜しはあなたの巻物、人捜しはこの行動記録を基本に調査するということで」

「そ、そうですね、ではその方向で」

「――お嬢様ぁー！」

ふいに廊下《ろうか》から玲琅の叫《さけ》び声が聞こえてきた。

慌《あわ》ただしい足音が近づいてきたかと思うと、扉《とびら》が開いて文字通り転がりながら飛び込んでくる。茶を淹《い》れにいったはずだがとても盆《ぼん》が持てるような体勢ではない。

突然《とつぜん》のことに目を丸くしている二人に、勢い余って床《ゆか》で受け身を取った彼女は、がばっと起き上がってから訴《うった》えた。

「大変です！　桜妃様の使いが来て、茶会をするから出席しろって言ってます！」

「……へ⁉」

なぜわたしが⁉　と固まる翠鈴。今までなんの交流もなく接点もないのに、太子後宮第三位のお妃様から茶会に誘《さそ》われる理由が何一つ思いつかない。

「手、出してきちゃいましたね……」

小璋の感心したようなつぶやきにも、反応する余裕《よゆう》すらなかった。

◇

池にかかる黄金の橋。風に遊ぶ花々。瑠璃《るり》や翡翠《ひすい》の釣《つ》り灯籠《どうろう》。宝玉をちりばめた四阿《あずまや》。まるで月宮か桃源郷《とうげんきょう》かと称《たた》えたくなるような美しい宮殿だが、今そこには想像を遥かに超《こ》える恐《おそ》ろしい雰囲気《ふんいき》が満ちていた。

「お待ちしていましたわ。どうぞこちらへ、桃花離宮の御方」

四阿に集《つど》った一団から華《はな》やかな声がかけられる。同時に突《つ》き刺《さ》さるような視線が一斉《いっせい》に向けられ、翠鈴は耳からかけた面紗《めんしゃ》の下で顔を引きつらせた。

「お……お招きいただき感謝します。桜妃さま」

膝《ひざ》が震《ふる》えているせいか、力を入れていないと倒れそうだ。踏《ふ》ん張りながらなんとか礼を取ると、先ほどの声が笑《え》みを含《ふく》んで続けた。

「そんなに畏《かしこ》まらないで。同じ太子殿下《でんか》の後宮に住まうお仲間なんですもの。ずっとお会いしたかったのだけれど、なかなか機会がなくて」

「……ご、ご挨拶《あいさつ》にも伺《うかが》わず、大変失礼をいたしました」

「そんなのよろしいのよ。あなたもお忙《いそが》しかったのでしょう？」

「そうそう。太子殿下のご来臨もあったようだしね」

別の声が割り込む。さざめくように笑い声が広がるのを、顔を伏《ふ》せた翠鈴は青ざめながら聞いていた。

皮肉を言われているらしいのも怖《こわ》いが、明星が訪ねてきたのを知っているようなのも怖い。こっそり監視《かんし》されていたのだろうか。

明星いわく庭園に入るまでは仮面を付けていたそうだが、それはそれで逆に目立ったことだろう。そもそも最初から堂々と入ってきていたし、見られたとしても不思議はない。

「とにかく顔をお上げになって。皆《みな》さまをご紹介《しょうかい》しますわ」

促《うなが》され、ひそかに深呼吸してからゆっくりと顔をあげた。

途端《とたん》、色あざやかな光景が目に飛び込んできて、思わず息を呑《の》む。

咲《さ》き乱れる庭園を背に、卓《たく》についていたのは四人の妃《きさき》たちだった。

ある者は茶器を口に運びながら、またある者は団扇《うちわ》で頰《ほお》のあたりを隠《かく》しつつ、遠慮《えんりょ》など微塵《みじん》もなくこちらに目を向けている。

どの顔にも共通しているのは、『ふうん。こんなものか』と言いたげなまなざしだ。

「あらぁ。なんてお可愛《かわい》らしい方かしら。太子殿下がお召《め》しになったのも納得《なっとく》ね」

薄紅色《うすべにいろ》の打ち掛《か》けに薄絹《うすぎぬ》を重ねた妃が、朗《ほが》らかに言う。とても楽しげだが言葉にはまったく心がこもっていない。

「桜霞宮の主《あるじ》、桜妃ですわ。殿下お気に入りの新しいお仲間に会えて嬉《うれ》しいわ。入って早々にご来臨があったのですものねえ。なれそめなど興味があるけれど、それは後から聞くとして」

ちくちく笑顔で探《さぐ》りを入れられ、びくつく翠鈴に、桜妃がにこやかに手を示す。

「こちらは蓮妃さまですわ。太子殿下の後宮でもっとも位の高い妃でいらっしゃいます」

翠鈴は急いで礼をしたが、紹介された蓮妃はゆったりと構えたまま会釈《えしゃく》もしなかった。

興味がないというふうに表情も動かさない。ただ、面立《おもだ》ちはくっきりとしていて大層美しかった。赤と紫《むらさき》を重ねた衣装も大人びた雰囲気で、気位の高そうな彼女によく合っている。

「あちらが蘭妃さま。そして藤妃さまですわ」

次の二人も、つんと澄《す》ました様子で翠鈴の挨拶を黙殺《もくさつ》した。

濃《こ》い桃色《ももいろ》の衣装をまとった蘭妃はあでやかそのもので、いかにも勝ち気そうな美貌《びぼう》にあからさまな好奇《こうき》の色を浮《う》かべてこちらをじろじろ見ている。

一方の藤妃は淡《あわ》い紫の衣装をまとい、色白で華奢《きゃしゃ》なこともあってどこか儚《はかな》げな印象だ。

しかしその表情は刺々《とげとげ》しく、敵意を隠そうともしていなかった。

見た目も態度もそれぞれだが、誰《だれ》もが天女《てんにょ》のように美しく、絢爛《けんらん》たる衣《ころも》と装飾《そうしょく》品で飾《かざ》り立てている。後宮とはかくやといわんばかりだ。

（ああ……なんてお綺麗《きれい》なのかしら。こんな時じゃなかったら眼福ものなのに）

ちなみに翠鈴はというと、明星に贈《おく》られた衣装の中で一番地味なものを着てきている。深い緑の地に裾《すそ》と脇《わき》の一部にのみ柄《がら》が入ったもので、生地《きじ》は最高級だが華やかさはない。

「そういえば、なんとお呼びすればいいのかしら。やっぱり、桃妃さま、と？」

藤妃が思い出したかのように言ったので、うっとりしていた翠鈴は軽く飛び上がった。

「めっっっそうもございません！　わたくしはそのような身分ではありませんので」

「後宮に入っておきながら、違《ちが》うと？」

「はい！」

力強くうなずくと、すかさず蘭妃が口を挟《はさ》んできた。

「ご来臨があったのに、白々しいことを。面紗をつけて入内《じゅだい》したことは聞いているわ」

「殿下の寵姫《ちょうき》だからって、もったいぶったやり方ですわよね。身分が低いのならわきまえてこそこそと入ればよいものを」

同意するように藤妃がうなずく。強気な蘭妃に輪をかけるようにして、彼女の口調は憎々《にくにく》しげだった。

桜妃は目の笑っていない笑顔でこちらを見据《みす》えている。蓮妃は関心なさそうに茶を飲んでいるが、表情はどことなく冷ややかだ。

妃たちだけでなく、侍女《じじょ》たちも敵意もあらわににらみつけている。これはとんでもないところに来てしまったと翠鈴はあらためて青ざめる思いだった。

(姉さまだったら一瞬《いっしゅん》で茶会を牛耳《ぎゅうじ》るだろうけど、わたしにはとてもできない……っ)

小璋との会話で妃たちを疑う話が出た直後だったので、少しでも探ればと勇気を出してやってきたのだが、とてもそこまで会話を弾《はず》ませられる自信がない。

(で、でも、本当に寵姫とかそういうのじゃないんだし。とにかく誤解を解かなきゃ!)

翠鈴は居住まいを正し、考えをまとめると、震えるのを堪《こら》えて口を開いた。

「……皆様《みなさま》に申し上げます。わたくしは……実は、太子殿下付きの占術師《せんじゅつ》として参内《さんだい》している者です」

この答えには意表を衝《つ》かれたらしい。どんな言い訳も看破してやると言いたげだった彼女らが、目を見交《みか》わしている。

「占術師ですって?」

「でもそれなら皇宮にも大勢いるわ。どうしてわざわざ」

「詳《くわ》しいことは申し上げられませんが……。殿下のご内意を受けて人を捜《さが》しております。人気《ひとけ》のない静かな場所で集中するため、桃花離宮《とうかりきゅう》が最適だということで入らせていただきました」

「ご内意？　どういうことなの」

「まさか次の妃捜しじゃ」

途端にざわつき始めたので、注意を引くように両掌《てのひら》を見せてなだめる。

「そのようなことではございませんのでご安心ください。ただ、事は秘密裏《ひみつり》に進めております。そのため外出を控《ひか》えておりますので、恐れ多くも殿下《でんか》御自《おんみずか》らお出《い》でいただき、経過をご報告しているのです。この件は皆様もどうか口外なさらぬようお願いいたします」

ここぞとばかりに翠鈴は声をひそめて言った。詮索《せんさく》したら太子の機嫌《きげん》を損《そこ》ねますよ、との意を盛大に込めながら。

幸いなことにそれが伝わってくれたらしい。妃たちはちらちらとまた目を見交わしていたが、とりあえず追及《ついきゅう》しないことにしたようだ。

「殿下の信頼《しんらい》厚い占術師とは、若いのに大したものね。でもこれで納得がいきましたわ。殿下のお気に入りにしては地味すぎますもの。後宮に入った者がそのような形《なり》では、とてもお目に留まらないわよね」

「本当。入ってきたのを見た時は、下っ端《ぱ》の女官《にょかん》かと思いましたもの。あら、今時、女官でもそんな衣は着ないかしら？」

あっけらかんと言い放った蘭妃に、追従するように藤妃が笑う。口元を隠しながらこちらを流し見るまなざしは明らかに小馬鹿《こばか》にしていた。でまかせをあっさり信じてくれたのは案外そちらの理由が大きいのかもしれない。

見下すような態度をびんびん感じながらも、翠鈴は丁寧《ていねい》に頭を下げた。

「まことに、仰《おお》せの通りでございます。お妃さま方」

（そうですわたしは敵ではございません！　もう目をつけないでくださいねー！）

これで彼女たちもこちらを相手にすることはないだろう。そう思うと逆に晴れ晴れした気分になってくる。

「占術師というと、何を専門にしているの？」

桜妃が退屈《たいくつ》そうな顔つきで訊《き》く。華《はな》やかな笑みからちくちく嫌《いや》みを繰《く》り出していた人とは別人のようだ。後宮の競《きそ》い相手ではないとわかって戦意喪失《そうしつ》したのかもしれない。

「いくつかありますが、もっとも得手なのは星石を使った石占《うらな》いです。これまでは失《う》せ人捜しを主にやっておりました」

「失せ人捜し？」

蓮妃が気だるそうにつぶやく。口数が少ないから興味がないのかと思いきや、ちゃんと話は聞いているようだ。

翠鈴は星石を使った人捜しのことを簡単に説明した。後宮では珍《めずら》しい話だったのかお妃たちは意外にも耳を傾《かたむ》けてくれた。特に興味を示したのは蘭妃だ。

「いなくなった者の星石があれば、それを使って行方《ゆくえ》を捜せるというの？　おもしろいじゃない。ねえ蓮妃さま、あの者を捜してみてはいかがです？　例の幽鬼騒《ゆうきさわ》ぎの……」

「蘭妃さま」

藤妃が小声ですばやく制した。蘭妃も、はっとしたように口をつぐむ。

彼女たちが遠慮《えんりょ》がちに視線を向けた先で、蓮妃は目を閉じ、こめかみを押さえていた。顔色は青ざめ、気分が悪そうにしている。

「……悪いけれどこれで失礼するわ。ちょっと体調が優《すぐ》れないの」

蓮妃がふらつきながら腰《こし》を上げるのを、妃《きさき》たちと侍女が慌《あわ》てて支えた。

「ご無理なさらずに。ここでお休みになっては？」

「大丈夫《だいじょうぶ》よ。戻《もど》ってから休むわ。せっかくのお招きなのに申し訳ないわね、桜妃さま」

蓮妃は侍女を一瞥《いちべつ》し、何かを持ってこさせた。それが自分の目の前に運ばれてきたので、翠鈴が何事かと瞬《またた》いた。

「妃仲間ではなかったようだけれど、お近づきのしるしよ。受け取りなさい」

青い顔をしながらも蓮妃がこちらを流し見、ぱかっと侍女が蓋《ふた》を開ける。

大きな紅玉が三つもついた黄金の鐲《うでわ》が入っているのを見て翠鈴は仰天《ぎょうてん》した。

（お近づきのしるしが豪華《ごうか》すぎる！）

するとそれが合図だったかのように、桜妃、蘭妃、藤妃もそれぞれ侍女に箱を持ってこさせ、蓋を開けさせた。

「茶会に来てくれた礼よ。太子殿下《でんか》の特別なご下命で忙《いそが》しいのに申し訳なかったわねぇ」

にこやかに嫌みを吐《は》きながら桜妃が示したのは、黄玉のついた指輪と耳飾《みみかざ》り。

「妃じゃないとわかっていれば別のを選んだのに。占術師に使い道があるかしら」

初めに言えといいたげに蘭妃が示したのは、藍玉《らんぎょく》を連ねた首飾《くびかざ》り。

「似合うものを選んだつもりだけど、もっと地味なもののほうがよかったみたいね。ふん」

鼻で笑いながら藤妃が示したのは、白地に螺鈿《らでん》細工の装身具。

四方から金銀財宝を差し出され、まばゆさに翠鈴は目を白黒させた。

（いえいえいえお構いなく！　いただいても着ける機会がありませんから！）

しかしここでいただけませんと断ることは許されない。貴人からの下賜《かし》を断るのは非礼とされるからだ。そしてこれは彼女たちが上下関係をはっきりさせるための儀式《ぎしき》でもある。

翠鈴はその場に膝《ひざ》をつき、深々と平伏《へいふく》した。

「ありがたく、ちょうだいいたします……！」

もったいなさすぎて恐縮《きょうしゅく》するしかない。新たな敵だといびるつもりで翠鈴を呼び出したのだろうが、こうして贈り物まで用意していてくれたのだから。

（意外と――思ってたよりは、良い方たちなのかも）

少なくとも切った張ったの血みどろ展開にはならなそうだし、逆に考えれば懐《ふところ》に入る好機かもしれない。嫌《きら》われたままよりお近づきになったほうが任務上も何かと有利だろう。

翠鈴は頭を上げ、控えていた玲琅を振《ふ》り返った。

「わたくしからも皆様に献上《けんじょう》いたしたいものがございます。些少《さしょう》ですがお納めください」

玲琅が盆《ぼん》を持って進み出てくる。載《の》せられた四つの箱にはそれぞれ細長い干《ひ》からびたものが入っていた。

「これは？」

眉《まゆ》をひそめた桜妃に、促《うなが》されて立ち上がった翠鈴は軽く一礼して答える。

「人参《にんじん》を乾燥《かんそう》させたものです。滋養《じよう》に効くと申しますので、お妃さま方のためになればと」

「人参ですって？　離宮の畑から抜《ぬ》いてきたの？」

「坦《たん》国から取り寄せた最高級の黒人参でございます。ご安心ください」

馬鹿《ばか》にしたように笑っていた藤妃が、その一言で黙《だま》り込む。坦国産の黒人参はめったに手に入らない稀少《きしょう》なものだと彼女も思い出したらしい。

それまで仇《かたき》のように翠鈴に厳しい目を向けていた侍女らも、戸惑《とまど》った顔で目を見交わしている。妃候補ではなく太子に招かれた占術師、しかも入手困難な薬草を気前よく贈《おく》ってきたのだから、どう対応するべきか迷っているらしい。

同じく棒立ちになっている妃たちに、翠鈴は恭《うやうや》しく礼を取る。

「他《ほか》に茯苓《ぶくりょう》と天樹桃《てんじゅとう》もございます。お役立ていただければ幸いです。太子殿下とお妃さま方のご健康を心よりお祈《いの》りしております」

彼女たちがどう受け取ったかはわからないが——それは翠鈴の本心からの言葉だった。

◆

「いやー、すっきりしましたね！　お嬢様《じょうさま》かっこよかったです！」

興奮したように繰り返す玲琅に、配膳《はいぜん》を手伝いながら翠鈴は苦笑《くしょう》を返した。

「そんなに何度も言わないで。大げさね」

「だって本当にすごかったですもの。あたしが殴《なぐ》り込みかけるまでもなく一瞬《いっしゅん》で反撃《はんげき》するなんて！」

茶会が終わってからというもの、彼女はずっとこんな調子なのだ。

あの後、離宮《りきゅう》に戻ってきた二人は小璋に迎《むか》えられた。心配で帰るに帰れず待っていてくれたのだ。玲琅から一部始終を聞いた彼も安堵《あんど》と驚《おどろ》きでいっぱいだったようで、彼女の話に長いこと付き合ってから先ほどようやく帰っていった。

それでようやく夕飯の用意をしようということになり、こうして一緒《いっしょ》に皿を並べているのである。

「小璋も褒《ほ》めてたじゃありませんか。お妃への献上品に薬を選ぶのは巧《うま》いって。確かに、金銀や飾《かざ》りじゃ丸く収まりませんものね」

「そうね。お妃さまにお贈りするとなるとそれなりの品を用意しなくちゃいけない。わたしにくださったものよりも豪華だったら面目《めんぼく》を潰《つぶ》すことになりかねないし、かといってそのへんにあるようなものじゃ妃に対して無礼だって思われる。そもそも装飾品《そうしょく》なんて山ほどお持ちだろうし」

「ですねー。それにしても黒人参まるまる一本贈るっていうのがいいですよね。えっ？て向こうも意表衝《つ》かれてましたもの」

翠鈴は微笑《ほほえ》み、棚《たな》に置かれた葛籠《つづら》に目をやる。家を出る時に父が持たせてくれたものだ。

「美容や長寿《ちょうじゅ》に効く薬とか珍しい化粧《けしょう》品とか、お父さまがいろいろ集めてくれたんだけど……直接口に入るものや肌《はだ》に塗《ぬ》るものは避《さ》けたほうがいいと思ったの。もし何かあった時が大変でしょ」

「確かに。具合が悪くなったとか言われたら責任を問われますもんね。何もなかったとしても足を引っ張る道具にされるかもしれないし」

「助言してくれたのはお母さまなんだけどね、それを思い出したからやめておいたの。でも薬に加工する前の薬草そのものだったらその心配はないでしょ。見た目の印象の強さと、こんな貴重なものをっていう驚きとで、なんとなく乗り切れるかなと思ったの」

それもこれも、へそくりをはたいて仕入れてくれた父のおかげだ。一度に使ってしまったと知ったら卒倒《そっとう》するかもしれないけれど。

「ほんとにすごいですよ。お妃方も最後には一目置いてた感じでしたもん。追加で贈り物もくれましたし」

隣《となり》の卓《たく》には四人の妃から贈られた宝飾品《ほうしょくひん》の他にもいくつも箱が積まれている。帰り際《ぎわ》に褒美《ほうび》だと言って持たされたのだ。あまりに膨大《ぼうだい》すぎて全部は運びきれず、大半はまだ門に置いたままになっていた。

「そこまでのことをしたとは思えないんだけど」

「じゃあ、占術師《せんじゅつ》だと知って、何か占《うらな》いを依頼《いらい》するつもりとか？　もしくはもっと黒人参を寄越《よこ》せっていう魂胆《こんたん》ですかね」

「占いなら望むところだけど、黒人参は困るわね……」

笑いながら話していると、表のほうで物音がした。

すぐに玲琅が出て行き、やがて客を伴《ともな》って戻ってくる。翠鈴は急いで膝をついた。

「太子様にご挨拶《あいさつ》申し上げま……、たっ、太子様っ!?」

「久しぶりだな、翠鈴。いや昨日も会ったか」

入ってきた太子が爽《さわ》やかに挨拶した。その左の掌《てのひら》には十数はあろうかという箱が積み上がっている。まるで積み木のように、軽々と。

「門に置いてあったからついでに持ってきた。ここに置いていいか？」

ひぃぃっ、と翠鈴は引きつった顔で震《ふる》え上がった。

（病弱な方がそんな力仕事なさっちゃだめ――!!）

「たたた太子様っ、お身体《からだ》に障《さわ》ります！　わたくしがやりますのでっ」

泡《あわ》を吹《ふ》きそうになりながら駆《か》け寄ったが、なぜか窘《たしな》めるような目で見られてしまう。

「君のようなか弱い女子がやったら腕《うで》を痛めてしまうぞ。これくらい任せておけ」

そう言って積み上げたままの箱をひょいと卓に載《の》せた。が、何十箱もあるせいで天井《てんじょう》につかえ、上のほうのものが一斉《いっせい》に崩《くず》れ落ちてきた。

（言わんこっちゃない――!!）

翠鈴は悲鳴をあげて立ちすくんだが、明星は顔色も変えず、落ちてきた箱をひょいひょいっと受け止めるとまた重ねた状態で卓に置いた。

「ふう。ちょっと失敗してしまった」

少し照れくさそうに笑《え》みを向けてくる。街の女性たちがここにいたら全員卒倒しそうなほどまぶしかったが、今の翠鈴には堪能《たんのう》する余裕《よゆう》はなかった。

（ちょっと!?　失敗!?　ほんとにこの方って病弱なの――!?）

突《つ》っ込みどころが多すぎて、そして心労が激しすぎて息切れしてきた。

顔面蒼白《そうはく》の翠鈴をよそに、こんな事態には慣れているのか玲琅が呑気《のんき》に茶を運んでくる。

「大変だったんですよ、お妃《きさき》の茶会に呼び出されて。お嬢様《じょうさま》が返り討《う》ちにしましたけど」

すっと明星の表情が変わった。今し方のぽやっとした若君から、太子の顔へと。

「さっき東宮《とうぐう》府で聞いたよ。まさか妃たちが君を召《め》し出すとは思っていなかった。阻止《そし》できなくてすまない。大丈夫《だいじょうぶ》か？」

「は……はい……。あ、占術師という身分は明かしてしまいましたが……」

「そんなことはいい。嫌《いや》な思いをさせたな。気性《きしょう》の激しい人ばかりだから」

妻である彼女たちのことはよくわかっているのだろう。かなり気にしている様子だ。

散々地味だの目にも留まらないだの言われたことが頭をかすめたが、まあそれは事実なので、翠鈴は気にせず首を振った。

「いえ、特に何も。わたくしのようなものを歓待《かんたい》していただき感謝しています」

「気を遣《つか》わなくていいから、本当のことを言ってくれ。君をここに住まわせているのは私だ、責任がある」

建前を言っていると思っているのか、彼はなかなか引こうとしない。

真剣《しんけん》な顔で迫《せま》られて翠鈴はたじろいだが、そこまで言われてはと言葉を探した。

「ええと……、みなさま天女《てんにょ》のようにお美しくて、それだけで気後《きおく》れしてしまいまして。

何を言われたのかほとんど忘れてしまいました。ただ、お気の毒だなと思ったのは覚えております」

「気の毒？」

「あんなにお綺麗《きれい》なのに、呪《のろ》いが解けない限りは太子様に口説いていただけないのですよね？　それはすごくお気の毒なのでは……」

「……」

「あの、やっぱり女人《にょにん》を口説く訓練も合わせてなさったほうがよろしいと思います。わたくしでよろしければいつでも練習台になりますので」

今こそ徳を積む時とばかりにきりっと申し出た翠鈴を、明星は唖然《あぜん》として見つめている。

横にいた玲琅が吹き出した。驚いて見ると、肩《かた》を震わせて笑っている。

「え？　何かおかしいこと言った？」

今度は前から吹き出す声がした。

目を戻《もど》すと、明星がなんともいえない表情で横を向いている。

翠鈴の視線に気づいた彼は、苦笑するような微笑ましいような顔つきでこちらを見た。

「……そうだな。必要があれば頼《たの》むよ」

ぽんぽんと、つかんでいた両肩《りょうかた》を叩《たた》かれる。まるで労《ねぎら》うようなその仕草に、きょとんとしていた翠鈴は急いで一礼した。

「はい。喜んで！」

「うん。ところで、妃からの贈《おく》り物というのは何だったんだ？」

「まだ全部は開けていません。装飾品とか、とても豪華《ごうか》なものはいただきましたが……」

「ていうかさっき落っことしかけた箱、中身ぐちゃぐちゃになったんじゃありません？」

玲琅の指摘《してき》に、翠鈴は明星と顔を見合わせ、青ざめた。せっかくの品が壊《こわ》れては大変だ。

「わ、わたくしが！　確認《かくにん》いたしますっ」

慌《あわ》てて開封《かいふう》に取りかかると、箱の中身は実に様々だった。見事な反物《たんもの》の詰《つ》め合わせや、同じ意匠《いしょう》の装飾品の一揃《ひとそろ》え、一目で良品とわかる硯《すずり》や筆、繊細《せんさい》な模様の靴《くつ》など。それこそ輿入《こしい》れしてきた新しい妃へ友好のしるしを贈ったかのような品々だ。

翠鈴が開けたものを検分していた明星は眉《まゆ》をひそめている。

「随分《ずいぶん》多いな」

「はい。お茶会にいらしてないお妃さまからも預かっていたと仰《おつしや》っていましたから」

「太子殿下《でんか》のお気に入りとわかってすり寄ろうとしてるんじゃないですか？」

揶揄《やゆ》するような玲琅の言葉にも、明星は何も言わなかった。

硬《かた》い表情で品々を見ている横顔を翠鈴はそっと盗《ぬす》み見る。

お気に入り——なのだろうか？　彼にとって、自分は。

その言葉に対する反応が知りたいと思ってしまったことに気づき、はっとして頭《かぶり》を振《ふ》る。

(恐《おそ》れ多いことを。わたしの能力を信じてお側《そば》に置いてくださってるんだから充分《じゅうぶん》じゃな

い。というかそれだけでも過分なことだわ）

素性《すじよう》を知る前の親しく言葉を交《か》わした時があるから、つい勘違《かんちが》いしてしまいそうになる。

街で出会ったあの若様とここにいる太子様は、同じ人だけれど別人なのだ。もうあんな態度を取るのは許されない。

（わたしがここへ来たのは善行を積むためよ。それだけなんだから）

心の中の焦《あせ》りのようなものを振り切るように、次の箱を手に取る。

蓋《ふた》を開けた時、何かが視界をかすめた。

（ん？　何だろ……）

次の瞬間《しゆんかん》、翠鈴は床《ゆか》に倒《たお》れていた。

目の前にあるのはすべらかな濃紺《のうこん》の袍《ほう》。ぐっと抱《だ》きかかえられる感覚。

「──翠鈴、怪我《けが》はないか!?」

耳元で厳しい声がして、がばりとのぞきこまれた。明星の動揺《どうよう》した顔が間近にあるのを翠鈴は唖然として見上げる。

「は……、へ、えっ」

「玲琅、剣《けん》を持て！」

すばやく身体を起こした明星に玲琅が物も言わず剣を投げた。

受け取りざま鞘《さや》を払《はら》った彼はそのまま床に剣を突き立てる。ダンッと鈍《にぶ》い音が響《ひび》いた。

「若様ッ」

明星が息をつき、彼女に目をやる。

「……大事ない。蠍《さそり》だ。毒のない種のようだが気をつけろ」

翠鈴は目を瞠《みは》った。

一連の出来事についていけずにいたが、床に突き立った剣の先に蠢《うごめ》いているものに気づき、ひっと息を吞《の》んだ。

「大丈夫か？　どこか痛めていないか」

明星が気遣《きづか》わしげに顔をのぞき込んでくる。混乱して青ざめながら、翠鈴はなんとかうなずいた。

「はい、なんともありません……。ど、どこから迷い込んだのでしょう、今まではこんなことなかったのに……。掃除《そうじ》が行き届かず申し訳も……あっ、さ、先ほどは恐れ多くも庇《かば》ってくださり、なんと恐れ多いことを！　わたくしごときに申し訳ございませんっ」

「お嬢様、落ち着いてください。迷い込んだんじゃなくて贈り物の箱に入ってたんですよ」

おろおろしていた翠鈴は、玲琅の言葉に目を丸くして顔をあげた。

「あれはお妃さま方からいただいたのよ。どうして蠍なんかが」

「きっとお妃の誰《だれ》かが仕込んだんですよ。毒がないってことは単に嫌がらせですかね」

憤然《ふんぜん》と玲琅が蠍をにらみつける。禍々《まがまが》しい色のそれはもう動かなくなっていた。

翠鈴は呆然《ぼうぜん》として座り込んでいた。

昼に会った妃《きさき》たちの顔が浮《う》かぶ。嫌みこそ言われたがそこまでするようには思えなかった。彼女たちの中に犯人がいるのだろうか？　それとも、他《ほか》の妃からの贈り物に入っていた？

「妃とは限らない。箱を紛《まぎ》れ込ませることは誰でもできる。それに——おそらく翠鈴ではなく私を狙《ねら》ったんだろう。ここに出入りしているのを知っているようだから」

冷静な顔で言った明星を、翠鈴は驚《おどろ》いて見上げた。

「どうして太子様を」

「……身体《からだ》の弱い太子を良く思わない者もいる。そんなに病弱なら他の者に継承《けいしょう》権を譲《ゆず》れと。蠍を送りつけて脅《おど》かせば肝《きも》を潰《つぶ》して逃《に》げ出すとでも思ったか」

つぶやいた横顔は、初めて見るような表情をしていた。

翠鈴の視線に気づいたのか、彼はすぐにその表情を消し、こちらに向き直った。

「狙いは私とはいえ、君も充分気をつけてくれ。玲琅の他にも人を置くようにするが、必要なければ離宮《りきゅう》から出ないように。この先は誰からも物をもらうな」

言い聞かせるように言われ、翠鈴は声も出ずなんとかうなずく。

怒《いか》りや嫌悪《けんお》が浮かんでいたなら、この場にふさわしいと思えたのに。

彼がまるで迷子の子どものような顔をしていたのが心に刺《さ》さって、何も言えなかった。

「贈り物に蠍が？」

目をまん丸にして見上げてきた小璋に、翠鈴は悄然《しょうぜん》とうなずいた。

「ご自分を狙ったものだと太子様は仰ってましたけど……一体誰の仕業《しわざ》なんでしょう」

◆

翌日。あらたに太子周辺の人間関係などをまとめて持ってきてくれた彼に、その流れで昨夜のことを話したところだった。昨日の今日で小璋も初めて聞いたらしい。

「物騒《ぶっそう》ですね。ただでさえ幽鬼騒《ゆうきさわ》ぎだのあるらしいのに」

「幽鬼騒ぎ、ですか？」

これまた思わぬ話だ。妃同士の競《きそ》い合いや蠍の贈り物のみならず、そんなおどろおどろしい騒ぎまであるとは。

「少し前からそういう騒動《そうどう》が起きているようですよ。先日も夜更《よふ》けに庭園の高楼《こうろう》に出たのを女官《にょかん》が見たそうで。血まみれで恨《うら》めしげなことを言われたとかで、絶叫《ぜっきょう》が東宮《とうぐう》府まで聞こえてきたらしいです」

ぞわっと肌《はだ》が粟立《あわだ》った。想像していたよりも生々しい怪談《かいだん》である。

（もう、この後宮ほんとに怖《こわ》すぎ――！）

もしふいに目の前にそんな登場をされたら自分も絶叫する自信がある。占《うらな》いをするのに場合によっては夜も出歩くことがあるのだが、できれば出会いたくはない相手だ。

と、ふいに手に温かいものが触《ふ》れた。

見ると、小璋が小さな手を重ねている。翠鈴と目が合うと彼は微笑《ほほえ》んだ。

「怖いなら、落ち着くまで手をつないでいましょう。僕がいるから大丈夫《だいじょうぶ》ですよ」

翠鈴は驚きのあまり、まじまじと彼を見つめてから、一気に赤くなった。

「あ、ありがとうございます。ごめんなさい、幽鬼くらいで動揺したりして」

まさかいくつも年下の少年から慰《なぐさ》められるとは。どれだけ頼《たよ》りなく見られているのかと恥《は》ずかしくなる。

「それ、よかったらやめにしませんか？」

「……え？」

「堅苦《かたくる》しい言葉とか、態度とか。一緒《いっしょ》に仕事をしているんだし、立場は同じなんですから」

翠鈴は瞬《またた》いて彼を見つめた。小間使いとはいえ東宮府の官吏《かんり》には違《ちが》いないし、立場が同じなんてことはないのに。

しかしそう口にするより先に、ぎゅっと手を握《にぎ》られた。

「……もっと、親しくなりたいんです。あなたのことを姉上のように思っているので」

大きな目を潤《うる》ませた小璋が、はにかんだように頰《ほお》を染めて見つめてくる。

「どうか、小璋と呼んでください。……翠鈴」

「……まあ……」

甘えるような口調が意外で、愛らしさに翠鈴は一瞬《いっしゅん》でほだされてしまったのだが――。

「お嬢様《じょうさま》ーっ！」

けたたましく飛び込んできた玲琅に、その雰囲気《ふんいき》は即座《そくざ》に破られた。

「周家の隼様という方が超緊急《ちょうきんきゅう》の御用《ごよう》だそうです！　隼様のしもべと自称《じしょう》する女官からの伝言ですけど、どうします？」

その報告に、翠鈴はいろんな意味で目をむいた。

後宮から一番近い東宮府の一室で、隼は待っていた。

「酒っすか。好きっすね～。北の出身なんであっちのが好みなんすけど、なかなかこのへんにないんすよね」

「あら、わたくしそちらに伝手《つて》がございますわ。よろしければお贈《おく》りしましょうか？」

「まじすか。あざーっす。いや今日は来た甲斐《かい》があったわ。綺麗《きれい》なお姉さん方とも会えたし」

「まあ、うふふ。それじゃここにご連絡先《れんらくさき》を書いてくださる？」

「あっ、ずるいわ、抜《ぬ》け駆《が》けよ！」

「わたくしにも教えてくださいませ！　西の葡萄《ぶどう》酒もすっごく美味ですのよ！」

「いっすよー。じゃみんなで交換《こうかん》っすね」

——東宮府付きの女官たちと、盛大に戯《たわむ》れながら。

「隼！　急にどうしたの？」

翠鈴は息を切らしながら駆《か》け寄った。見慣れた光景なので今さら咎《とが》めたり突《つ》っ込んだりする気にもなれないが、突然《とつぜん》の呼び出しとあって気が急《せ》いていた。ちなみに取り次いでくれたのは初日に隼に口説かれた後宮女官である。

隼は女官たちと交流を終えて笑顔《えがお》で見送ると、いつもの顔で向き直った。

「まずいことになりました」

「えっ。な、何？」

「その前に、旦那《だんな》様から差し入れと、奥様からのお手紙です」

差し出された籐《とう》製の箱には、『追加の薬草を仕入れたぞ』という父の伝言がついていた。母からの手紙を開くと、身体を気遣い、案じる文章がつづられている。

「お父さまもお母さまもお元気そうね。こっちもなんとかやっているから心配しないよう伝えて。お父さま秘蔵の黒人参《にんじん》もおかげで役に立ちましたって」

娘《むすめ》を思う親心にじーんとしていた翠鈴は、思い出して隼を見た。

「それで、まずいことって？」

「いやーそれが。萌春様が帰ってきません」

あっさり言われ翠鈴は瞬いた。それからぎょっと目をむく。

そういえばそろそろ姉が里帰りする時期だ。なじみの店に立ち寄った彼女を捕《つか》まえて皇宮につれてくるというのがそもそもの作戦である。

「逃げられないように連日張り込んでたんすよ。でも全然現れなくて。時期が早いせいかと思ってたんすけど」

「けど⁉」

「今年の春は立ち寄らないって、店主宛《あ》てに文《ふみ》が来たんすよ。なんか用事があるとかで。律儀《りちぎ》っすよねー。つーわけで入れ替《か》わり作戦はできないんで、今から俺と逃げるか夏まで萌春様のふりをしてるか、どっちにします？」

「夏⁉」

「あ、夏には帰れるって文にあったんで。あと四月くらい先っすかね」

翠鈴は血の気が引くのを感じた。

いろいろ衝撃《しょうげき》が大きすぎて咄嗟《とっさ》に整理できなかったが、確かにこれはまずすぎる事態だ。

「あと四月ですって⁉　それじゃ遅《おそ》すぎるわ！」

「そっすよねー。そんだけ長いとさすがに偽者《にせもの》って気づかれるっすよね」

「ちが……そうじゃなくて……」

くらり、とめまいを覚え翠鈴は卓《たく》に手をついた。

（そんなに待ってたら煌の公主さまの輿入《こしい》れに間に合わない――！）

公主が嫁《とつ》いでくるまでに呪《のろ》いを解く。そのため明星は萌春の助力を請《こ》おうとしたのだ。

萌春ではなく翠鈴が来てしまったから、地道に呪いをかけた相手を捜《さが》すという作戦をとったが、それも萌春が来るまでのことだと考えていたはず。もちろん翠鈴も姉が来れば自分はお役御免《やくごめん》と思っていた。

けれど姉が来られないとなれば話は違ってくる。ただでさえ公主の輿入れが先か呪いを解くのが早いかというぎりぎりのところにいるのだ。

（もし間に合わなかったら……太子様はどうなるの。煌との関係がこじれたら……）

昨夜の明星の横顔が脳裏《のうり》をよぎる。病弱な太子を良く思わない者もいると言っていた。

もし公主との縁談《えんだん》がうまくいかなければ、彼の敵はどう思うか。

「まあ……どだい無理な話だったんすよ。あのお方を皇宮に連れてきて話し相手をさせるとか」

落ち込んでいると思ったのだろう、隼が珍《めずら》しく慰めるようなことを言う。

翠鈴は苦悩《くのう》の表情でため息をついた。こうなったらもう、隠《かく》している意味がない。

「実はね……わたしが萌春姉さまじゃないってこと、もうとっくに太子様にばれてるの」

隼の顔が固まった。

「……まじで？」

「うん……」

さすがに驚愕《きょうがく》したらしく彼は黙《だま》り込んだ。

しばし考えていたようだが、結論が出たらしく腰《こし》を上げる。

「じゃあ……とりあえず帰って、身辺整理するように伝えますわ」

「待って待って！　違うの、死刑《しけい》じゃないのっ」

さっさと出て行こうとするので目をむいて引き留める。なんという切り替えの早さか。

「太子様はそんな非道な御方《おかた》じゃないわ。わたしが姉さまじゃないって看破なさった後、怒《おこ》ることもなく話を聞いてくださったの。それで――」

誰《だれ》にも言うなと念を押してから、翠鈴は声をひそめて事情を話した。太子が萌春を招いたのはとある頼《たの》み事をするためであったこと。萌春を仙女《せんにょ》だともともと知っていたこと。翠鈴が占《うらな》い師と知って協力を求められたこと。太子の側近と一緒に働いていること――。

ただ、呪いにかかっている件は言えなかった。隼のことは信じているが、やはり口外すべきでないと思ったのだ。

しかし肝心《かんじん》なことを黙っているのに鋭《するど》く気づいたらしい。不審《ふしん》な目で見られてしまった。

「頼み事って？　萌春様じゃなくお嬢様にも解決できるようなことなんすか？」

「う……、それはまだ、わからないけど……。詳《くわ》しいことは聞かないで」

「隠し事とか……。俺を信用してないんすか？　一応忠僕っすよ」

「忠僕を自称する人は一応とか言わないと思う……。でも、ごめんね。もしどこかで話が漏《も》れた時、隼にも迷惑《めいわく》がかかると思うの。だから知らないほうがいいわ」

　太子は自分を信じて話してくれたのだ。その思いに応《こた》えたいし、もしもの時には隼や両親を守らねばならない。

　頑《がん》として口をつぐむ翠鈴を、しみじみしたように隼は見ている。

「相変わらず真面目《まじめ》っすねー」

「当たり前でしょ！　わたしは善行を積むのは好きだけど、人に責任を負わせるのは大の苦手なのよ！」

「そんなキレ気味に高尚《こうしょう》なこと言わんでも」

「とにかく。そういうわけだから、姉さまが来られないからって死刑にはならないと思う……でもすごくお困りだとは思うわ。だからお側《そば》でお力になりたいのよ。できる限りのことをしたいの」

　皇宮に来られないからといっても萌春を責められない。そもそも彼女は何も事情を知らないからだ。しかし太子を助ける役目は必要だ。幸いにも占いの才だけは持っているし、せめてそれを役立てられたら——そして太子の力に少しでもなれたらと思う。

熱く語った翠鈴を隼はまじまじと見ている。何か言いたげな、ちょっと微妙《びみょう》な顔つきで。

「ふーん……」

「な、何？」

「まあ太子様がお優《やさ》しいのはわかりましたけど。でもそれとこれとは別っつーか……。そんなに重大な秘密を知ったからには、解決しないとやっぱ死刑じゃないすか？」

翠鈴は目を見開いて隼を見つめ——青ざめた。

「確かに！」

「いや、気づいてなかったんかい」

呆《あき》れたように突っ込み、彼は腕組《うでぐ》みした。

「やっぱりここで帰ったほうがよくないすか？　世間知らずすぎてほっとけないっすよ。ありえんくらいお人好《ひとよ》しだしすぐ人のこと信じるし、いつか痛い目に遭《あ》いますって」

「隼……」

彼なりに心配してくれているのはわかっている。でもここで帰ったとしてもなんの解決にもならない。ただ振《ふ》り出しに戻《もど》るだけだ。

「ごめんね。でもわたし、やっぱり残りたい。太子様には猶予《ゆうよ》がないの。そんな中でさらに困ってらっしゃるのよ。誰かがお助けしなきゃいけないでしょ」

「猶予って病弱云々《うんぬん》のことすか。いやだからってお嬢様《じょうさま》がやらんでも」

「わたしだっていつまでも猶予があるわけじゃないのよ。だから後悔《こうかい》したくない」

「……」

「……自分を見てるみたいで、ほうっておけないの。助けて差し上げたいのよ」

思い詰《つ》めたような横顔を隼は無言で見つめたが、仕方なさそうにため息をついた。

「ほんとに世話の焼ける人っすねー」

「それより隼。さっきの話、ほんとに絶対に誰にも言わないでよ？」

「全然信用されてねえ……。言いませんってまじで」

「でも、もし危なくなったらすぐ逃《に》げて。あなたは周家の使用人っていう立場なんだから死刑にはならないとは思うけど、用心してよね」

首を突《つ》っ込んだ身だから自分は覚悟《かくご》している。というより最初に勅使《ちょくし》が周家にやって来た時点で、ただでは済まないことになるような気はしていた。それは父も母もそうだろう。

しかし隼は朝廷《ちょうてい》に追われるいわれはないはずだ。

真剣《しんけん》な顔で念を押した翠鈴を見やり、隼はうっすら笑った。

「またそんなつれないことを。――どこまでもお付き合いしますよ」

◇

夜が更《ふ》けた頃《ころ》。

こっそり離宮《りきゅう》を出た翠鈴と玲琅は、後宮の本殿《ほんでん》へ忍《しの》び込んでいた。

「えーっと。書庫はあっちですね」

地図を見ながら玲琅が先を示す。

「ありがとう。こんな時間に付き合わせてしまって、ごめんなさいね」

「いえいえ、それがあたしのお役目ですから。でもなんかこう……無駄《むだ》にどきどきしますね。盗人感《ぬすっと》があるっていうか」

周囲に目をやりながらも彼女は楽しそうだ。こそこそさせるはめになってしまい、翠鈴は申し訳なさで赤面した。

「本当にごめんなさいっ。太子様の腹心のあなたにこんな真似《まね》させて」

「もー、何仰《おっしゃ》るんですか。お嬢様だってこれがお役目なんでしょ。謝ることなんてありませんってば」

あっけらかんと笑う彼女に感謝しながら、胸に抱《いだ》いた包みを抱《だ》きしめる。

「ええ。わたしにはこれしかないから」

翠鈴はこれから、『神仙縁遊録《しんせんえんゆうろく》』を使って神捜しをするところだった。

小璋が調べてくれた太子の行動記録から、関《かか》わった可能性のある神がいくつか判明した。かの神らが呪いをかけたのかどうか、確かめることにしたのだ。

神通力のある物を用いるためには精進潔斎《しょうじんけっさい》が必要であり、なおかつ使用する場も限定される。その日によって吉方《きっぽう》や吉時《きちじ》が違《ちが》うからだ。今夜のそれに最適な場を調べたところ、一番近かったのが後宮本殿の端《はし》——つまり書庫のあるあたりだった。

さすがに夜更《よふ》けともなると人影《ひとかげ》はまったくない。後宮は男子禁制のため腕《うで》の立つ女官《にょかん》が警備の役目をしているのだが、彼女らも端のほうまではなかなか来ないようだ。

書庫の前まで来ると、玲琅が目配せしつつ扉《とびら》を開けてくれた。

「じゃ、あたしここで見張ってますから。もし何かあったら呼んでください」

中を確認《かくにん》してから促《うなが》した彼女に、翠鈴はうなずいてみせ、足を踏《ふ》み入れた。

古い書物の匂《にお》いがする書庫は薄暗《うすぐら》い闇《やみ》に沈《しず》んでいた。

格子《こうし》窓から差し込む月明かりと手燭《てしょく》だけを頼《たよ》りに棚《たな》の間を進んでいくと、何も置いていない卓《たく》が二つあった。翠鈴はいそいそと歩み寄り、包みを開いた。

香《こう》を焚《た》き、煙《けむり》を散らして場を清め、供物を並べる。簡易的な廟《びょう》を作ったという態《てい》だ。

椅子《いす》に腰掛《こしか》け、緊張しながら『神仙縁遊録』をひもとく。

中には大陸の地図が描《えが》かれていた。国境が引かれ、国名が記されたそこに無数の書き込みがある。

その中から采国の都の位置を探し、そこに玉を置くと、ふわりと光の靄《もや》が現れた。すると不思議なことに采国だけが拡大されたように地図が形を変えた。

（使うのは初めてなんだけど……、こういうふうに見れば いいのね）

玉を置いたところが拡大され、細かい地名や建物が見られるようになるということらしい。この玉は神通力があるため『神仙縁遊録』と呼び合うようだ。

（太子様が呪《のろ》いを受けたと思われる頃、お参りされたのは……元帝廟《げんていびょう》と太祖《たいそ》神君《しんくん》の廟ね。そして五代前の神が時の皇帝《こうてい》陛下に射かけられた場所……確かこのあたりだわ）

二つの廟はどちらも帝室にゆかりのもの。元帝は先の王朝の皇帝であり、王朝が代わった後、采の皇帝によって祀《まつ》られた。前王朝を称《たた》え、それによって遺恨《いこん》を除こうという意図があったのだろう。今では民《たみ》の間でも守り神として浸透《しんとう》している。

太祖神君はその名の通り、采の初代皇帝のことだ。五百年余り前、長引く戦乱を制して建国した。不思議な逸話《いつわ》がいくつも伝わっており、最後には神籍《せき》にのぼったといわれている。国でもっとも慕《した》われる神といっていい。

五代前の事件現場はといえば、皇宮から遠く離《はな》れた山間にあった。しかし太子がここへ出向いた記録はない。玉を置いた場所には地神の名が浮《う》かびあがるはずだが、ここにはそれも見当たらなかった。

（かの神はこの地の地神じゃなかったの？　だとしたら正体を捜《さが》すのはこれだけじゃ難しい。当時の話を詳《くわ》しく聞いてみないと。そもそも五代前にかけた呪いは『短命になる』ものだと太子様は仰った。やっぱり今回の呪いは別のところから来ている……？）

二つの廟のほうは皇宮内にもあり、普段《ふだん》からお参りしてもおかしくないごく一般《いっぱん》的な神様だ。この神たちが太子を呪《のろ》う理由も思いつかない。

開いた巻物を見つめ、翠鈴はじっと考え込む。

(廟に誰《だれ》か……〝居候《いそうろう》〟しているのかも)

よそから入り込んだ神が悪戯《いたずら》をした——そんな可能性もある。

もう少し詳細《しょうさい》な地図にすればもしかしたら廟に別の神の名があるのではないか。翠鈴は夢中で玉を動かし、文字を追った。光の靄がふわふわとただよい、地図が拡大され——。

カタッ、と小さな音がした。

はじかれたように翠鈴は顔をあげる。

「誰っ?」

玲琅ではない。なぜなら扉が開く音はしなかったからだ。書庫の奥から聞こえたということは、つまり——。

(誰か中にいたの……!?)

翠鈴の動揺《どうよう》に比例するように光がしぼんでいく。

神を捜《さが》す術式を見られたら、きっと尋問《じんもん》されるはず。太子のためにそれだけは避《さ》けたい。

固唾《かたず》を呑《の》んで目を凝《こ》らしていると、暗がりから、すっと影《かげ》が現れた。

卓に置いた手燭の灯《あか》りに、すらりとした立ち姿が浮かび上がる。

結《ゆ》わずにすべらせた長い髪《かみ》。帯で締《し》めていないゆるやかな衣《ころも》。肩《かた》からかけたつややかな打ち掛《か》け。

「――見たかったのに。もうやめてしまうの？」

翠鈴は思わず立ち上がった。守るように卓の前に出て、相手を見つめる。

こんな夜更けに人がいたというだけでも心臓が止まりそうだったのに、現れたのはなんと――。

（男……！）

わずかな灯りに照らされて、白い頬《ほお》と鼻筋が陰影《いんえい》を刻んでいる。微笑《びしょう》をたたえた口元は柔和《にゅうわ》で、かつ気品が感じられた。

大層美しい顔立ちの青年だった。夜更けに現れたせいもあるのか、この世ならざる気配すらある。

「それは何？　潔斎をしていたところをみると、何かの占《うらな》いかな」

人懐《ひとなつ》こい笑《え》みを見せて彼はゆっくり近づいてくる。翠鈴は急いで背後を隠《かく》した。

「あなたは誰？　ここで何を？」

精一杯《せいいっぱい》怖《こわ》い声を出して追及《ついきゅう》したが、返ってきたのはぼんやりとした答えだった。

「ちょっと道に迷ってね」

「……ここは後宮よ。どんなに迷子になろうと男は入り込めない場所よ」

「ふふ。確かにそうだ」

男は楽しげに笑い、ふいに距離《きょり》を詰《つ》めてきた。

「！」

声をあげる間もなく、男は翠鈴の唇《くちびる》に細い指を当てる。

「だから、お願いだ。今夜のことは二人だけの秘密にしてほしい」

一瞬硬直《いっしゅんこうちょく》した翠鈴は、慌《あわ》てて後ろへ飛び退《の》いた。

動転して声も出ずにいるのを男はにこにこして見ていたが、おもむろに身を翻《ひるがえ》した。

「ではまたね。お嬢《じょう》さん」

その姿が闇に溶《と》ける。嘘《うそ》のような静寂《せいじゃく》が戻《もど》った。

呆然《ぼうぜん》と息を切らしていた翠鈴は、やっと我に返り、急いで後を追いかけた。

「――わっ！　びっくりした。もうお仕事終わりました？」

勢いよく扉を開けると、玲琅が目を丸くしながらやってきた。

あたりを見回したが人の気配はない。翠鈴は彼女にしがみついてしまった。

「今、誰か出てこなかった⁉」

「へっ？　やだ、まさか。誰かって誰がです？」

そんなわけないだろうと玲琅が大きく頭《かぶり》を振《ふ》る。

彼女がここにいる限り外へ出ていけるはずがない。そう思っておそるおそる中に戻り、灯りをかざして捜してみた。しかしやはり誰もいなかった。

（どういうこと……？）

幻《まぼろし》なんかじゃない。言葉もかわしたし、唇に当たった指の感触《かんしょく》も覚えているのに。

「って、もしかして誰かいたんですか？　曲者《くせもの》ですか？」

「……わからない。いたと思ったんだけど……消えちゃったのよ」

暗くてよく見えないが、他《ほか》に出入り口はないようだったし、消えたとしか思えないのだ。

厳しい顔になりかけた玲琅が、はっと口を手で覆《おお》う。

「まさか……例の幽鬼《ゆうき》じゃないですよね」

「えっ。——ええっ⁉」

後宮に出没《しゅつぼつ》するという幽鬼話を聞いた時はあまり気にしていなかったが——確かにそれっぽい登場と退場の仕方ではあった。

青ざめてあたりを見やっていた翠鈴は、ふと回廊《かいろう》の先の庭に目を留めた。

そこには、忘れられたような小さな廟が建っていた。

◇

夜陰《やいん》にまぎれて後宮へ入った明星は、あたりに人気《ひとけ》がないのを確認するとすばやく庭園へと身をひそませた。そこにも誰もいないと見るや、離宮《りきゅう》へ向けて駆《か》け出す。

人目を忍《しの》ぶような行為《こうい》を翠鈴が見たら不審《ふしん》に思うかもしれない。だが今はそんなことは構っていられなかった。

後宮で翠鈴が男と遭遇《そうぐう》した──玲琅からの文《ふみ》を読んだ時の衝撃《しょうげき》はいまだ引いていない。

それが誰なのか。どういう経緯《けいい》でどんなふうに遭遇したのか。詳細がわからないから尚《なお》更《さら》気が急《せ》いていた。

(翠鈴に何かあったら──私のせいだ。また……私のせいで……)

道で迷っていたのを助けてくれた。茶会の楽しさを教えてくれた。そして今はひそかな任務について力を貸してくれている。彼女は大切な恩人なのだ。

その恩人に何かあったらと思うとたまらず、自分でも気づかないうちに動転していた。

仮面をつけていたのを思いだし、もどかしげにはずしながら門にたどりついた時には息があがっていた。

(早く、無事を確かめないと。顔を──顔を見たい)

これ以上、自分のせいで不幸になる人を出してはならない。焦《あせ》りが募《つの》り、門をたたく暇《ひま》も惜《お》しく、塀《へい》をよじ登って中へ飛び降りる。

その瞬間《しゅんかん》、殺気を感じ、はっとそちらを見やった。

本殿《ほんでん》の屋根の上に、影があった。

淡《あわ》く浮かんだ形は人のようだ。しかしその背には大きな翼《つばさ》が生えている。

(妖魔《ようま》……!?)

なぜこんなところに、などと考える間はなかった。袖口《そでぐち》に仕込んだ短槍《たんそう》を取り出しざま影に向けて投擲《とうてき》する。

座った体勢から後ろへふわりと飛んで避けた影が、翼をはためかせながら急下降してくる。剣《けん》を抜《ぬ》いた明星は向かってきた相手へとそれを振り下ろした。途端《とたん》、風が刃《やいば》のようになって襲《おそ》いかかり、間一髪《かんいっぱつ》、地面を転がって避ける。

すぐさま跳《は》ね起き、再び剣を一閃《いっせん》したが、ガキッと硬質《こうしつ》な音とともに阻《はば》まれた。受けているのは相手の手——いや長く伸《の》びた爪《つめ》だ。

「——何奴《なにやつ》だ。ここが太子の後宮と知っての狼藉《ろうぜき》か」

斬《き》り結んだまま低く問うと、くくっと笑う声がした。

「知った上で来てるに決まってんでしょう。そういうあんたはどちら様で?」

人を食ったような、つかみどころのない声。こんなのが刺客《しかく》とは。いやもしや、呪《のろ》いをかけた者が仕掛《しか》けてきたのか。ならば出方を見るまでだ。

「この後宮の主《あるじ》だ。無礼を働くなら許さぬ」

闇《やみ》にまぎれて相手の顔は見えない。だが虚《きょ》を衝《つ》かれたように息を呑んだのがわかった。

「えっ?　あんたが太子様?」

「……いかにも」

相手はかなり驚《おどろ》いた様子だ。それも獲物《えもの》を見つけたからではなく、拍子抜《ひょうしぬ》けしたような。剣を受けていた爪がシュッと音を立てて縮んだ。

「いや、ていうか……街で会ったあの若様じゃないすか？　えええ。そういうこと？　いや聞いてないっすよー。だからあんなに肩入《かたい》れしてたんかい。まったく……」

なぜかぼやき始めた相手を明星は怪訝《けげん》な思いで見据《みす》える。こちらを見知っているようだが心当たりがない。

その時、雲が切れて月光が差し、相手の顔が浮《う》かび上がった。明星は眉《まゆ》をひそめて見つめたが、すぐさま、はっと目を瞠《みは》った。

「おまえは……」

街の者にしてはいやに端麗《たんれい》な顔立ちだと思ったのを覚えている。この男のように——。

「お嬢様《じょうさま》がお世話になってまーす。怪《あや》しい者じゃないっす。ただの萌春様の使い魔《ま》です」

あの時と同じくだけた調子で、男はへらへらと手を上げてみせた。

今度はこちらが虚を衝かれる番だった。脳裏《のうり》を様々な思いが駆け巡《めぐ》ったが、少なくとも翠鈴を狙《ねら》う不届き者でないことはわかったので、剣の切っ先を下ろす。

「使い魔か……萌春に聞いたことがある。何か伝言は？　今どこにいる？」

「あー……さーせん。基本的に俺、お嬢様のお付きなんで萌春様の動向は把握《はあく》してないんすよね。たまに文が来て指示されることはありますけど、今は全然何も」

「ならばおまえはここで何を？」

「そりゃお嬢様の護衛っすよ。さすがに昼間は目立つんで夜しかやってませんけど」

意外な思いと納得《なっとく》する思いとで明星は息をつき、見据えて問うた。

「翠鈴も承知の上なのか？　使い魔であることも、護衛の件も」

ふっと男が笑う。すべてを煙《けむ》に巻くような顔をして。

「もちろん何にも知らないんで、黙《だま》っててもらえません？　知ったらあれこれ心労であの人どうなるかわかんないんで。守るのにも支障が出そうだし」

「……後宮へ入ってから毎晩来ていたのか？」

「ええまあ。だっていきなり太子様のお召《め》しで連れてかれたんすよ。一人で行かせるわけにはいかんでしょう。何かあったら萌春様にぶっとばされんのは俺なんすから」

明星はしばし黙ったが、うなずいてみせた。それについては責はこちらにある。心配でついてきた使い魔を咎《とが》める資格はない。今夜まで気づかなかったのは不覚だったが。

翠鈴が知らないでいるのは引っかかるが、こうしてひそかに守る者がいるのは心強かった。自分は毎晩ここへ来られるわけではないから——と思った矢先。

「つーか、ちょうどよかった。明日《あした》からは護衛に来られそうにないんで、太子様が見張ってくださるんなら安心っすわ」

「来られない？　なぜだ」

「いやいやいや。あんたにざっくりやられて大怪我《おおけが》してるんすけど。ほら、血」

見れば、翼からぼたぼたと血が滴《したた》っている。最初の一太刀《ひとたち》が効いたらしい。

「つか、あんたにやられたんだからちょうどいいってのも変か。まあいいや」

「帰れるのか、その傷で」

「まあなんとか。使い魔なんで。あ、これ消しとかないとやばいっすね」

男が血だまりに手を向ける。すると風が巻き起こり、点々とした血がかき消えた。

「こんなん見たらお嬢様が大騒《おおさわ》ぎして大変でしょ。怪我した人がいるはず、見つけて手当てしなきゃ！　って。太子様も身なり整えてから入ったほうがいいっすよ」

血の跡《あと》を消し終えると、本殿のほうへ目をやり、軽く笑う。

「あの人、善行に傾倒《けいとう》しすぎて時々やらかすんで。誰《だれ》かのために捨て身になったり、危なっかしいくせに自覚はないし始末が悪いっていうか。自分がこうだから他人もそうだと思ってるっつーか、この世に本当の悪人はいないみたいに飛躍《ひやく》してる節があって。おかげで面倒《めんどう》にも巻き込まれがちで。まあそれも仕方ないんすけど……ほっとけないんすよね」

「……」

「そんなわけなんで、街での縁《えん》もあるし、ちょっと気に掛《か》けてやってくださいよ」

笑いかけてきた男を、じっと見返す。

翠鈴には秘密がある。それは薄々《うすうす》感じていた。まさか従者が使い魔だったとは予想もつかなかったが――おそらく他《ほか》にも何かある。

時折見せる達観したような、それでいて不安げな表情。気になってはいたが訊《き》けずにいた。詮索《せんさく》したら傷つけてしまうのではと思ったから。

自分は存在しているだけで人を傷つける。彼女もそうなったらと思うと、正直言って怖《こわ》い。街で出会った時から親しく感じているから、尚更大切にしたかった。

「なぜ彼女は善行にこだわるんだ。何か理由というか、きっかけが？」

翼がいびつな音を立て、彼の身体《からだ》が中空に浮かぶ。

「それは本人にお訊《たず》ねを。しばらく傷を癒《い》やすんで、まじよろしくお願いしまーす」

最後までつかめない調子で言い置くと、男は翼をはためかせて夜の闇に消えていった。

見上げていた明星は、表情をあらためて本殿へ向かう。ふと思い直し、袍《ほう》や冠《かんむり》の乱れを直してから、急いで中へ入った。

◆

後宮に男が侵入《しんにゅう》していた。ただし、途中《とちゅう》で消えたので幽鬼《ゆうき》かもしれないけれど。

その一件は、玲琅を通じてただちに明星に伝えてもらった。

夜更《よふ》けということもあって太子には直接会えず、玲琅は伝言を託《たく》してきたという。離宮《りきゅう》に残った翠鈴が心配で東宮《とうぐう》府に居着けなかったのだろう。

（それにしても、あの男の人……）

どうにも寝付《ねつ》けず、翠鈴は卓《たく》についていて書庫でのことを思い返していた。

まるで幽鬼のように現れ、消えた青年。彼のことをどこかで見たような気がしたのだ。

だがいくら考えてもわからない。首をひねりつつ、玲琅が入れてくれた茶を口に運ぶ。

もう一つ気になることがあったのだ。

「玲琅、書庫の近くに小さな廟《びょう》があったのを覚えてる？」

「廟ですか。あー、そういえばなんかありましたね」

「誰が祀《まつ》ってあるか知ってる？　わたしの巻物には見当たらなくて」

「さあ……。あたしもあのあたりは初めて行ったので。後宮にあるんだし夫婦《ふうふ》円満の神様とかですかねえ。呪いの件と何か関係ありそうなんですか？」

「まだわからないけどね。本来祀られている神様とは別に、他の神が入り込んで悪さをする話を聞いたことがあって。後宮にある以上、あそこも調べたほうがいいと思うの。ああ、さっきついでに探《さぐ》ってくればよかった。せっかくの機会がもったいないわ……」

「熱心なのはよろしいですけど、気をつけてくださいね。あんな何もないところでいきなり転ぶなんて、びっくりしましたよ」

心配そうに言われ、翠鈴は思わず赤面した。

例の青年が消えた後、動揺《どうよう》しつつも捜《さが》そうと駆《か》け出しかけて、足がもつれて捻《ひね》ってしまったのだ。しかも玲琅に背負われて帰ってきたという体《てい》たらく。

「ご、ごめんなさい、鈍《どん》くさくて」

「いえそれはいいんですけど。じゃあ明日行ってみますか?」

彼女の提案に、翠鈴は迷いながら考え込む。

玲琅の報告に反応がないということは、明星は萌春が帰還《きかん》しないことをまだ知らないのかもしれない。そのことも焦《あせ》りを募《つの》らせていた。

「……今から行って調べるというのは、やっぱりだめかしらね……?」

おそるおそる伺《うかが》いを立てると、玲琅が目を丸くした。

「そりゃ危ないですよ。まだ例の男がうろついてるかもしれないですし!」

「そうよね……。わかってる、すごくわかってるんだけど、でも……」

明るい時間に行ったほうが危険は少ないし、視界も利《き》くから調べやすい。それもよくわかっている。それでもどうしても気が急《せ》くのだ。

萌春が戻《もど》らないとわかった今、事態は一刻を争う。萌春のような神通力を持たない自分には時間をかけて占《うらな》いで捜し出すしか術《すべ》がない。でもそれだけではきっと間に合わない。

頭を抱《かか》えていると、慌《あわ》ただしい足音とともに扉《とびら》が開いて誰かが入ってきた。

驚《おどろ》いて見れば、突進《とっしん》するように向かってきたのは明星である。

「翠鈴！　無事か」

「男と遭遇《そうぐう》したと聞いた。怪我などはないか？」

「は、はい。まったくなんともございません」

「そうか……。よかった。すぐに来られずすまなかったな」

彼は申し訳なさそうに言うが、男と遭遇したと東宮府に使いを出してからまだ夜も明けていない。こんな時間にしては充分《じゅうぶん》すぎるほど〝すぐ〟なのである。おそらく玲琅が帰ってきたのと入れ違《ちが》いで文《ふみ》を受け取ったのだろう。

「文には詳細《しょうさい》が書かれていなかったが……男がいたのはどのあたりだ？　人相は？　門を乗り越《こ》えて入ってきたのだろうが、どこの手の者だろう。玲琅、心当たりは？」

「え、えーっと。若様。男がいたのはこの離宮じゃありません。あと、顔を見たのもお嬢《じょう》様《さま》だけなので、どこの誰かはちょっと……」

矢《や》継《つ》ぎ早の問いに玲琅はたじたじしている。確かにいつもの太子らしくない浮《う》き足だった様子だ。

「どういうことだ？　ではどこで遭遇したんだ」

「後宮本殿《ほんでん》の書庫でございます、太子様」

急いで翠鈴は口を挟《はさ》んだ。自分がお願いして連れていってもらったのだから、自分が説明するべきだろうと思ったのだ。

呪《のろ》いをかけた相手を特定するため、神捜しをしようとしたこと。『神仙縁遊録《しんせんえんゆうろく》』を使うには術式が必要なため、吉方《きっぽう》と吉時《きちじ》を占い、術式を行う場所を探したこと。占いに出たのが夜更けの書庫のあたりだったこと。

「――その折に、書庫の中で男と遭遇しました。すぐ消えてしまいましたので何者かはわかりません。それと、近くに廟を発見しました。あの廟を調べてみる必要があるかと……」

目を伏《ふ》せて懸命《けんめい》に説明していた翠鈴は、廟の調査をお願いしようと顔をあげた。

明星が驚いたように、それでいて硬《かた》い顔つきで見つめていた。

「……書庫の中だと？　男は隠《かく》れていたのか？　そこに君が一人で入った……？」

「あ……、はい。玲琅には回廊《かいろう》で待っていてもらいました。術式には潔斎《けっさい》が必要ですので」

言われたことが信じられないとでもいうふうに明星が大きく嘆息《たんそく》する。それから鋭《するど》く声を投げた。

「玲琅。おまえがついていていながら」

「はいっ！　申し訳ありません！」

身を竦《すく》ませた玲琅の横で翠鈴もびくりとする。太子の怒《いか》りを買ったのだと気づいてうろたえていると、彼がやや厳しい顔で見つめてきた。

「この前言ったはずだ。狙《ねら》われているのは私だが、君も気をつけてほしいと。いかに後宮といえど夜更けに出歩くのは感心しないぞ」

「若様、お嬢様は呪いを解こうと一生懸命《いっしょうけんめい》なだけで……」

玲琅が思わずのように口をはさむ。明星も我を取り戻したのか、一つ息を吐《は》き出した。

「……玲琅。おまえははずしてくれ。彼女と二人で話す」

静かに命じられ、玲琅は上目遣《うわめづか》いに明星を見たが、仕方なさそうに出て行った。

二人になると翠鈴は急いでひざまずいた。突然《とつぜん》の太子の怒りに動揺していた。いつも優《やさ》しくてぽやんとした人なだけに、余計に落差が感じられる。

「申し訳ございません。わたくしのやり方が拙《つたの》うございました。玲琅は護衛としてついてきてくれただけです。お叱《しか》りならどうかわたくしに」

どの選択《せんたく》が間違《まちが》っていたのか。後宮を無断で歩き回ったことか、太子に詳細を報告する前に調査に動いたことか、男を見かけたのにしかるべき官府に届けなかったことか。下町で暮らしていた自分の常識とは離《はな》れすぎていて、正直なところわからない。

震《ふる》えながら頭を下げていると、すぐ前に明星が膝《ひざ》をついたのがわかった。

「翠鈴。君を責めたり咎《とが》めたりしているのではない。心配なだけなんだ」

聞こえた声は先ほどより穏《おだ》やかだったが、憂《うれ》いにあふれていた。

「私が強制していると思っているのならば、それは訂正《ていせい》させてほしい。力を借りたいとは思っているが、身を挺《てい》してまでやろうとしなくていい。そんなことは望まない」

「……」

「書庫での件は結果的に無事だっただけだ。その男が邪《よこしま》な思惑《おもわく》で潜《ひそ》んでいたとしたらどうする。書庫の中で二人きりで、もし何かあったら……」

肩《かた》をつかまれ、のぞきこむように彼が訴《うった》える。その顔に悔《く》やむ表情がありありと浮かんでいるのに気づき、翠鈴は言葉をなくした。

太子ともあろうお方をこんなに案じさせている。彼も自身の問題で大変な時に、自分のことで煩《わずら》わせるなんてとんでもないことをしてしまった。

翠鈴は唇《くちびる》をかんで想《おも》いを堪《こら》えると、あらたまって太子を見上げた。

「実は昨日、家の者が参りました。姉が……今年は帰ってこないそうなのです。帰るとしても早くても夏になると……」

その件はまだ耳に入っていなかったらしい。明星の顔に驚きとわずかな動揺が浮かんだ。

「このままでは公主様の輿入《こしい》れに間に合いません。となれば、あらゆる可能性を一つずつつぶしていくほかありません。私には姉のように力はありませんが、借り受けた巻物がございます。神捜しはどうか続けさせてください」

懸命に訴え、平伏《へいふく》する。これでお役御免《やくごめん》になるのではないか。そう思うと怖《こわ》かった。

しばしの沈黙《ちんもく》の後、戸惑《とまど》ったような声が落ちてきた。

「なぜ……そこまで言ってくれるんだ。そんなに……必死になってまで」

「太子様をお助けするため、悔いのないようにしたいからです。姉の代わりにせめてお役に立ちたいのです」

「そんなに思い詰《つ》める必要はない。君は萌春ではないのだから」

言葉に詰まった。

彼は宥《なだ》めるつもりだったのかもしれない。だがその一言は思いのほか心に突《つ》き刺《さ》さった。もちろん自分でもわかっている。仙女《せんにょ》である萌春と同じように力を貸せるはずがない。けれども突き放されたようで、じわりと悲しさが広がった。

気まずい空気の中、明星がぽつりとつぶやく。

「それとも——君は太子に特別な思い入れがあるのか？　他《ほか》にも、何か……」

声に微妙《びみょう》な色を感じた。

思わず顔を上げれば、彼の視線とぶつかる。

複雑な表情だった。誰《だれ》に呪いをかけられたかわからない今、周囲のすべてを疑っているのかもしれない。ひょっとしたら翠鈴のことも——？

(わたしには二心なんてない。でも勝手なことをしたのは事実だわ。この状況《じょうきょう》じゃ不信を買っても仕方ないかもしれない。夜中に抜《ぬ》け出して不審《ふしん》者と会ったなんてあやしいもの)

どうしたら信じてもらえるだろう。懸命に言葉を探す。

信用を失ったら罰《ばつ》を受けるだろうか？　そうなれば家族も巻き込まれる。自分のせいでそうなるのは絶対に避《さ》けたい。

いや——太子は罰を与《あた》えるような人ではない。それはもうわかっている。

ただ、自分が彼の信用を失いたくないのだ。

（わたしは単に姉さまの身代わりで来たわけじゃない。誰にも言わなかったけど……）

ある意味これは下心と言えるのだろう。打ち明けるのは躊躇《ためら》いがあった。軽蔑《けいべつ》され、職を解かれ、親しく話してくれなくなるかもしれない。

（そうなったら悲しいけど……それでも……言わなくちゃ）

傍《そば》にいる者を疑うのはつらいはず。ならばどうにか憂いを取り除かねばならない。

自分が悲しい思いをするより、太子がこれ以上不安を抱えることのほうが嫌《いや》だ。あらためてそれに気づき、心を決めた。

正直に言おう。真心をわかってもらうために。

「仰《おつしや》るとおり……思い入れはございます。特殊《とくしゅ》な生まれですので……。ただお一人の皇子という太子様に、恐《おそ》れ多くも肩入《かたい》れしていたのでしょう」

「特殊……？」

翠鈴は深く息をつき、顔をあげて言った。

「わたくしは、〝玉児《ぎょくじ》〟でございます」

静寂《せいじゃく》の落ちる中、明星は息を呑《の》んだ様子だったが、やがて真剣《しんけん》な顔になった。

「玉児というと——生まれながらに玉を握《にぎ》っているという人々のことだな。神に愛され、異能を持つとされる」

「さようです。わたくしの場合は占《うらな》いの才でした。石や、時には物の声を聞くことができ、見たものを共有することもできます」

「……それで石占いを」

翠鈴は伏し目がちにうなずいた。

「はい。ですが恵《めぐ》まれたことばかりではありません。玉児は異能を授《さず》かっていますが、その代償《だいしょう》に寂《さび》しい晩年を迎《むか》えると言われています。玉に愛されて生まれ、死ぬ時は自身も玉の身体《からだ》となって砕《くだ》け散るのだと」

明星は言葉を失ったようだった。

突然こんな話を始めて驚《おどろ》いたことだろう。玉児の存在は知られていても、その行く末まで知っている者は少ない。彼も聞いたことはないはずだ。

翠鈴も家族以外の誰かに話したのは初めてだった。緊張《きんちょう》で手が震えている。

「わたくしには、かつて占術《せんじゅつ》を教えてくれた師がいました。わたくしとは祖母と孫ほども歳《とし》が離れていましたが、天涯孤独《てんがいこどく》で身寄りがなく、そして玉児でした。娘《むすめ》であるわたくしが玉児であることから両親は縁《えん》があると思い、その人を家に住まわせていました」

あの吝嗇家《りんしょくか》の父が、離れに立派な部屋をしつらえて実の親のように大切にしていたのをよく覚えている。娘と同じ身の上だからと、父なりの思いがあったのだろう。

「とても優しい人でしたが、家族と離ればなれになって一人で生きてきて……最期《さいご》は硬質《こうしつ》化して砕け散ってしまいました。わたくしが占いに使う玉の中には、師の身体の欠片《かけら》も入っています」

――お師匠《ししょう》さまが、割れちゃったわ。

あらゆる感情があふれて呆然《ぼうぜん》としていたら、母が強く抱《だ》きしめてくれた。しがみついて泣きながら、その時思ったのだ。いつかは自分もこうなるのだ、と。

翠鈴の生き方が変わったのは、その時からだった。

「自分も歳をとったら師のように独りぼっちになるのではないか。そして一人で玉になって死んでいくのではと……。それを回避《かいひ》するにはどうしたらよいのか、考えるようになりました。そのために善行をして徳を積もうと思い、常にそう意識して生きてまいりました。善い行いをしていれば、もしかしたら悲惨《ひさん》な生涯《しょうがい》を送らずに済むのではと考えたのです」

翠鈴は床《ゆか》に手をついたまま、こみ上げる感情を抑《おさ》えながら続けた。

「……正直に申し上げますと、皇宮へまいったのは最初はその思いからでした。太子様の御心《おこころ》をお慰《なぐさ》めすることが、徳を積むことにつながるのではと思ったのです。それほどの徳を積めばわたしの夢も……孤独《こどく》に死なずにすむという願いも叶《かな》うのではと、下心がございました」

ある意味、不純な動機だったのかもしれない。それを打ち明けるのは勇気がいった。だがそれでも言わなければと思った。

たとえこれが原因で信用を失ったとしても、落胆《らくたん》させてしまうとしても、傍にいるのは敵ばかりではないということを伝えたかった。

「恐れながら、太子様は二十歳《はたち》まで生きられるかわからないと言われたと伺《うかが》いました。それを知った時、不遜《ふそん》ながら思いました。太子様は迫《せま》り来る最期の時を怖がっていらっしゃるだろうと。どうにか回避できないかもがいてらっしゃるのではないかと。わたくしもそうだからです。死が怖いというより、最期を迎えた自分の身体がどうなるのか……その時自分はやはり一人ぼっちなのか。それを思うと怖くて、でも誰にも言えなくて……。きっと太子様もそうだろうから、同じ思いを抱《かか》えた者が少しでもお慰めできたら、と……」

無礼で明け透《す》けなことを言っているとわかっている。でもここまできたら正直に伝えようと思った。声を詰まらせ、震《ふる》わせながらも言葉をつむいだ。

「ですが、今は違《ちが》います。太子様はご自分の運命を嘆《なげ》いてはおられない。国のためにも立ち向かおうとなさっておられる。それがひしひしとわかりました。そんな太子様に、ただ太子であるというだけで呪《のろ》いをかけた者がいるというのが許せないのです。そんな不埒《ふらち》な者からお守りしたいのです」

それに、と翠鈴は顔を上げた。思い出して、我知らず微笑《びしょう》を浮《う》かべながら。

「街で初めてお会いした時から、あなた様はわたくしの恩人です。あの時、助けるつもりが助けられてしまって……とても嬉《うれ》しかったのです。どうかご恩を返させてください」

今ここにおりますのは、ただその一心からです——心を込めて翠鈴は述べた。

明星は黙《だま》ってこちらを見つめている。

無意識のうちに顔をあげていたことに気づき、翠鈴は急いで目を伏《ふ》せた。

「不躾《ぶしつけ》にこのような話をして、申しわけございませんっ。二心がないことをお示ししないと、太子様がご不快に思われるのではと思い……」

頭を下げようとしたのを、抱き留めるようにして止められた。

「不躾でもないし不快でもない。そんなふうに言わないでくれ」

静かだけれど、どこか悲しげな声が耳を打つ。

見ると、明星が痛ましそうに見つめていた。

翠鈴の身体を起こさせると、彼はしばしの間思いに沈《しず》んだ。

「……正直にいうと、驚いたよ。そこまでのものを背負っているようには見えなかったから。私にとって君は、優《やさ》しくて善良で素朴《そぼく》で……話していると心がやすらぐ。恩もあるし、何よりかよわい女人《にょにん》だから守らなければと……そればかり思っていたんだ」

「……」

「後宮で男に遭遇《そうぐう》したと知って——そこに居合わせなかったことも、後からすべてを知ったことも、自分が間に合わなかったのが歯がゆくて……きつい言い方をしてしまった。すまない。このことを話すのはつらかっただろうに」

訥々《とつとつ》とした語り口も、自身の失敗を恥《は》じるように詫《わ》びるさまも、労《いたわ》るようなまなざしも。すべてが誠実さにあふれていて、翠鈴の語りを受け止めてくれたのだとわかった。

「気持ちが聞けて嬉しかった。そんなふうに思ってくれていたんだな」

「も……もったいないお言葉。本当に無礼極《きわ》まりないことを申しまして……ッ」

我に返って慌《あわ》てる翠鈴を宥《なだ》めるように、明星が微笑む。

「君の真心がまぶしい。私も見習わねばな」

「そんな、太子様は初めからご立派です」

心から翠鈴はそう言ったが、明星は、そんなことはないと言いたげに首を横に振《ふ》った。

「……私は存在するだけで周りを傷つけている。生まれてよかったのかと思うこともある」

我知らずぎくりとするほど、その声とまなざしは翠鈴の心をえぐった。

彼は特に暗い表情をして言ったわけではないのに——きっとひどく傷ついたことがあったのだと、なぜかわかってしまった。

いつも颯爽《さっそう》として明るく、品格にあふれる太子。周囲に慈《いっく》しまれてきたはずの彼にも、翠鈴の知らない苦悩《くのう》がある。悲しみがある。

「そんなことありません！」

思わず声をあげていた。衝撃《しょうげき》のあまり礼儀《れいぎ》も忘れてしまいながら。

「わたしは太子様だと知る前のあなたを見ています！　あなたは勇猛《ゆうもう》で親切で善良で……びっくりするくらいとぼけたところもあったけど……、でも、最初からとっても素敵《すてき》でした！　生まれてよかったに決まってます！」

何をされたら、言われたら、そういうふうに思うくらい傷つくのか。最後のほうはほとんど腹を立てながら叫《さけ》んでいた。

急に憤激《ふんげき》したのに驚いたのだろう。明星は目を丸くして黙っている。

ぽかんとしたようなその表情に気づき、翠鈴はやっと我に返った。

「あ……っ、う、申し訳ございませんっ！　お、お許しください……っ」

さっきから我ながら失言がひどすぎて、赤くなっていいのか青くなっていいのかわからないくらいだ。

目が回りそうになりながら平伏《へいふく》していると、肩《かた》に手がかけられ、上体を起こされた。

促《うなが》されておそるおそる顔をあげた翠鈴を、明星がまっすぐに見ていた。

「……ありがとう。翠鈴」

少しはにかむような、とても優しい顔。彼の内心があふれたかのような表情に、翠鈴は見とれ——慌てて目を伏せた。

「そ、そんな、わたくしは何も……」

そっと手を取られた。

驚いて顔を上げると、明星の表情は先ほどとは色が変わっていた。静かで淡々《たんたん》としているのに、情熱を感じるまなざし。

「案ずるな。歳をとっても君は一人にはならない」

「……え……？」

「その時は私が一緒《いっしょ》にいよう。約束する」

「……」

相手が太子ということを一瞬《いっしゅん》忘れた。

驚《おどろ》きと戸惑《とまど》いで翠鈴は思わず見つめ返す。それから、おろおろと目を泳がせた。

親にすら打ち明けたことのない思いを言ってしまった。当然、それに対して誰《だれ》かに何か言われたこともない。

だからよりによって最初に言葉をくれたのが太子であることに動揺《どうよう》したし、台詞《せりふ》の思いがけなさにもうろたえていた。

（こんなに優しいことを誰かに言ってもらえるなんて。……もしかして夢かしら？）

そうだ、夢に決まっている。だからこんなに嬉しくて——涙《なみだ》が出そうになるのだ。

そう思ったのと、明星に抱《だ》き寄せられたのは、どちらが早かったのだろう。

衣擦《きぬず》れの音以外は何も聞こえない。静かすぎて時が止まったかのようだ。

瞬《まばた》きした拍子《ひょうし》に涙が一粒《ひとつぶ》こぼれた。

それが明星の肩に落ち、綺麗《きれい》な布地に吸い込まれて——。

見た瞬間、翠鈴は我に返った。

と同時にはじかれたように飛び退《の》いていた。

「も……っ、ももも申し訳ございませんっ、なんて身の程《ほど》知らずなことを……！」

久々に怒濤《どとう》の勢いで平伏しながら、顔が一気に熱くなる。

勝手に身の上話をしたあげく、慰めの言葉までいただき、あまつさえ腕《うで》の中に一瞬でも閉じ込められるなんて。

ぷるぷる震えて下を向いていると、ややあって、ため息まじりの声が落ちてきた。

「あ……いや、こちらこそ……無体をして、すまない」

少しだけうわずったような声。顔を上げられないからどんな表情なのかはわからない。

ただ、明星が急《せ》いたように立ち上がったのはわかった。

「心配だから今夜は離宮《りきゅう》に泊《と》まらせてもらう。あちらにいるから何かあったら呼んでくれ」

心なしか早口にそう言うと、彼は身を翻《ひるがえ》して扉《とびら》のほうへ向かう。が、途中《とちゅう》で何かにぶつかったのかすごい物音がしたので、翠鈴はつい顔をあげてしまった。

出ていこうとしていた明星と目が合った。一瞬《いっしゅん》驚《おどろ》いた顔になった彼が、迷うように立ち止まる。

しかし他《ほか》に適切な言葉が見つからなかったらしい。

「じゃあ……おやすみ」

それだけ言うと、ぎこちなく笑《え》みを見せて出ていく。――気のせいか、耳が赤く染まっているように見えた。

見送った翠鈴は、明星の動揺したような様子を目《ま》の当たりにし、思わずその場にくずれおちた。

(また太子様に気を遣《つか》わせてしまった……！　恐《おそ》れ多すぎる……!!)

誠意を伝えたくて話したつもりが、逆に慰《なぐさ》めてもらうことになろうとは。

(しかもわたし語りすぎよね!?　いくら味方だってわかっていただきたかったとしても、めちゃくちゃ長かったわよね。あんなに延々と聞かせてしまって申し訳ない……！)

明日《あした》はどんな顔で挨拶《あいさつ》すればいいのだろう。翠鈴は青くなって頭を抱《かか》えたのだった。

四　後宮の幽鬼

翌朝。まだ薄暗《うすぐら》いうちに翠鈴は目を覚ました。

寝台《しんだい》に入ったのがすでに明け方近かった。いろいろあって一人反省会をしたりで寝付《ねつ》けなかったのだが、いつのまにか眠《ねむ》っていたらしい。

そんなこともあって、本来ならまだ熟睡《じゅくすい》していてもおかしくない時間なのだが――。

（……ん……？　何の音……？）

どこからともなく、シュッ、シュッ、と奇妙《きみょう》な音が聞こえてくるのだ。

いつまで経《た》っても止《や》まないのでさすがに気になり、見に行ってみることにした。夜着の上に薄《うす》い肩掛《かたか》けを羽織り、念のためにと武器代わりの箒《ほうき》を持って部屋を出る。

（まさか曲者《くせもの》……!?　こんな時間になんて卑怯《ひきょう》なの。太子様をお守りしなきゃ！）

音は奥まった中庭のほうから聞こえてくるようだ。近づくにつれ空気を裂《さ》くようなそれが大きくなっていく。翠鈴は箒を握《にぎ》りしめ、緊迫《きんぱく》の面持《おもも》ちで中庭をのぞきこんだ。

誰かが立っている。すらりと姿勢正しく、あざやかに剣《けん》を翻しながら稽古《けいこ》に励《はげ》んでいる。

袍《ほう》を脱《ぬ》ぎ捨て、上半身裸《はだか》で――。

それが誰か理解した途端《とたん》、翠鈴は仰天《ぎょうてん》して叫んでいた。

「たっ、太子様――――っ⁉」

明星が振り返る。こちらを見ると彼は驚いたように笑みを見せた。

「早いな。もう起きたのか」

それはこちらの台詞である。むしろ彼に起こされたようなものだったが突《つ》っ込む余裕《よゆう》はなかった。

「なななにゆえそのようなお姿でっ⁉　お風邪《かぜ》を召《め》されます、早くお召し物を！　というかどうしてこんな時間からそんなことをっ」

「朝はいつも鍛錬《たんれん》をしているんだ。槍《やり》と弓がないから今日は剣だけだが」

「鍛錬⁉　そのようなことをなさって、お身体《からだ》に障《さわ》ったら……っ」

ひぃぃっと翠鈴は引きつった。剣だけでも充分負荷《じゅうぶんふか》があるのにこの上槍と弓まで？

あわあわしている翠鈴をよそに、彼は軽く汗《あせ》をぬぐいながらこちらへやってきた。

「心配性《しょう》だな。このくらいでそんなに慌《あわ》てるとは」

なんというまぶしい笑み。翠鈴は思わず額を押さえた。

（わたしだけじゃなく全采国民が心配しております――！）

心配しすぎて息切れしてきた。はあはあと肩で息をついているのに気づいたのか、明星が眉《まゆ》をひそめてのぞきこんでくる。

「君、寝不足《ねぶそく》だろう。もう少しゆっくりしたほうがいい。送っていくから」

自分が原因とは相変わらず自覚がないらしい。翠鈴はよぼよぼと首を横に振《ふ》った。

「だ、大丈夫《だいじょうぶ》です。ちょっと驚いただけで……。とてもご病弱には見えませんので」

明星は瞬《またた》いて見つめてきたが、なぜか、気まずそうに目をそらした。

それきり黙《だま》ってしまったので、翠鈴ははっとして頭を下げる。

「申し訳ございませんっ、無礼なことを！」

なんともいえない顔つきで剣の刀身を見下ろしていた明星が、真顔で目を戻《もど》した。

「病弱に見えないか？」

「……み、見えません、ね……」

むしろどうやればそんなに鍛《きた》えられた身体になれるのか謎《なぞ》である。

「と、とにかくお召し物を！　恐れ多すぎて目の毒でございますのでっ」

これ以上見ていられず下を向きながら催促《さいそく》すると、赤くなった頬《ほお》にやっと気づいてくれたらしい。しばし間があって、ばさばさと衣擦れの音がした。

「それは配慮《はいりょ》がなかった、すまない。ついいつもの癖《くせ》で」

(いつも脱いでるの!?)

これまで誰も注意しなかったのだろうか？　彼の側近たちは一体何を考えているのか。

さすがに止めるべきだろうにと悶々《もんもん》と考えていると、ふわりと肩《かた》から衣《ころも》を被《かぶ》せられた。

濃青《こいあお》の長袍。明星のものだ。驚いて顔を上げると、衣を着終えたらしい彼が前に立っており、遠慮《えんりょ》がちに目を背《そむ》けている。

「君のほうこそ、まあまあ目のやり場に困る恰好《かっこう》をしている」

「……！」

翠鈴ははっとして衣をかき合わせ、真っ赤になって縮こまった。

（夜着のままだったの忘れてた――！）

太子を諫《いさ》めている場合ではなかった。自分のほうこそ恥《は》ずかしい恰好だったのだ。

それに気づいた彼は見かねて上の長袍を貸してくれたのだろう。

「ごめんなさ……っ、じゃなくて、ご無礼いたしました……っ！」

「あ、いや、いいんだ。別に、そんなに見ていないから」

さっと明星が背を向けた。彼のほうも焦《あせ》ったのか少し耳が赤くなっている。

以前のような言葉遣《づか》いをしそうになったことにも、太子が慌てた様子なのにも動揺してしまい、言葉が続かなかった。朝の静寂《せいじゃく》の中、互《たが》いに狼狽《ろうばい》して気詰《きづ》まりな空気が流れる。

沈黙《ちんもく》を破ったのは、明星の控《ひか》えめな問いだった。

「昨夜《ゆうべ》は……あれから大丈夫だったか？」

あの時、目が潤《うる》んでしまったのを見られたのかもしれない。それで気を遣わせたのだろうと、翠鈴は何度もうなずく。

「はい、なんともございません、まったくなんともっ」

「そうか。……よかった」

明星が安堵《あんど》したように息をつく。

それを聞いたら、たとえようのない気持ちがこみあげた。これまでとは違《ちが》う想《おも》い――はっきりとはわからないけれど、なぜなのかこれまでよりも甘やかに感じられる。

彼の声もまなざしも、ただよう空気も以前とは変わったように思えて――。

（……って、気のせいに決まってるでしょ！　考えすぎ、恐れ多すぎぎッ）

太子を相手に馴《な》れ馴れしいにもほどがある。第一、彼は呪《のろ》いのせいで女人《にょにん》を口説けないのだから、変な空気になるはずがない。完全に自分の勘違《かんちが》いだ。

赤くなって目を泳がせていると、背中合わせになっていた明星がぽつりとつぶやいた。

「……従者の言ったことがわかった気がする。これからは私がよく見ていよう」

独り言のようでよく聞こえなかった。聞き漏《も》らしたかと翠鈴は急いで振り返る。

「あの、太子様、なんのことでしょうか？」

そっと明星が振り返り、肩越《かたご》しにこちらを見て微笑《ほほえ》んだ。

「ただの決意表明だ」

その表情は、どこかすっきりしたように見えた。

明星が東宮府《とうぐう》へ戻った後、入れ違いでやってきた小璋との打ち合わせの席で、翠鈴は昨夜あった諸々《もろもろ》を報告した。

後宮に男が侵入《しんにゅう》していたことは昨日の今日でまだ聞いていないはず。夜間の調査はやめるよう明星に言われたことも伝えておかねばならない。

「そういうわけなので、男がうろついてるとなると危ないし、夜の外出を止められてしまって。神捜《さが》しにしても政敵捜しにしても、さらに時間がかかってしまうかもしれないの。昼間しか動けないとなるといろいろと制限されると思うし」

小璋に重ねて請《こ》われたこと、そして『姉上のように思っている』という告白もあり、彼の了解《りょうかい》を得たうえで堅苦《かたくる》しい言葉遣いをやめることになった。ちょっと緊張《きんちょう》するが、小璋の人懐《ひとなつ》こい性分もあるせいかすんなりと移行できそうだ。

それについては彼は嬉《うれ》しそうな顔を見せたものの、昨夜の件については驚《おどろ》いたようだ。

「男の侵入者ですか。それは穏《おだ》やかじゃありませんね」

「怖《こわ》いわよね。まるで幽鬼みたいに出たり消えたりして……。すぐ調べると仰《おつしゃ》ってたけど」

「きっと今頃捜索《いまごろそうさく》の指揮を執《と》っておいでですよ。でもそういうことだったんですね。今朝も早くからいらしていたんでしょう？　よほどあなたが心配なんですね、太子様は」

無邪気《むじゃき》な口調で言われ、うっと翠鈴は詰《つ》まった。だが隠《かく》すことでもないと打ち明けた。

「今朝からというか、昨夜からずっといらしたんだけどね……」

「え？　……泊《と》まったということですか？」

「そ、そうなんだけど、ただお泊まりになっただけよ。もちろん客間にだしっ」

弁解しながらも昨夜や今朝のひとときを思い出し、うっかり赤面してしまう。

小璋は目を丸くしていたが、慌てる翠鈴を見つめ、なぜか感心したような顔になった。

「ふぅん……。あの太子様がね……」

「小璋、誤解しないでね。朝餉《あさげ》をご一緒《いっしょ》したけど、ほんとにそれだけで」

「お嬢様《じょうさま》ーっ！　大変です！」

ドドドとすごい足音とともに、またもや玲琅が転がり込んできた。

勢い余って床《ゆか》に受け身をとった彼女は、焦った顔で叫《さけ》んだ。

「蘭妃様が殴《なぐ》り込みをかけてきました！」

「――は!?」

翠鈴は目をむいて固まった。聞くだに恐《おそ》ろしい言葉に、頭が思考を拒否《きょひ》してしまったかのようだ。

代わりに小璋が怪訝《けげん》そうに声をあげる。

「どういうことです？」

「わかりません！　折り入って話があるから顔を貸せって言ってます。もしかして、昨夜若様がお泊まりになったのを聞きつけて文句つけにきたんじゃ」

「えええっ!?」

なんという地獄耳《じごくみみ》。やはり見張られているのか。

しかしこれはまずい。外から見れば〝泊まった〟という事実しかないし、誤解する人が出ても無理はない。

（しかも蘭妃さまって、きつい発言を連発されてた方よね……!?）

冷や汗を浮《う》かべる翠鈴の隣《となり》で、小璋が可愛《かわい》らしい顔のままひどいことを言う。

「居留守をして帰ってもらっては？」

「な、何を言うの、相手は太子様のお妃《きさき》さまなのよ。一介《いっかい》の占《うらな》い師のところに実情はどうあれ太子様がお泊まりになったと知ったら、そりゃお怒《いか》りになるのも当然だわ。とりあえず、ご挨拶《あいさつ》してお詫《わ》びするしか……」

玲琅が真顔で物入れのほうを指す。

「念のため武装しときます？　衣の下に鎧《よろい》つけるとか」

「鎧？　な、なんのために？」

「火薬玉投げられたり刺《さ》されたりするかもしれませんし」

翠鈴は青ざめるあまり白目をむきそうになった。

(怖すぎ——!!)

殴り込みってそういうことか——と納得《なっとく》している場合ではない。

がたがた震《ふる》え出す翠鈴とうらはらに、小璋はいたって落ち着いている。

「悪いこともしていないのに詫びる必要はないですよ」

「そ、そういうわけにはいかないわ……。太子様の大事な御方《おかた》なんだし。とにかくお静まりいただかなくちゃ」

「……一緒に行きましょうか?」

小璋が眉《まゆ》をひそめて見上げてくる。心配してくれているのだと気づき、翠鈴は引きつりながらも笑《え》みを浮かべた。

「ありがとう、一人で大丈夫《だいじょうぶ》よ。……でも鎧は着ていったほうがいいかしらね……」

母が持たせてくれた秘密武器がついに役に立つ時が来たのか。

半分本気で命の危機を感じ、翠鈴はごくりと唾《つば》を飲んだ。


応接間へ入ると、蘭妃が不満げな顔で椅子《いす》にふんぞり返っていた。

「ずいぶん粗末《そまつ》な部屋ね。こんなところにわたくしを待たせるなんて、やはり良い度胸をしていわ」

「はいっ、まことに申し訳もございませんっ」

勝手に押しかけてきたくせに文句をつける彼女に、翠鈴はひたすら恐縮《きょうしゅく》して頭を垂れた。部屋の地味さくらいならいくら苦情を言われてもどうということはない。いつ本題に入るのかとびくびくしてしまう。

蘭妃は物珍《ものめずら》しげにあたりを見回している。なんだかんだで他《ほか》の宮に興味津々《きょうみしんしん》のようだ。

「わたくしがこの前あげたものは気に入ったかしら？」

返事をしようとして、翠鈴はどきりとした。蠍《さそり》のことを思い出したのだ。

まさか彼女が、とこっそり窺《うかが》ったが、表情からはそんな裏の意味は読み取れなかった。

「は、はい。わたくしにはもったいないお品で、触《ふ》れるのも恐れ多いくらいです。大切にしまっております」

「ふん。己《おのれ》の分をわかっているわね。占術《せんじゅつ》師風情《ふぜい》が身につけても似合うものではないと」

「はい！　仰《おお》せの通りでございますっ！」

今にも嵐《あらし》が巻き起こりそうで、翠鈴はびくつきながら頭を下げ続けたが、蘭妃は意外にも機嫌《きげん》は悪くなさそうだ。玲琅が出した茶を飲み、付け爪《づめ》の具合を眺《なが》めている。

「わきまえている者は嫌《きら》いじゃないわ。それに、なかなか要領がいい。殿下《でんか》が見込まれただけのことはあるわね」

「……はあ。いえ、そのようなことはっ」

「この前の茶会、覚えている？　わたくしが濃《こ》い桃色《ももいろ》の衣《ころも》を着ていたこと」

突然《とつぜん》話が飛び、翠鈴は瞬《また》きながらうなずいた。

「はい、もちろん。とてもお美しくて、天女《てんにょ》さまかと思ったほどでした」

「うふふっ。占術師だけあって口も上手《うま》いこと」

翠鈴は心からそう言ったのだが、お世辞だと思われたらしい。それでも悪い気はしなかったようで、蘭妃は愉快《ゆかい》そうに微笑《びしょう》を浮かべた。

「茶会の時は他の妃と衣の色が重ならないようにするのが暗黙《あんもく》の了解なの。そのためそれぞれの称号《しょうごう》である花の色を選ぶことになっている。花だから多少の色の重なりはあるけれど、上位の妃を慮《おもんぱか》って、別の色を予想しなければならない。それができない者は無能か、相手に対抗《たいこう》するつもりであるのを隠していないだけか」

花の名が冠《かん》された妃たち。李妃、蓮妃、蘭妃、桜妃、藤妃、梨妃、梅妃——花の種類は違《ちが》えど色が同じものはある。李《すもも》と梨《なし》は似ているし、蓮《はす》と梅も品種によってはそうだろう。

あの茶会の時の装いは、桜妃が薄紅色《うすべにいろ》、藤妃が淡《あわ》い紫《むらさき》、蓮妃は濃い赤紫だった。確かに花になぞらえているし、色もかぶっていない。

「そのなぞらえですと蘭妃さまの衣装はお珍《めずら》しいですね。蘭《らん》の花で濃い桃色というのは」

蘭の花といえば黄色や翡翠《ひすい》色のほうが有名だ。自分が知らないだけだろうかと思いながら言うと、蘭妃はふふんと得意げな顔になった。

「当然よ。そなたを試《ため》したんだもの」

「……わたくしを？」

「ええ。桃花離宮に入った者が桃色の衣を着て現れれば、それはひとえに桃妃であると宣言していることになる。けれど上位妃であるわたくしが桃色の衣を着ていたら、礼をわきまえない新参者としてお叱《しか》りを受けることになるわ。殿下のご来臨があったからって調子に乗るなとね」

後宮には後宮の規則がある。そこに太子の寵愛《ちょうあい》は関係ない。蘭妃が言いたいのはそういうことらしい。

「さあどうしてやろうかしらと思っていたら、なんとあんな地味ないでたちで現れるんですもの。これが本当に殿下の寵姫《ちょうき》なのかと面食《めんく》らったわ。占術師だとわかってみんなも拍子《ひょうし》抜《ぬ》けしていたわね。相手にする必要なんてなかったんだもの」

その時のことを思い出したのか蘭妃は楽しげに笑った。あの後で妃たちの間で反省会なり開かれたのかもしれない。

翠鈴は、さーっと青ざめながら深々と平伏《へいふく》した。

「ご教示いただき感謝いたします！　心から感謝いたしますー！」

（危なかった……危なかった――！）

あの時、衣の選択《せんたく》を間違《まちが》えていたら後宮ぐるみの怒濤《どとう》のいびりが始まっていたかもしれないのだ。知らなかったとはいえ寒気がする思いだった。

何度も頭を下げる翠鈴に、蘭妃は「よくってよ」とまんざらでもなさそうにしている。

(なんて良い方なんだろう。後宮の決まり事をわざわざ教えてくださるなんて)

確かに物言いは高飛車だが、悪意や敵意は感じられない。いかにも我が儘《まま》育ちのお嬢様が言いたいことを言っているだけというふうなのだ。意地悪さを隠そうともしなかった藤妃とはそこが大きく違っている。

(蠍の件は蘭妃さまじゃないわ。こんな良い方がそんなことなさるはずないもの)

感動しながら彼女を見つめていた翠鈴だが、ふと気になり、おずおずと訊《き》いてみた。

「あの……蘭妃さま。今日はその件でいらしたのでしょうか？」

明星が泊《と》まったと知って殴《なぐ》り込みに来たはずなのに、なぜか和《なご》やかな空気になってきている。安堵《あんど》しつつも不思議に思っていると、問われた蘭妃は表情をあらためた。

「よもやま話をしにきたのではないわ。そなたに頼《たの》み事があって来たのよ」

彼女は戸口を気にするように見やり、視線を戻《もど》す。

「後宮を騒がしている幽鬼《ゆうき》の話は知っているわね？」

「はい……。小耳に挟《はさ》んだ程度ですが」

「その幽鬼がどこにいるかを占ってもらいたいの。人捜《さが》しが専門なのでしょう？」

翠鈴は目をぱちくりさせた。意外すぎる依頼《いらい》である。

「さすがに幽鬼の居場所は占ったことがありません。どこに出るかということなら、見回りをして突《つ》き止めるしか……」

「そうじゃないわ。幽鬼騒《さわ》ぎの張本人である女官《にょかん》を捜せと言っているのよ」

もどかしそうに遮《さえぎ》り、蘭妃は声をひそめた。

「わたくしが思うに、その女官はおそらく何者かによって無念の死を遂《と》げたのだわ。それで自分の身体《からだ》を見つけてほしいと訴《うった》えるために化けて出ているのよ。星石があれば占《うらな》うことができるのでしょう？　東宮《とうぐう》府にかけあえば貸してもらえるはずよ」

やけに熱心に言う彼女を翠鈴は戸惑《とまど》いつつ見ていたが、やがてぎょっと目を見開いた。

「幽鬼って、女なのですか⁉」

「何を寝《ね》ぼけているの。後宮に出るのだから女に決まっているでしょう」

女官だと言ったではないの、と眉をひそめられ、青ざめて口元を押さえる。

つまり昨夜の男は件《くだん》の幽鬼ではない。やっぱり生身の人間だったのか？

一体何者なのだろう。あんなところで何をしていたのだろうか。

うろたえて考えこんだが、蘭妃の怪訝《けげん》そうな視線に気づき、はっと表情を取り繕《つくろ》う。妃《きさき》の耳に入ったらそれこそ大騒動《おおそうどう》だ。今は明星を信じて任せるしかない。

「その女官というのは、もしや蘭妃さまのお知り合いですか？」

急いで話を戻すと、訝《いぶか》しげにしながらも蘭妃は答えた。

「わたくしではなくて……蓮妃さま付きの女官よ。しばらく前から姿が見えなくなっているの。その後に幽鬼騒ぎが始まったものだから、とても心を痛めておいでなのよ」

「蓮妃さまの……」

気高い美貌《びぼう》の妃の姿が脳裏《のうり》に浮《う》かぶ。濃い色の衣を着ていても顔色の悪さは隠《かく》しきれていなかった。あれは心労のせいだったのか。

「お気の毒に。悪いことばかり続けて起きるなんて。だからお祓《はら》いをおすすめしたのに」

蘭妃はため息をついている。高慢《こうまん》な彼女も蓮妃には同情しているようだ。

「他にも何か災《わざわ》いが？」

「大いにあるわ。幽鬼騒ぎが始まると同時に殿下は後宮にいらっしゃらなくなった。それをご自分の女官のせいだと気に病《や》んでおいでなのよ。そもそも蓮妃さまはいずれは李妃になられるお立場だったのに、煌との縁談《えんだん》が持ち上がったものだから、その話はなくなってしまった。煌の公主に奪《うば》いとられたのよ？　ひどい話だわ。許せない」

まるで自分のことのように蘭妃は悔《くや》しげな顔をしている。いや実際、自身に置き換《か》えているのかもしれなかった。

公主との縁談がなければ、後宮の妃の誰《だれ》かが李妃つまり将来の皇后に選ばれたはず。その可能性は朝廷《ちょうてい》高官の娘《むすめ》という名門出の蘭妃にだってあっただろうから。

「わたしは、蘭妃さまも尊いお立場にふさわしい方だと思いますけれど……」

後宮の決まり事を教えてくれた優《やさ》しさを思い、無意識につぶやくと、蘭妃が驚《おどろ》いたようにこちらを見た。しかしすぐに、つんと澄《す》まし顔になって横を向いてしまう。

「ふん。追従《ついしょう》は結構よ」

と言いつつも口元が少し緩《ゆる》んでいる。実はちょっと嬉《うれ》しかったのかもしれない。

「とにかく、急いで占いなさい。蓮妃さまはご心痛のあまり寝付《ねつ》いていらっしゃるわ。このままいけば体調を崩《くず》されて、後宮の外で療養《りょうよう》しなければならなくなる。それは阻止《そし》しなければ」

「はい、仰《おお》せの通りです。そうなれば太子様も悲しまれるでしょうから……」

もちろん呪《のろ》いをかけた神捜しは最優先でやらねばならない。だが呪いにかかった太子が後宮へ行かなくなったのを気に病んで臥《ふ》せっている妃がいるというのは捨て置けない。

(急いで太子様にお伺《うかが》いを立てよう。どちらもお役に立ってみせるわ)

尊い身分の妃が頼《たよ》ってきてくれたのだ。ここで手を貸さなければ占術《せんじゅつ》師の名がすたる。

「承知いたしました、蘭妃さま。その女官について占ってみます」

今こそ徳を積む時だ。翠鈴は緊張《きんちょう》しながらも畏《かしこ》まって一礼したのだった。

蘭妃を見送ると、翠鈴は早速《さっそく》仕事に取りかかることにした。

「玲琅、その女官の名前を調べて、星石を借りてきてくれる？」

「はい！」

殴り込みでなくてほっとしたのだろう、玲琅が張り切った様子ですぐに出ていく。

「僕は幽鬼女官について調べてきます。占いに役立つことがあるかもしれない」

小璋が神妙《しんみょう》な顔で申し出てきた。蘭妃の依頼を屏風《びょうぶ》の裏で聞いていたそうで、話すまでもなく事情を把握《はあく》していたのだ。

「ありがとう。わたしは占いに最適な場を探すわ。小璋、気をつけてくださいね」

「はい」

「あ、幽鬼が怖《こわ》くなったら、無理しないで戻ってきてね」

出て行こうとする背中に呼びかけると、振《ふ》り向いた小璋はおかしそうな顔を見せた。

「大丈夫《だいじょうぶ》ですよ。子どもじゃないんですから」

「え」

どう見ても少年なのだが、突っ込む暇《ひま》もなく彼は足早に出て行ってしまった。

（……でも確かに、すごく落ち着いてて博識だもの。子どもだと思われたくないわよね）

そしてそんな彼を頼りにしている部分は大きい。太子本人さえ忘れているような行動記録や東宮府の人間関係など、小璋がいなければわからなかったことだ。

悪いことを言ってしまったと反省し、気持ちをあらためる。

（よし。わたしも自分の仕事をしなくちゃ！）

明星から夜間の調査を止められてしまった今、できることが減ったと思っていた。けれど彼の妃のために力を尽《つ》くせるのなら、きっと彼のためにもなるはずだ。

そう信じて、翠鈴は急いで占い道具を卓《たく》に広げた。


日の暮れかかった頃《ころ》、離宮《りきゅう》に戻った玲琅と小璋とともに会議が始まった。

「例の幽鬼女官は栄寧という名だそうです。蓮妃の実家からついてきた侍女《じじょ》で、後宮では女官として仕えていたとか。東宮府に星石を預けていたので借り受けてきました」

玲琅が差し出した布包みを開くと、白い石があった。紐《ひも》を通せるように小さな穴が空いている。星石の連なりから一つ外したもので間違《まちが》いなさそうだ。

「ありがとう。玲琅、このこと、太子様には？」

「申し上げました。詳《くわ》しく聞きたいので、後でこちらにいらっしゃるそうです」

妃からの依頼とはいえ後宮内のことだ。太子の許しなく動くことはできないだろうと、伝言を頼んでいたのである。来るということは動いてもいいということなのだろう。

「僕は幽鬼《ゆうき》騒動《そうどう》について聞いてきました。目撃《もくげき》された回数と場所がこれです。全員ではありませんが目撃者の話も聞きました」

小璋が紙を広げる。後宮の地図だ。彼特有のきれいな字で書き込みがされている。

「最初に目撃されたのは、このあたり。蓮華宮と梅香宮《ばいこうきゅう》の間にある小路です。時刻は深更《しんこう》、目撃したのは梅妃に仕える女官二人でした。両宮は隣接《りんせつ》しているため、少なからず交流がある。それでその女官らは栄寧のことを見知っていたそうです。間違いなく彼女だったと断言したこと、目撃したのが複数人だったことから、信憑性《しんぴょうせい》が高まった。それで一気に話が広まったようですね。二回目の目撃場所は――」

冷静に説明しながら、彼はさらに筆を走らせる。印のついた箇所《かしょ》に、一、二、三……と数字を書き込んでいくのを翠鈴は真剣《しんけん》な顔でのぞきこんだ。

すべてわかっているわけではないが、と前置きして彼が書き込んだ数字は、八にまで及《およ》んだ。少なくとも八回、幽鬼が目撃されていることになる。

「こんなに……？　騒動になるのも無理ないわね」

「場所もばらばらなんですねー。幽鬼って特定の場所に出るものだと思ってましたけど」

「そうですね。怪談《かいだん》は場所に憑《つ》くといわれるし、ずいぶん行動範囲《はんい》の広い幽鬼だ」

興味深げに首をひねる玲琅に、小璋が考え込みながら応じる。

翠鈴はじっと地図に見入った。

栄寧の幽鬼が同じ場所、または近隣《きんりん》に繰《く》り返し出るのなら、そのあたりに〝心残り〟がある。彼女の場合は〝自身の身体〟ということになろうか。すなわちそのあたりを捜《さが》せば見つけられるかもしれないというわけだ。

しかし目撃証言を見る限り、後宮のほぼ全体にわたって出没《しゅつぼつ》している。目撃した者たちも様々で、特に関《かか》わりがあったというわけではないようだ。

「栄寧さんの幽鬼は、一体何を訴《うった》えたいんだろう……」

これほど規則性がないということは、身体を捜してほしいという要求ではないのか？

「ねえ小璋。他《ほか》の目撃した人も栄寧さんの顔を知っていたということよね？」

だからこそ大事になっているのだろうと思いながら訊《き》くと、小璋は首を横に振った。

「いいえ。妃同士は交流はあるといっても、女官《にょかん》の一人一人まで見知っている者は多くはありません。他の者は栄寧のことは知らなかったようですよ」

「じゃあ、どうして幽鬼が栄寧さんだってわかったのかしら」

「最初に見た者がそう証言したために、つられたのでは？　後の者は遠くから姿を見ただけらしいので。栄寧が姿を消し、その後幽鬼となった彼女を顔見知りの者が目撃した。その伝聞が飛び交《か》う中で幽鬼らしきものが出没すれば、誰もがそれを栄寧だと思うでしょう」

「……つまり、顔を目撃されたのは最初だけなのね」

思わず出たつぶやきに、小璋がこちらを見た。

「確かに。あらためて考えると引っかかりますね」

「や、でも、こんなに連続して現れているんだから、他の人が同じ幽鬼だと思うのは当然よね。別の幽鬼だったらそれはそれで怖いし」

書庫の男を幽鬼と思ってしまったのを思い出しつつ言うと、同意するよう玲琅もうなずいた。

「別のだとしたらそっちの目撃情報も出てきそうなものですしね。というかお嬢様《じょうさま》、そろそろお時間じゃないですか？　あたしお部屋を整えてきます。西の間でしたよね？」

「あ、そうね。お願いします」

今夜の占《うらな》いの吉方《きっぽう》はこの離宮内でよいとの結果が出ている。中でも狭《せま》くて落ち着くので西の間を選んでいた。

玲琅を送り出し、翠鈴は占いに使う道具の準備を始めたが、小璋はなおも地図に見入っている。

「何か気になってるの？」

「ええ、まあ。この件の黒幕は何が目的なんだろう、と」

小璋のつぶやきに、驚《おどろ》いて目をやった。

「黒幕って、栄寧さんを幽鬼にした下手人のこと？　個人的に揉《も》め事があったとか……？」

「詳しく調べないとわかりませんが、今のところそれはなさそうです。後宮内で一女官がそれほどの恨《うら》みを買うなんてよほどのことですし、人の口に上るでしょうから」

「となると……蓮妃さまの女官にそんなことをしたんだから、ええと……、ま、まさか他のお妃《きさき》さまが蓮妃さまへの対抗《たいこう》心から、その……」

頑張《がんば》って推理してみたものの、恐《おそ》ろしくてその先は口にできなかった。美しく華《はな》やかな妃たちが裏ではそんな凶行《きょうこう》に走るのかというのも信じられない。

口を押さえてしまった翠鈴を、小璋がかすかに笑って見る。

「蓮妃は今のところ後宮の最上位だし、彼女が出ていけば他の妃がその地位に就《つ》く。ありえない話ではないですね」

「そんな……」

「実際に蓮妃は幽鬼騒動を気に病《や》んで閉じこもっている。だいぶ体調をくずしているそうで、実家に戻《もど》って療養《りょうよう》してはどうかという話も出てきたようです」

蘭妃もそんなことを言っていた。それを阻止《そし》したいと彼女は占いを依頼《いらい》に来たのだ。

「じゃあ、ほんとに他のお妃さまが？　蓮妃さまを、その……」

「蹴落《けお》とそうとしている？　さあ、どうでしょう。そんなに簡単な話ではないかもしれない。蓮妃の父君は財務省長官だし、後ろ盾《だて》は万全《ばんぜん》です。こう言ってはなんですが、女官が消えたくらいで妃を返上するだのという話にはならないでしょう」

「とすると……蓮妃さまを狙《ねら》ってのことではないの？　そもそも後宮には女の人しかいないのに、栄寧さんが殺されたとなると、その中の誰《だれ》かが犯人になるのよ。しかも身体《からだ》を隠《かく》している。そんなこと、女の人に出来るのかしら」

「仰《おっしゃ》るとおり。たとえば個人的な諍《いさか》いからそうなったとしても、女人《にょにん》には無理な犯行です。二人や三人程度の共犯では痕跡《こんせき》を消すのに人手が足りない。おそらく組織的なものではないかと思います」

「じゃあ一体誰が――」

小璋の推理に聞き入っていた翠鈴は、ぎくっとして息を呑《の》んだ。

女人には無理な犯行。しかし後宮にいるのは女人のみ。だが必ずしもそうとは言えない。いたではないか。入れないはずの後宮に入ってきた男が。

（まさか、あの人……!?）

群を抜《ぬ》く美貌《びぼう》。奇妙《きみょう》な色香《いろか》のただよう、はかない雰囲気《ふんいき》。常人とは違《ちが》う気品。

皇宮に出入りできるのだからそれなりの身分だろう。しかし髪《かみ》も結《ゆ》わず官服も着ていなかったところをみると官吏《かんり》の類《たぐ》いではない。妖艶《ようえん》さすらただよう謎《なぞ》の青年。

彼が栄寧殺しに何か関わっているのか？

だから明星は話を聞いてあんなに怒《おこ》ったのだろうか。翠鈴が、それとは知らず殺人の下手人と会っていたから――？

　何か手がかりはなかっただろうかと懸命《けんめい》に思い返しているうち、すっと奇妙な既視感《きしかん》がまたよぎった。

（……あ……！）

　彼をどこかで見たことがあると思っていたが、そうではなかった。

　思い描《えが》いていた人そのものなのだと気づき、思わず口を押さえる。

（わたしが想像してた太子様は、あんな感じだったんだ……！）

　病弱で長くは生きられないと言われたことのある太子。けれど実際に会った明星は凛《りん》として健康そのもので、そればかりか人並み以上に腕《うで》が立つ。そのことに違和感《いわかん》をもたなかったと言えば嘘《うそ》になる。

（……だからって、あの人が本物の太子様……なわけないいじゃない！　そんな、罰《ばち》あたりなっ。……いやでもだったらあの人ってほんとに誰なの⁉）

「大丈夫《だいじょうぶ》ですか？」

　青ざめているのに気づいたのか、小璋が気遣《きづか》うように見上げてくる。翠鈴は胸を押さえて何度も息をつき、おそるおそる彼を見つめた。

「もしかして、わたしが書庫で会った男が下手人じゃないのかしら……？」

　小璋は目を丸くしたが、即座《そくざ》に答えた。

「いや、違うでしょう」

「ど、どうしてわかるのっ？　まさか、あの人と知り合い……？」

「うーん、なんとなく心当たりは。あの方かな？　というのはあります。でもそれがなかったとしても、この時期に〝下手人〟と遭遇《そうぐう》するのは疑問が残ります。幽鬼騒動《ゆうきそうどう》はだいぶ前から始まっているので。もし下手人だったとしたら尚更《なおさら》後宮には近づかないのでは？　まあ、どうやって入ったのかという問題は残りますが」

けろりとして所見を述べると、彼はあらためて見上げてきた。

「でも、もしまた遭遇したら逃《に》げてくださいね。どちらにせよ男には変わりないので」

有無《うむ》を言わせぬ笑顔《えがお》に、翠鈴は怯《おび》えていたのも忘れ、ついうなずいてしまった。

少年とはいえ仮にも東宮《とうぐう》府の官吏、しかも太子に近しいところにいる彼の言なのだ。信じるに値《あたい》するだろう。少しほっとしたが、しかし問題が解決したわけではない。

「けど、あの人が無関係だったとしても確かに下手人はいるのよね。一天万乗《いってんばんじょう》の君になられる太子様の後宮で、そんな恐ろしいことをする人がいるなんて……信じられないわ」

たった一人しかいない皇子のため、初恋《はつこい》相手を国中捜《さが》した皇帝《こうてい》と皇后、そして官吏たち。それほど大切に思われている方なのに、まさかそのお膝元《ひざもと》である後宮でこんな事件を起こす者がいるなんて。

「万乗の君になるとまだ決まったわけではありませんよ。太子がだめだとわかれば他の者がその代わりになるだけですから」

あっさりと小璋が言ったので、翠鈴はぎょっとして思わず周囲を見回してしまった。

「な、何を言うの。誰かに聞かれたらどうするのっ。太子様はお一人きりの皇子様なんだから、そんな不吉《ふきつ》なこと冗談《じょうだん》でも言わないで」

「それが、一人きりではないんですよ。太子の他《ほか》にも皇位継承《けいしょう》候補はいます」

「――え？」

「主だった方は二人ですね。一人は皇帝陛下の末の弟君。もう一人は皇帝陛下の甥《おい》で太子の従兄弟《いとこ》ですが、陛下の隠し子もとい御落胤《ごらくいん》という噂《うわさ》がある人物」

すらすらと言われ、毒気を抜かれて見つめ返す。

「御落胤……？　そんな話、聞いたこともないわ」

「そうですか。朝廷《ちょうてい》ではわりと有名な話ですよ。彼の父上は皇帝陛下の弟君にあたる方で、若い頃《ころ》に皇位継承権を返上され、今は碧北王《へきほくおう》として北部を任されておられます。皇籍《こうせき》にはおられますが一度返上されたら復権できないので、この先も皇位争いに絡《から》むことはありません。ただこの方が、陛下の後宮におられた妃のお一人を下賜《かし》されて妻にされたのですが、その時すでにお腹《なか》にお子がおられたという噂があるんです」

皇帝もその弟も、噂に対して公的には何も発言していない。そのため公然の秘密として朝廷で噂が広まったのだという。

「ご自分のお妃を、下賜って……」

そんなことがあるのかと信じられない思いでいると、小璋は表情も変えずに言った。

「当時北方諸国と小競《こぜ》り合いというか、戦《いくさ》になりかけたことがあったそうです。それを収めたのが将軍に任じられた弟君で——その褒美《ほうび》にということだったらしいですよ」

その話は翠鈴にとっても他人事《ひとごと》ではなかった。その戦で身寄りをなくした隼を父が拾い、連れ帰って家に住まわせることになったのだから。

それにしても衝撃的《しょうげき》だった。蠍《さそり》を送られた時の明星の表情を思い出し、胸が締《し》め付けられる。心細そうに見えたのは、彼の立場の不安定さの表れだったのだろうか。

自身以外にも皇位継承候補がいる。すべての者から支持されているわけではないと自覚しているのだろう。

(あのお茶会の時の言葉がずっと引っかかってたけど……そんな事情があったのね)

家族とはそういう親しさはない。茶会自体が初めてだと、静かな口調で言っていた。あれほど皇帝と皇后に溺愛《できあい》されているのにと不思議だったけれど、ただ仲が良いというだけでは測れないものが皇帝一家にはあるのだ。そんな噂のある父帝《ちちてい》にも、一人息子《ひとりむすこ》から見た母后《ぼこう》にも、複雑な思いはあるだろう。もちろん、継承候補の二人に対しても。

「そういうわけなので、もし太子に何かあっても皇統は途切《とぎ》れないということです。なので太子に対して謀略《ぼうりゃく》をしかける者がいるのも別段おかしくはないんですよ」

あっけらかんと言われ、沈痛《ちんつう》な面持《おもも》ちになっていた翠鈴は目をむいた。

これはそんな可愛《かわい》い笑顔で堂々と発言していいことではない。聡《さと》いといってもやはり少年だからか、事の重大さがわかっていないのか。

「おかしくないわ！　太子様はこの国にただお一人だけよ」

昨夜の明星の独白や表情を思い出す。太子に生まれたというだけで悪意を受けるというのが許せなかった。生まれてよかったのかと思うほど彼は傷ついているというのに。

「そんなふうに噂する者がいるなら、それにこんな事件が起こってるのなら、なおさらよ。何があっても太子様を守らなくちゃ。東宮府に仕えてるあなたが太子様を軽視するようなことを言ってどうするの。ううん、他の人はともかく。悪さをする者がいたらわたしが許さないわ！」

翠鈴は小璋の前にかがみこみ、彼の両腕《りょううで》をつかんでのぞきこむ。

「その隠《かく》し子だとかいう噂も、そんなふうに触《ふ》れ回ってはだめよ。陛下とその方のお父上が何も言及《げんきゅう》されないんだから、それが答えなの。みんなは軽い気持ちで口にしているだろうけど、その方が耳にしたら苦しまれると思うわ。……自分の生まれにいわくがあるって、つらいことよ」

勝手な同情かもしれないが、少し気持ちがわかる気がした。自分も何度も考えたからだ。どうして玉児として生まれたのか。一体なんのために、と。

小璋は驚《おどろ》いたようにこちらを見つめている。大きな丸い目を瞬《またた》かせているさまは年相応の少年に思えた。

その視線に気づき、翠鈴ははっとして手を離《はな》した。

「って、そんなことあなただってわかってらっしゃるわよね。太子様の秘書官のお付きなんだから……。ごめんなさい、なんだか高ぶってしまって……本当にごめんなさい！」

恥《は》ずかしくて顔が熱くなる。朝廷や帝室《ていしつ》について教えてくれただけだろうに、的外れな説教をするなんて。

穴があったら入りたい心地《ここち》で小さくなっていたが、返ってきたのは無邪気《むじゃき》な笑顔だった。

「謝らないでください。あなたの仰《おっしゃ》ったとおりなんですから」

「いや、でも……気を悪くしたでしょう。わたしなんかが偉《えら》そうに言って」

「とんでもない。お気持ちが聞けて嬉《うれ》しかったですよ」

まさか、と思いつつ目を上げると、小璋はどこか満足そうな表情をしている。

「でも確かにおしゃべりが過ぎましたね。占《うらな》いの時刻も迫《せま》っていますし、そろそろお暇《いとま》します。あと、例の廟《びょう》についても調べておきますね」

「あ……、いろいろありがとう」

書庫で男と遭遇した話をした時、ついでに近くの廟のことも訊《たず》ねていたのだ。

慌《あわ》てて礼を言った翠鈴に、彼はにこっと笑みを見せ、一礼して部屋を出ていった。

残された翠鈴はばつの悪い思いで占い道具の準備を再開したが、ふと卓《たく》に目を留めた。

そこには小璋が持ってきた地図が開いたままになっていた。

◆

夕焼けの色が夜のとばりに覆《おお》われていき、空に小さな星が瞬き始めている。

逢魔《おうま》が時。後宮でも人々の往来がなくなる頃。

その静けさを見計らって離宮《りきゅう》を訪《おとず》れていた明星は、しばし回廊《かいろう》にたたずんでいた。

ごく普通《ふつう》に訪ねようとしたのだが、話し声が聞こえてきて、つい足を止めてしまった。

内容が内容だけに思わず耳を澄《す》まし――そのまま出て行けなくなったのである。

彼女はどう思うだろう。円満だとされていた朝廷が裏では混沌《こんとん》としていること。太子が唯一《ゆいいつ》の存在ではなかったこと。不穏《ふおん》で不埒《ふらち》な噂があること――。

失望させるのではと、反応を聞くのが怖《こわ》かった。だがそれは杞憂《きゆう》だとすぐ知れた。

太子へのまぶしいほどの忠心と敬愛。それだけでなく、面識もない従兄弟のことまで思いやり、案じてくれた。

（なんて優《やさ》しい娘《むすめ》なんだろう……）

あらためて感心してしまう。あの遠慮《えんりょ》がちな、それでいて屈託《くったく》のまるでない笑顔を思い出すと、自然と口元がほころぶ。

太子と名乗る前の、街での出会いや離宮で二人で過ごした時のことが忘れられない。

昔からの友人のように、面倒見《めんどうみ》のいい姉のように。あんなふうに絶妙《ぜつみょう》な親しさで接してくれた人は初めてだった。何も考えず、ただ楽しいという感情を味わわせてくれた。

彼女の従者いわく、彼女は善良なあまり、向こう見ずな傾向《けいこう》があるようだ。そして人の悪意を認めたがらないとも。妃《きさき》たちの茶会には少なからず意地の悪い思惑《おもわく》があったと傍《はた》から見てもわかるが、当の翠鈴はそう思っていないらしい。

夜更《よふ》けに占いのため出歩く行動力。太子への忠誠と、害そうとする者らに対する正義感。そして彼女の生き方に深く関《かか》わっている善行への執心《しゅうしん》。──どれも美点であるのは間違《まちが》いないのに、その純粋《じゅんすい》さが、今は大きな不安となって霧《きり》のようにまとわりついていた。

彼女は死を恐《おそ》れている。玉児は命が尽《つ》きれば砕《くだ》け散るのだと言った。それを避《さ》けるため臆病《おくびょう》になっても致《いた》し方ないのに、しかし一方では他者のために行動することを厭《いと》わない。一歩間違えれば身の危険に遭《あ》う恐れもある。それでも、困っている者を見捨てられない性《しょう》分《ぶん》なのだろう。

(だからこそ巻き込んではいけなかった。何かあれば私のせいだ。なんとしても守らねば)

萌春でないと知って家に帰すこともできたのに、そうしなかった。今頃《いまごろ》になってその責任を痛感している。

その憤《いきどお》りはもちろん自分に向けるべきなのだが――目の前にその人物が現れた時、道理に合わないと思いつつも声が険しくなるのを止められなかった。

「――このようなところで何をしておいでで？」

部屋から出てきた少年が、驚いた顔でこちらを見る。

明星の表情に気づいてか、彼はかすかに口の端《はし》をつり上げた。

「なんて恐ろしい顔だ」

一言述べて、目の前を通り過ぎていく。答えるつもりはないとでもいうように。

回廊を去って行く小さな背中に、明星は声を投げた。

「翠鈴に余計な話をなさらないでいただきたい」

間をおいて少年が振《ふ》り返る。

微笑《ほほえ》んだ彼が何を言うのかと、身構えた時――。

「――小璋！　ちょっと待って」

勢いよく扉《とびら》が開いて翠鈴が飛び出してきた。

明星に気づいた彼女は目を丸くし、急いで膝《ひざ》をついた。

「太子様にご挨拶《あいさつ》いたします！　お出迎《でむか》えもせず申し訳ございませんっ」

「あ……、いいんだ、立ってくれ」

このやりとりももどかしいのだが、太子大事の彼女はやめようとしない。まあ彼女だけでなく皇宮の者なら全員そうなので、もどかしいと感じるほうがおかしいのだろうが。

「どうかしましたか？」

少年のにこやかな問いかけに、翠鈴は手にしていた紙を示した。

「この地図、持って帰らなくていいのかなと思って。秘書官様に報告するでしょう？」

「ああ、それは差し上げます。報告は終わっているので。参考になればいいんですが」

優しく答え、それでは、と一礼すると少年は今度こそ帰っていった。

一緒《いっしょ》に見送っていた翠鈴が、はっとしたように畏《かしこ》まって向き直る。

「太子様。今から例の幽鬼《ゆうき》女官《にょかん》の行方《ゆくえ》を占うところなのですが、よろしいでしょうか？」

明星は息とともに緊張《きんちょう》を吐《は》き出す。その件なら玲琅から聞いていた。

「占いの場は決まったのか？」

「はい。幸い今夜はこの離宮で良いようです。西の小部屋を使わせていただきます」

「そうか。それならよかった」

また外へ出て男と鉢合《はちあ》わせでもしたらと案じていたので、ほっとしたのだが、彼女は何か気になるようだ。

「あの……太子様。小璋がお叱《しか》りを受けていたようでしたが、何かございましたか」

異様な雰囲気《ふんいき》に気づかれたらしい。まるで小さな弟を心配しているというふうなその表情を見たら、とてもじゃないが本当のことは言えなかった。

「いや。なんでもないんだ。君は占いに集中してくれ」

あまりうまくないごまかし方をしてしまったが、彼女はそれ以上追及《ついきゅう》してはこなかった。

◇

きれいに掃除《そうじ》がされ、香《こう》で清められた室内は、一種の潔斎《けっさい》がされた状態になっている。

小部屋に入ると、翠鈴は深呼吸して卓の前に腰掛《こしか》けた。

綾絹《あやぎぬ》の袋《ふくろ》から一つずつ玉を出して並べていく。師から受け継《つ》いだ、神通力のある玉だ。

人捜《さが》しをする時の陣《じん》を描《えが》いた玉たちの中心に、借りてきた栄寧の星石を置く。

(栄寧さんの身体《からだ》がまだ星石の連なりを身につけていれば、この一粒《ひとつぶ》と呼び合うはず)

翠鈴は音を立てて袖《そで》を手で払《はら》い、大きく手を打った。

「天の玉皇、地の玉帝に伏《ふ》してお伺《うかが》い奉《たてまつ》ります。我は天と地より生まれ出《い》で還《かえ》る者……」

目を閉じて呪《じゅ》を唱え、軽く頭を垂れる。

やがて徐々《じょじょ》に玉が光り始める。それはじわじわと大きくなり、部屋中がまばゆさに満ちていく。

「この者の行方は何処《いずこ》か、お導きください」

深く一礼し、目を開けた。

淡《あわ》い光の中、無数の玉が宙に浮《う》いている。まるで霧に包まれたかのように幻想的《げんそう》だ。

一つ一つが発光し、色を連ねていくと、そのうち人影《ひとかげ》や景色が浮かび上がってきた。

星石が持つ〝記憶《きおく》〟――持ち主とともに見てきた光景が、呼び覚まされるのだ。

幼い頃《ころ》から現在までに重ねた無数の人生の場面が、それぞれの玉が放つ光の中に映し出されている。翠鈴はそれを一つずつ確認《かくにん》していった。

(最新のものはどこ？　星石が今見ているのはどの光景……？)

多くの中から選び取るのは大変だが、さほど難しくはない。一番鮮明《せんめい》で、かつ動きのある映像を探せばいいのだ。

(――ん？　これかしら？)

皇宮の景色が続いていた〝記憶〟が途絶《とだ》え、別の光景が現れる。

豪奢《ごうしゃ》な建物が見えた。皇宮内であれば翡翠瓦《ひすいがわら》の屋根と朱塗《しゅぬ》りの柱廊《ちゅうろう》などが必ずあるが、その建物には見当たらない。

なおも見ていくと、庭や室内の様子が現れた。意外にも控《ひか》えめな内装だが、粗末《そまつ》というほどではない。隠棲《いんせい》した貴人の私室といったふうだ。

真剣《しんけん》な顔で観察していた翠鈴は、ふと目を留めた。

(これは……？　なんだろう)

扉の木組みに見慣れない透《す》かし彫《ぼ》りがあった。模様というより、何かの印のような。

そう思った時、光景が少しずつぼやけ始めた。星石の記憶を見るのには時間に制限があるのだ。翠鈴の術式ではまだ一度にたくさんの記憶を見るのは難しい。

翠鈴は紙を引き寄せ、消えかけているそれを見ながら急いで筆を走らせた。


明星に報告しようと小部屋を出ると、彼は回廊《かいろう》で待っていた。

「太子様。栄寧さんの星石が見えました」

礼を取るのももどかしく口を開いた翠鈴を、明星が緊張した顔で見つめてくる。

「どこにいるかわかったか」

「おそらくですが……皇宮の外にいるようです。命も無事かと思われます」

躊躇《ためら》いがちに答えると、彼の顔に戸惑《とまど》いが浮かんだ。

「生きている……ということか？」

「はい……。栄寧さんが身につけているはずの星石の連なりが、動いているようなので。遺体についているのなら、星石の見る光景は止まったままですから」

翠鈴にもわけがわからなかった。そもそも幽鬼になった栄寧の身体を捜すということで始めた調査だったのだ。彼女が生きているらしいのは良いことだが、そうなると別の問題が発生する。

「別人が身につけている可能性は？」

「それもありえます。ただ、そうだった場合、奪《うば》われた場面を星石が見ているはずです。その記憶が見当たりませんでした。栄寧さんの星石は生きて動いていますが、見えた光景は同じ部屋の中で止まっていました。も、もしかしたら、攫《さら》われて監禁《かんきん》されているのかもしれません。それをごまかすために犯人が幽鬼騒動《ゆうきそうどう》を起こしたのかも……」

それなら、目撃者《もくげき》たちのほとんどが彼女の顔を見なかったのも納得《なっとく》がいく。最初だけ顔を見せておけば、後から見た者は姿だけで栄寧と思い込むだろう。

見たままを報告しつつも動揺《どうよう》であたふたし始めたのを、明星は冷静に聞いている。

「攫われたり囚《とら》われた場面は見えたのか？」

はたと翠鈴は黙《だま》り込み、首を横に振った。

「……いえ……」

そうだ、そんな場面はなかった。星石はきっと見たはずなのに。

見えなかったということは、そんな事実はなかったということになる。無理に攫われたわけではないのか？

「となると……親しい人に唆《そそのか》されて連れ出された？　それでどこかに囚われてるとか……いや、でもそれじゃ幽鬼を見たという証言はなんなの？　監禁するのが目的ならそんな噂《うわさ》を流したのはなぜ……？」

「翠鈴、どういうことだ？」

「はっ！　申し訳ございませんっ」

考え込むあまりぶつぶつ独り言を繰《く》り広げてしまった。慌《あわ》てて一礼し、小璋から聞いた幽鬼騒動について説明する。最初の目撃者以外、誰《だれ》も栄寧の顔を見ていないのだと。

「その最初の目撃者の身元は？」

「梅妃さま付きの女官です」

「梅妃……」

意外そうにつぶやき、明星は口をつぐんだ。その表情が硬《かた》くなっていく。

「栄寧というのは蓮妃付きの女官だったな。蓮華宮と梅香宮は隣同士《となりどうし》か。何か諍《いさか》いがあったという話は聞いていないが……。しかし面識はあったろうから連れ出すのは可能なはず」

「え……、まさか、梅妃さまが関《かか》わっておいでだとお考えなのですか？」

明星はその問いに否定も肯定《こうてい》もしなかった。ただ続いた言葉は厳しかった。

「もし故意にこれだけの騒《さわ》ぎを起こしたとなると、女官だけではできない。主《あるじ》も何らかの関与《かんよ》があると考えるのが自然だ」

蓮華宮と梅香宮の間で問題が起きたのか、梅妃が何か思惑《おもわく》があって蓮妃を陥《おとしい》れようと画策したのか、発端《ほったん》はわからない。だが幽鬼騒動が梅香宮の女官の目撃証言から始まっていることは事実だ。しかも栄寧は生きており、〝幽鬼〟にはなっていない。嘘《うそ》の証言をして騒ぎを起こしたのには、よからぬ背景があるから——彼はそう考えているのだろうか。

（でも……太子様のお妃《きさき》さまなのに……！）

茶会にいなかった梅妃とは面識がないから、どんな人なのかはわからない。小璋の話では豪商《ごうしょう》の娘《むすめ》だということだった。身分からして高位の妃は望めなかっただろう。

その梅妃が現在最上位の蓮妃の女官《にょかん》を攫った——のだろうか。一体なんのために？

「たっ、太子様！　お気《せ》を急きになりませんよう！　お妃さまの中に下手人がいるとは限りません」

ただでさえ悩《なや》み多き御方《おかた》なのに、妻たちのことでさらなる窮地《きゅうち》に立たされるのかと、翠鈴は思わず詰《つ》め寄るように訴《うった》えていた。

「わたくしが見た書庫の男の件もございます。あの者が栄寧さんを攫ったのかもしれません！　お妃さま方をお疑いになるのは、あの男を捜し出し追及してからでも遅《おそ》くはないかと思います。太子様のお妃さま方は素晴《すば》らしい御方ばかりですもの」

ぽっと出の占術師《せんじゅつ》に全員が贈《おく》り物をくれた。理由はどうあれ茶会に招いてもくれた。

それに何より、太子に仕えるという尊い役目を負っている。

彼女らを疑わねばならないのはつらいだろうと思うと、黙っていられなかった。

「どうかご賢察《けんさつ》を、太子様」

勢いに押されたのか、厳しかった明星の顔に驚《おどろ》きが浮かんでいる。

彼はまじまじと翠鈴を見つめていたが、やがて口元をほころばせた。

「……君は本当に優《やさ》しい。心根が清らかすぎて、まぶしいくらいだ」

しんみりとした声音《こわね》だった。そのまま彼は目線を落とし、黙り込む。

何か考えているようだったが、やがてもとの表情に戻《もど》って言った。

「他《ほか》に何か見えたか」

「は……、はい。とても大きなお屋敷《やしき》が見えました。どなたがお住まいかまではわかりませんが……。あ、でも特徴《とくちょう》的な飾《かざ》り扉《とびら》がありました」

翠鈴は懐《ふところ》に差していた紙を取り出し、広げて見せた。星石の記憶を急いで写しとったものだ。菱形《ひしがた》の中に四方から線が延び、中央に幾重《いくえ》も円が重なって模様を作っている。

受け取った明星は軽く眉《まゆ》を寄せてそれを見た。

「どこかで見た気がする。家紋《かもん》のようだな」

「家紋でしたら、調べればすぐわかりますね！」

あの屋敷がわかれば栄寧を助け出せるはず。そうすれば彼女に事情を訊《き》くことができる。

攫った下手人もすぐ判明するだろう。

なおも思い返すようにその印を見ていた彼は、うなずいて紙を畳《たた》み懐に入れた。

「急いで調べるが、少し時間がかかるかもしれない。しばらくは来られないと思うから、身辺には気をつけていてくれ。特に梅妃には接触《せっしょく》するな」

翠鈴は、ごくりと唾《つば》を飲んだ。

「本当に、梅妃さまが……？」

「念のためだ」

冷静な表情と声音に、こちらも落ち着こうと息をつく。確かに用心に越《こ》したことはない。

「玲琅がいますからわたくしは大丈夫《だいじょうぶ》です。太子様もお気を付けて」

うん、と答えて明星が傍《そば》をすり抜《ぬ》けていく。

翠鈴は膝《ひざ》を折って見送ったが、少し行ったところで彼は振《ふ》り返った。

「そういえば、君が占《うらな》っている様子をのぞいてしまった。我慢《がまん》できなくて」

思いがけない言葉に驚いたが、また謝られるのではと、急いで答える。

「さようでしたか。わたくしは別に――」

「とても綺麗《きれい》だった」

すっ、と声が直接胸に飛び込んできたような感覚。

目を見開いて固まった翠鈴に、明星が静かに笑いかける。

釣《つ》り灯籠《どうろう》の灯《あか》りが淡《あわ》く落ち、その笑《え》みに不思議な陰影《いんえい》を落として――。

「見送らなくていい。身体《からだ》が冷えるから」

いつもの顔でそう言い置くと、彼は今度こそ回廊《かいろう》を去って行った。

その背中が夜陰《やいん》にまぎれて見えなくなっても、翠鈴は礼を取るのも忘れて棒立ちになっていた。

玲琅が戸締《とじ》まりしたのだろう。カタン、と遠くで音がして、はっと我に返る。

太子が門を出たのだ——と思った瞬間《しゅんかん》、一気に顔が熱くなった。

（ちょっと待って、どういうこと？　聞き違《ちが》いじゃないとは思うけど全然意味がわからないわ。綺麗って何？　なんでわたしにそんなこと……、……あっ、玉が光ってたのが綺麗だったってことね！　なんだ、びっくりした！　そりゃそうよね、よかったー！）

頰《ほお》を包んでおろおろしたり額の汗《あせ》をぬぐったりと忙《いそが》しいことこの上ない。それもこれも明星が紛《まぎ》らわしい発言をするからだと、恐《おそ》れ多くも太子殿下《でんか》のせいにしてしまう。

（信じられないわ、あれで本当に女人《にょにん》を口説けない呪《のろ》いにかかっておられるの？　前から思ってたけど、ちょくちょくああいうご発言をなさってるわよね。なんていうか、優しいというか甘いというか……さらっと手を握《にぎ》ったり……抱《だ》き寄せたりとか……）

腕組《うでぐ》みして考え込みかけて、ひっと息を吞《の》む。

（って、違う違う！　太子様のあのご発言は口説き文句じゃないでしょ！　わたしなんかをお口説きになるわけないじゃないの、見当違《けんとうちが》いにもほどがあるわ）

勘違《かんちが》いぶりに恥《は》ずかしさで身もだえしていたが、はたと思い出して口を押さえた。

（あれ？　もしかして、わたしが訓練の相手をするって言ったから実践《じっせん》していらっしゃる？　そ、そうだったの？　全然気づかなかったわ……！　でもそうなると、この先もこんなことがあるということ……？）

自分からやると言い出しておきながら面目《めんぼく》ないが、とても動揺《どうよう》してしまう気がする――。

しばしそうして太子への忠誠と乙女心《おとめごころ》を悶々《もんもん》と戦わせていた翠鈴だったが、ふと思い出して首をかしげた。

（……それにしても、さっきの太子様と小璋は本当に何もなかったのかしら。なんだかどちらも態度がおかしかったような……）

いつもと違う笑みだった小璋。言い方は適切ではないかもしれないが、不遜《ふそん》ともとれるような。そんな彼と硬い顔で対峙《たいじ》していた明星も、やはり普段《ふだん》とは少し違っていた。

（何か非礼があったとしても、太子様は無闇《むやみ》に罰《ばっ》したりはなさらないだろうけど……）

とにかく明日《あした》会った時に訊いてみよう。気になりながらも、この時はそんなふうに考えただけだった。

五　妃宮殿の陰謀

「――ねえ、聞いた？　栄寧が見つかったらしいわよ！」

春の空に女官たちの声が響《ひび》いている。風向きのせいなのかこちらにまでよく聞こえた。

「驚きよね。生きてたんでしょ？」

「えーっ、どういうこと？　あの幽鬼《ゆうき》騒《さわ》ぎは一体なんだったの？」

「何か別のを見間違《みまちが》えたんじゃないの。びくびくしてたから幽鬼と思い込んだだけで」

「でも、顔をはっきり見たって言ってたじゃない。ほら、あの人――」

噂《うわさ》の主を見かけたのか、女官たちの声が低くなる。

やがて件《くだん》の人物がいなくなったのだろう、またかしましい会話が聞こえてきた。

「顔を見たのはあの人たちだけなんでしょ。あれって嘘だったわけ？」

「こんな大騒ぎになっちゃって、どうするのかしら。罰を受けるんじゃないの？」

「まさか、あたしたちも巻き込まれないわよね？」

「あたしたちはともかく、お妃《きさき》さまは責任を……れるかも……」

風が吹《ふ》いて、声を散らしてしまったらしい。それきり聞き取れなくなった。

庭の四阿《あずまや》で耳を傾《かたむ》けていた彼女に、侍女頭《じじょがしら》がひそやかに言う。

「栄寧の件は後宮中の噂になっています。桃花離宮《とうかりきゅう》の占術師が占いで見つけたようです。……いかがいたしますか？　このままでは……」

焦《あせ》りを帯びた侍女頭に、彼女はしばし黙考《もっこう》し、やがて短く命じた。

「――消しなさい。今すぐに」

その瞳《ひとみ》は、怒《いか》りと憎《にく》しみにあふれていた。

◆

栄寧の行方《ゆくえ》を占ってからというもの、翠鈴の生活にはまた少し変化があった。

まずは、離宮に門番が増え警備が強化された。蠍《さそり》の一件以来二度目である。もちろん女性だが、玲琅と同じく武術の訓練を積んでおり腕《うで》が立つという。玲琅によると、後宮では妃たちもそういった私兵のような女性を警備要員として各自持っているらしい。

彼女たちを送り込んできた明星はというと、あの夜から一度もこちらへ訪《おとず》れていなかった。栄寧が囚《とら》われている――と思われる――屋敷の捜索《そうさく》指揮で多忙《たぼう》なのだろう。

そしてなぜなのか、妃たちから文《ふみ》や使者が来るようになった。

「これで五人目ですよ。占いを依頼《いらい》された蘭妃さまはともかく、桜妃さまに梨妃さまに梅妃さまに、今度は菊妃《きくひ》さままで。一体どういう風の吹き回しなんでしょうねー」

文を取り次いだ玲琅が首をひねりつつ持ってくる。ある意味賑《にぎ》やかになった離宮だったが、護衛を任されている彼女にとってはありがたくないようだ。

翠鈴は面食《めんく》らいながらそれを受け取った。このやりとりも何度目かわからない。

「桜妃さまとはお茶会でのご縁《えん》があるけど、梨妃さまと梅妃さまにはお会いしたこともないし。この菊妃さまという方はお名前も初めて知ったくらいなのに」

そんな縁もゆかりもない方が送ってきた文には、一度茶会に招待したいと綴《つづ》られている。人物像がわからないだけに思惑《おもわく》もつかめず、まったくもって謎《なぞ》だ。

「どうお返事をしたらいいと思う？　だいたいどうしてわたしのことをご存じなのかしらね。まさか噂話《うわさばなし》だけで後宮中を伝わるとは思えないし……」

「わたくしが話してあげたからに決まっているじゃない」

突然《とつぜん》高飛車な声が響き、翠鈴は飛び上がった。

振り向けば、戸口に蘭妃が立っていた。周囲に目をやって眉《まゆ》をひそめていたが、翠鈴の視線に気づくと得意げな笑みになる。

「わたくし以外の妃すべてに教えてあげたわ。そなたが星石を使った占術《せんじゅつ》で幽鬼《ゆうき》女官《にょかん》を捜《さが》し当てたとね。皆《みな》感心していたから、仕事を依頼してくる方もいるでしょう。ひれ伏《ふ》して感謝なさい。それにしても相変わらず粗末《そまつ》な部屋ね。わたくしにはふさわしくないわ」

前に来た時と同じ苦情を言いながらも、慣れた様子で玲琅が用意した席に腰《こし》を下ろしている。翠鈴は彼女の前に膝《ひざ》をついて礼を取った。

「さようでございましたか。お褒《ほ》めにあずかり感謝します、蘭妃さま」

「余計なことを……」

「こ、こほん。あの、今日はどのようなご用件でございましょう？」

背後に控《ひか》えた玲琅が舌打ちしたので、慌《あわ》てて咳払《せきばら》いしてごまかす。しかし内心は緊張《きんちょう》に満ちていた。

（すべてのお妃さまに話されたということは、梅妃さまのお耳にも入ったわけよね。だから御文《おふみ》が来たのかも。だ、大丈夫《だいじょうぶ》かしら……）

明星の捜査《そうさ》に支障が出ないかと心配になりながら訊《たず》ねると、蘭妃は当然のようにふんぞり返って答えた。

「今度、この離宮で茶会を開くことにしたの。そなたへの取り次ぎを頼《たの》まれているのだけれど、各々《おのおの》やっていては面倒《めんどう》でしょう。一度に全員集まれば手間も省けるわ」

翠鈴は玲琅と目を合わせ、こくりと唾《つば》を飲んでから、蘭妃に向かって一礼した。

「そこまでお気に掛《か》けてくださるとは、身に余ることでございます。ですが――」

「それにしても本当に地味な宮殿《きゅうでん》だこと！　こんなところに殿下《でんか》のご来臨があるなんて、

もったいなくて罰が当たるわ。他《ほか》の妃が見たらどんなに嘆《なげ》くことか。とにかく茶会までになんとかなさい」

「……はあ。あの、ですが、ここでは——」

「とりあえず古ぼけたものを全部取り払《はら》って、柱に金飾《かざ》りをはめ込むところから始めて。釣《つ》り灯籠《どうろう》も屛風《びょうぶ》も敷布《しきふ》も替《か》えなさい。もっと華《はな》やかな色がいいわ」

「あ、あのぅ」

「桃花離宮だから桃色《ももいろ》というのはありきたりすぎるし、すっきりとした若草色はどうかしら。それに浅い黄色を合わせるの。蘭景宮《らんけいきゅう》にあったはずよね？　ではすぐにでもそこの侍女を寄越《よこ》しなさい。運び出すものの目録を作らせるわ」

「……ええと……」

自身の侍女に確認《かくにん》して指示し始めた彼女は、どういう心境なのかいきいきしている。口を挟《はさ》む余地もなくしゃべり続けているのでどうしたものかと途方《とほう》に暮れていると、背後で玲琅がため息をついた。

「こりゃ言うことときくまで止まりませんね。あたしちょっと行ってきます」

「やっぱり、そうなる……？」

「ええ。とりあえず行けば気が済むと思いますし、さっさと戻《もど》ってきます。ここからなら走ればすぐですから」

間に庭園はあるが、確かに蘭景宮は一番近い。玲琅の足ならあっという間だろう。

話を聞かない蘭妃に見切りをつけたのか、玲琅が彼女の侍女と交渉《こうしょう》を始めた。あちらも慣れているようで早々にまとまったらしい。

「中庭の見える部屋がいいわ。ひとまずそこから始めましょう。わたくしたちが戻るまでに空気を入れ換《か》えておきなさい。いいわね、占術師《せんじゅつ》」

上機嫌《じょうきげん》で命じると、蘭妃は侍女に促《うなが》されて部屋を後にした。玲琅も目配せしてぞろぞろと出て行く行列についていった。

回廊《かいろう》まで出て見送ると、翠鈴は深々と息をついた。

「なんだか、変なことになってきちゃったわ……」

太子の初恋《はっこい》相手として、話し相手になるべく後宮へ来たはずが、なぜかお妃全員との茶会に臨《のぞ》むことになるとは。

騒《さわ》がしい一行が去ったせいもあって、急に静けさに包まれる。自分が立っているのがあの夜と同じ場所だと気づくと、なんとなく壁《かべ》に寄りかかった。

あれ以来、小璋は姿を見せていない。

あの時、明星と小璋に何があったのか。初めは純粋《じゅんすい》に心配していただけだったが、時間が経《た》つにつれ、別の考えが芽生えていた。

（太子様は少しご気分を害していらっしゃるみたいだった。でも咎《とが》めるようなことを仰《おっしゃ》っていたのに、丁寧《ていねい》な言い方をされていた――)

それに、やはり小璋の態度はいつもと違《ちが》っていた。不遜《ふそん》というのは言い過ぎかとあの時は思ったが、あながち間《ま》違《ちが》っていなかったように思えてきたのだ。

(尊いご身分であられる太子様が、あんなふうに仰らなければならない相手って……?)

皇帝《こうてい》や皇后を除外すると、他に考えられるのは――神仙《しんせん》の類《たぐ》いくらいか。

神仙が人界と関《かか》わるのは稀《まれ》とはいえ、皆無《かいむ》ではない。そういう説話はたくさん残っているし、何より、皇帝に呪《のろ》いをかけた神のこともある。

かの神は人界にいたところを矢を射かけられたのだ。そうやって触《ふ》れ合う機会があってもおかしくはない――と考え、はっとした。

(もしかして……太子様に呪いをかけた神様……とか……?)

そうだとすると明星のあの態度もわかる気がする。小璋の年齢《ねんれい》にそぐわぬ落ち着きや聡《さと》さも説明がつく。賢《かしこ》いからという一言では済まされない老成したところがあったのも。

小璋があれ以来姿を見せなくなったのは、明星に見咎められたからではないだろうか?

今までもああして現れていたのを、明星が何らかの方法で封《ふう》じたとか――?

(って、まさか! あんなに呪いを解くために協力してくれたのに、そんなわけないじゃない。第一、太子様が封じる術《すべ》をご存じなら、神様に対抗《たいこう》する術をある程度持っていらっしゃることになる。だったら姉さまに助けを求める必要はないはずだわ。とにかく小璋に聞いてみればわかることだけど……本当にどうして来ないのかしら……）

回廊をうろうろしながら考え込んでいると、門のほうから誰《だれ》かが走ってきた。

近頃《ちかごろ》来てくれている門番の一人だ。玲琅が出て行ったので、代わりに取り次ぎに来てくれたらしい。

「失礼します、お嬢様《じょうさま》。御使者がいらしているのですが」

我に返り、翠鈴は驚《おどろ》いて聞き返す。

「御使者？　どなたです？」

「それが、蓮妃さまの使いと仰ってます」

「蓮妃さまの？」

幽鬼女官、もとい栄寧の主《あるじ》だ。意外な使者に、翠鈴は目を丸くして門のほうを見やった。

栄寧を捜してくれたと蘭妃から聞いた。気にしていたので心が軽くなった。是非《ぜひ》礼がしたいので来て欲しい――。

蓮妃の使者は門前で丁寧にそう述べ、輿《こし》まで用意してくれていた。

そこまでされては断るわけにもいかず、翠鈴は急遽《きゅうきょ》、蓮華宮を訪ねることになった。

（玲琅が戻ったら伝えてとお願いしてきたし、門番のお一人はついてきてくれたし……大

丈夫よね）

妃《きさき》の宮殿に召《め》されたという緊張はあれど、警備面ではさほど不安は抱《いだ》かなかった。これが梅妃の使者だったら目《め》一杯《いっぱい》警戒《けいかい》するだろうが、相手は蓮妃、つまり被害者《ひがいしゃ》側なのだ。

（梅妃さまの宮殿の隣《となり》というのが気になるけど……、まさか運悪く鉢合《はちあ》わせするなんてことはないわよね。塀《へい》を乗り越《こ》えて襲《おそ》いにくるなんて恐《おそ》ろしいことはないだろうし）

どれくらいの近さかは不明だが、蓮華宮にも警備はいるだろうから、侵入《しんにゅう》者があれば騒ぎになるはずだ。

賑《にぎ》やかな様子の蘭景宮の前を通り過ぎ、東宮《とうぐう》府の方向へ向かって進む。後宮の門に近いほうから高位の妃が住むという決まりのようだ。初日に通った路《みち》を戻るようにたどり、蓮華宮に到着《とうちゃく》した。

門をくぐって中へ入ると、しばらく行ったところで輿が止まる。

促されて輿を降りた翠鈴は、使者に先導されて歩き出した。遠慮《えんりょ》気味にあたりを見回すと、純白の砂敷《じ》きの広場の前に壮麗《そうれい》な本殿《ほんでん》が構えており、左右に回廊が延びて次の建物と繋《つな》がっている。

（蓮華宮は大路沿いにあって、そこから小路を入った奥に梅香宮はあるんだっけ。方角は確か向こうかしら……？）

さりげなく観察しながら回廊へ上がろうとした時、背後で声が上がった。

「お付きの方はこちらでお待ちを」

振《ふ》り向くと、一緒《いっしょ》に来てくれた門番が止められている。彼女は怪訝《けげん》そうに反駁《はんばく》した。

「侍女《じじょ》に代わってお付きを務めております。わたくしもご一緒します」

「だが見たところ門番だろう？　無礼な。その形《なり》で蓮妃さまの御前《ごぜん》に出るつもりか」

確かに彼女は女官《にょかん》の衣服ではなく飾り気のない男ものの袍《ほう》を着ている。よくわからないが身分的に宮殿に立ち入れないようだ。

居丈高《いたけだか》な女官たちに囲まれながらも、門番は怯《ひる》むことなく周囲をにらんでいる。このままでは揉《も》めそうだと察し、翠鈴は急いで割って入った。

「わかりました、ここで待っていてもらいます。――わたしは一人で大丈夫《だいじょうぶ》ですから」

「しかしお嬢様」

食い下がろうとする彼女を、目でなだめる。彼女は明星から預かった大切な人だ。妃の女官から罰《ばっ》せられることになってはいけない。

（一人で行ったって何かあるわけじゃない。もし問題があったとしてもすぐ傍《そば》の建物だし、声をあげればわかるはずよ）

そんな思いが届いたのかどうか、彼女は渋々《しぶしぶ》といった様子で引き下がった。

それを確認し翠鈴は女官たちに向き直る。どきどきしながらも、これは言っておかねばと一礼した。

「太子様のご配下です。礼をもって接遇《せつぐう》をお願いします」

はっとしたように女官らが目を見交《みか》わす。太子の名が効いたようだ。

彼女らが姿勢を正したのを見やりながら、翠鈴は女官とともに宮殿《きゅうでん》の中へと向かった。

妃の宮殿へ入るのは桜妃に招かれた時以来だ。今回は一対一のお招きということで、あらためて緊張《きんちょう》がこみ上げる。

応接間に入ると、あたりを見回す余裕《よゆう》もなくその場に膝《ひざ》をついて礼を取った。

「蓮妃さまにご挨拶《あいさつ》申し上げます」

かすかにただよう甘い匂《にお》いは香だろうか。それに似合いの穏《おだ》やかな声が降ってくる。

「来てくれて嬉《うれ》しいわ。楽にしてちょうだい」

促されて顔をあげると、蓮妃がゆったりと椅子《いす》に腰掛《こしか》けて見下ろしていた。白と赤と紫《むらさき》の鮮《あざ》やかな衣《ころも》を着た彼女はそれこそ蓮《はす》の化身《けしん》のごとき艶《あで》やかさで、翠鈴は見とれながらもほっと息をついた。

「先日よりお顔の色がよろしいようです。ご体調はいかがでしょうか」

「ええ……そうね。蘭妃さまから話を聞いて、驚いた拍子《ひょうし》に気分が良くなったようだわ。今では逆に高ぶっているくらい。そなたがくれた黒人参《にんじん》も効いたみたいね」

「それはよろしゅうございました」

侍女が茶を運んでくる。白地に赤い塗《ぬ》りの見事な茶器だ。別の侍女たちが菓子《かし》の盛られた皿を次々と掲《かか》げて入ってきて、茶会でも開けそうな華《はな》やかな卓《たく》になった。

「栄寧の行方《ゆくえ》を占《うらな》ったそうね。どこにいるのかはわかったのかしら？」

「いえ……、そこまでは、まだ。現在調査中です。申し訳ございません」

「そう。それなら仕方がないわ。――他《ほか》に何かわかったことは？」

「どなたかのお屋敷《やしき》におられるようです。家紋《かもん》のような模様のある扉《とびら》が見えました」

翠鈴は持参した例の紋様《もんよう》が描《えが》かれた紙を差し出した。

侍女伝いに受け取った蓮妃は、それを見るとかすかに眉《まゆ》を寄せた。まるで隠《かく》していた嫌《けん》悪《お》をのぞかせたかのような表情だった。

どうしたのだろうと思っていると、彼女がつと目線を向けてきた。

「特別に調合したお茶よ。遠慮せず飲みなさい」

「はい……。ありがとうございます」

翠鈴は素直《すなお》に卓に置かれた茶器を取った。

蓋《ふた》を開けると薄《うす》い黄色の液体の中に花がいくつか入っている。花茶だ。

（わあ綺麗《きれい》。さすがお妃さま、優雅《ゆうが》なものを飲まれてるのね。なんの花かしら？）

父が商《あきな》いで扱《あつか》っていたが、高価なものはそれこそ目が飛び出そうな値段がしたものだった。珍《めずら》しくてつい観察してしまったのは、蓮妃が穏やかな態度だったことと、茶を勧《すす》められて少し緊張が緩《ゆる》んだのもあったのだろう。

なんとなくそのまま室内に目をやった。桜妃の宮殿の華やかさとはまた違い、抑《おさ》えた色味で統一されていて威厳《いげん》と品格を感じさせる。深い赤と濃《こ》い紫がどうやらお気に入りらしく、飾《かざ》り布や敷物《しきもの》、屏風《びょうぶ》の骨組みなどあちこちにあしらわれていた。

(すごいわ。玉の帳《とばり》まで紅玉と紫水晶《むらさきずいしょう》が使われてる。なんて贅沢《ぜいたく》なのかしら)

ひたすら感心していたが、ふと気になって目を凝《こ》らした。

天井《てんじょう》から下がった玉製の帳は、昼間は人の行き来があるため片方に寄せて留められている。その留め具に見覚えがあった。

(あれ？——似てる……というか、同じ紋様だわ。あのお屋敷で見たのと……)

栄寧の星石を使って占った時に見えた、唯一《ゆいいつ》の手がかり。あの扉の紋様を模した金具細工が玉の帳の留め具に使われているのだ。

驚きのままに、翠鈴はそれを指さしていた。

「あの紋様は有名な意匠《いしょう》なのでしょうか？　わたくしが占いで見たのとよく似ています」

菓子を運んできてそのまま控《ひか》えていた侍女らが、はっと蓮妃を見た。

彼女らの視線などないもののように、蓮妃は茶器を持ったまま身じろぎもしない。

「……あれは我が家の家紋の一つよ。わたくしが蓮妃になる時に作られた花家紋というの」

「そうなのですか！　では、やはり有名なものなのですね。あ、でも、家紋となるとああして小物に細工したりしても流通はできないはず……」

「そんなことをすれば罰を受けるわ。花家紋を使えるのはその家の者だけ。我が家ではわたくしの屋敷でしか使っていない」

　そう言って彼女は優雅に茶器を口に運ぶ。白い喉《のど》が上下し、伏《ふ》せた目をこちらに向けるのを翠鈴は意外な思いで見ていた。

　あの紋様を使えるのは蓮妃の生家のみ。それも彼女の屋敷でしか使用していない。となると栄寧の星石が見せたあの部屋は蓮妃の実家の屋敷ということになる。

　どういうことかと考えこんだが、はたと気づいて声をはずませた。

「つまり、栄寧さんは蓮妃さまのご実家におられるのですね？　よかった！　よからぬ事に巻き込まれたのではと心配していましたが、お屋敷に戻《もど》られただけだったのですね」

　しん、とその場が静まりかえった。

　侍女たちは一様にこわばった顔をして蓮妃をうかがっている。当の蓮妃は、じっと翠鈴から視線をそらさない。

「……早く飲みなさい。遠慮するなと言ったはずよ」

　それまでと違《ちが》うきつい声音《こわね》に、翠鈴は戸惑《とまど》って茶器を見下ろす。茶を飲まないくらいでそんなに機嫌《きげん》を損《そこ》ねるものなのかと思いながらあたりを見やり、異変に気づいた。

　侍女たちは皆《みな》、異様な表情でこちらを見ている。翠鈴が茶を飲むのを今か今かと待ち受けている――飲んだらどうなるのかを知って恐れと高揚《こうよう》を抱いているかのように。

なんだかおかしい。雰囲気《ふんいき》もそうだが、蓮妃の言い分も――。

(栄寧さんがお屋敷に戻ってるとご存じだったのなら、あの幽鬼騒動《ゆうきそうどう》はなんだったの？ 気に病《や》んで寝込《ねこ》んでいるって皆仰《みなおつしや》っていたのに)

「飲めと言うのが聞こえないの？」

見据《みす》えたまま蓮妃が繰《く》り返す。その表情はもう、先ほどの穏やかで高貴な妃《きさき》のものとは別人になっていた。

何か危険だ。そう直感した時、彼女の形相が一変した。

「――飲め!!」

悪意をむきだしにした一喝《いつかつ》に、翠鈴は思わず茶器を取りこぼした。中身が床《ゆか》の敷布《しきふ》を濡《ぬ》らしたが、謝る余裕はなかった。

立とうとした途端《とたん》、両側から侍女たちに肩《かた》を押さえられる。別の侍女が新しい茶器を持って走ってきた。

それが自分の口元に寄せられたので翠鈴は真っ青になった。恐怖《きようふ》と混乱で声も出ない。

蔑《さげす》むように見下ろしていた蓮妃が、薄く唇《くちびる》をゆがめる。

「安心なさい。毒ではないわ。少し気を失うだけよ」

「……っ！」

茶器の蓋が取られ、中身があふれそうになっている。頬《ほお》にぬるいそれが当たった瞬間《しゆんかん》、夢中で身をよじった。

侍女たちも浮《う》き足だっているのか、翠鈴が渾身《こんしん》の力で押しやると悲鳴をあげて尻餅《しりもち》をついてしまった。他の者たちもおろおろするばかりだ。

隙《すき》を突《つ》いて翠鈴は戸口へ駆《か》けたが、足下《あしもと》が揺《ゆ》れているようでうまく走ることができない。あちこちぶつかりながら必死で部屋を飛び出した。

背後から蓮妃の叫《さけ》びと、侍女《じじょ》たちの足音が追ってくる。

「早く飲ませて！　とにかく箱に入れるのよ！」

（――箱？）

見れば、向かった先の部屋の奥に箱があった。衣装を入れるものだろうが、人一人は入れるほどの大きさだ。そしてその傍《そば》にも侍女たちが身構えている。

あれに入れられ、どこかに連れていかれるのだろうか。そして口を封《ふう》じられる――？

（どうして!?　なんで蓮妃さまがわたしを……!?）

箱の傍にいた侍女たちが向かってきたので、別の方向へと走った。内回廊《かいろう》になっていて薄暗《うすぐら》いが、先のほうは明かりが見えている。おそらく出口だろう。

外に出れば一緒《いっしょ》に来てくれた門番がいる。彼女と一緒に逃《に》げるのだ。

侍女たちの叫び声が追ってくる中、涙目《なみだめ》になりながら内回廊を抜《ぬ》けると、そこは広間になっていた。

扉を開けようとしたが、視界の端《はし》に黒い何かが映り、驚《おどろ》いて振《ふ》り返る。

「きゃっ！」

突然《とつぜん》背後から捕《と》らえられ、動けなくなった。

なんとか首をひねって後ろを見ると、見知らぬ者が無表情に見下ろしている。男ものの袍《ほう》を着た女——蓮華宮の私兵だ。

「そのまま捕らえていて！　——早く、薬を！」

追いついてきた侍女が大声で指示している。翠鈴は必死に身をよじったが今度はびくともしなかった。腕力《わんりょく》を買われている分、侍女たちとはまったく違うのだ。

「箱をこちらへ持ってきて！　薬を飲ませたらすぐに入れて、お屋敷に運ぶわよ」

「ここで殺しては？」

「だめよ、もし死体が見つかった時に言い訳が立たない。お屋敷で始末するわ」

息を切らした筆頭らしき侍女と私兵の会話に、翠鈴は肌《はだ》が粟立《あわだ》つのを感じた。

（嘘《うそ》でしょ……？　こんなところで死にたくない……っ）

死体と簡単に言うが、自分が死んだら残るのはただの肉体ではないのだ。知らない人たちにそれをさらすなんて耐《た》えられない。

薬を運んできた侍女が、急《せ》いたように口元へ持ってくる。二人がかりで押さえつけられて、避《さ》けようにもできない。背《そむ》けようとした顔を強引《ごういん》に戻され、顎《あご》に手をかけられた。

「やめて……っ」

「急いで！　そろそろ桃花離宮の侍女が不在に気づく頃《ころ》だわ、早く！」

鬼気迫《ききせま》る叫びに押されるように、侍女が茶器を傾《かたむ》ける。翠鈴はぎゅっと目をつぶった。

（こんなところで……ひとりぼっちで砕《くだ》け散るのは嫌《いや》――！）

――バキバキバキッ、と激しい音が喧噪《けんそう》を切り裂《さ》いた。

薄暗い広間に、さっと光が差す。誰《だれ》もが息を呑《の》んでそちらを見た瞬間、何かが飛び込んできた。

悲鳴が響《ひび》き渡《わた》る。同時に身体《からだ》を拘束《こうそく》していた腕《うで》が離《はな》れ、翠鈴は驚いて目を開けた。

（……えっ？）

広間のあちこちに私兵たちが転がっていた。弾《はじ》き飛ばされたかのようなそれを呆然《ぼうぜん》として見ていると、誰かに横から抱《だ》き留められた。

「遅《おく》れてすまない、無事かっ？」

切迫《せっぱく》した声が耳元に落ちる。

見上げた翠鈴は思わず目を瞠《みは》った。

「太子様……!?」

黄金に輝《かがや》く仮面をつけた青年――太子の証《あかし》である銀地の袍をまとった明星が、肩で息をしながらこちらを見ていたのだ。

扉《とびら》を周辺の壁《かべ》ごとぶち破ったのも、私兵たちを投げ飛ばしたのも様子からしてどうやら彼のようだ。そのことにも度肝《どぎも》を抜かれ、それ以上言葉が続かなかった。

飛び込んできたのが誰なのか蓮華宮の者たちも気づいたのだろう、ばたばたとその場に膝《ひざ》をついた。

「殿下《でんか》……!?」

「太子殿下……っ！」

誰もが床に頭をこすりつけている。中には目に見えて震《ふる》えている者もいた。

「――これはどういうことだ。蓮妃」

明星が低く問う。仮面のせいで表情は見えないが怒《いか》りを抑《おさ》えているのは伝わってきた。

翠鈴が顔を上げると、内回廊から広間に出るあたりに蓮妃が立っていた。こちらに来る途中《とちゅう》だったというふうな彼女は、太子の姿を目にして棒立ちになっていたが、その声に打たれたかのように進み出てきた。

「お騒《さわ》がせして申し訳ございません。実はその者が蓮華宮に忍《しの》び込み、盗《ぬす》みを働いたのです。捕らえようとしたところ逃げ出したため、このような騒ぎになりました」

流れるように膝をついて答える仕草は、しとやかで高貴な妃そのものだ。

先ほどとの変わりように背筋が凍《こお》るような思いをしながらも、翠鈴は懸命《けんめい》に訴《うった》えた。

「わたくしは盗みなどしていません！　忍び込んでもいません、ここへは招かれて――」

ぎっ、とすさまじい視線が飛んできた。

「お黙《だま》り、下賤《げせん》の者が！　この期《ご》に及《およ》んでぬけぬけと。この宮殿《きゅうでん》のすべての者がおまえの所業を見ていたというのに、まだ言い逃《のが》れするつもりか！」

その迫力《はくりょく》に、身体も口も固まってしまう。

確かに客観的に見れば、縁《えん》もゆかりもない蓮華宮に翠鈴がいる理由がない。桃花離宮の門番たちに訊《き》かなければ、蓮妃から招かれたという事実は誰も証言してくれないだろう。

この宮殿の者は皆《みな》、蓮妃の命令のもとに動いているはずだから。

門番たちは無事だろうか。まさかという思いがよぎり、恐《おそ》ろしくて何も言えなくなった。

（もしかしてあの人たちも口封《くちふう》じを……？　だからあの時、引き離されたの？　もしそうだったら……わたしがここに呼ばれた理由を知る人は他《ほか》にいない。全員に証言されたら、信じてもらえないかも……、っ！）

肩を抱《だ》いていた手に力がこもり、はっとして顔をあげる。

明星がこちらを見ていた。仮面越《ご》しだが、『大丈夫《だいじょうぶ》だ』と言われた気がして、思わず見つめてしまう。

彼は再び蓮妃を見やり、厳しい声をあげた。

「ぬけぬけと宣《のたま》っているのはそちらだろう。蓮妃、もうすべて企《たくら》みは明らかになっている」

「な……、なんのことでございましょう？」

「栄寧という女官《にょかん》のことだ。どこにいたか知っているな?」

蓮妃の顔がこわばっている。それでも彼女は礼をくずさず、答えを返した。

「栄寧は行方《ゆくえ》知れずのままでございます。わたくしも捜《さが》しましたが手がかりはなく……」

「連れてまいれ」

最後まで聞くことなく明星が外に呼びかける。

扉のなくなったそこから入ってきたのは鎧《よろい》姿の武人たちだった。それを目にした女官たちの間からどよめきが起こる。

「錦衣《きんい》軍……!」

華《はな》やかな赤い錦の衣《ころも》に金の鎧と冑《かぶと》。いかにも花形の武官というふうな見目麗《みめうるわ》しい男たちが次々入ってくる。現れたのが男だったからというより、その見た目に皆驚《みなおどろ》いているようだった。

彼らに引き立てられるようにして女が姿を見せた時、今度は悲鳴じみた声があがった。

「栄寧……!」

よろけるように座り込んだ彼女を、翠鈴は目を見開いて見つめた。

(この人が栄寧さん?)

ここにいるということは、明星は彼女の居場所を突き止めたのだ。あの紋様《もんよう》に見覚えがあるように言っていたから手がかりにして捜し当てたのだろう。

「もう一度訊く。この者がどこにいたのか知っているな？」

明星の問いに、蓮妃は青ざめた顔で栄寧を見たまま答えた。

「……存じませんわ」

「そうか。では教えてやろう。栄寧が匿《かくま》われていたのは趙府《ちょうふ》、つまりそなたの生家だ。今は離れとなっているそなたの屋敷《やしき》にいた」

「……」

「そのような私的な屋敷に、一介《いっかい》の侍女《じじょ》が勝手に入れるはずがない。そなたと、そなたの父の許しがなければできないだろう」

蓮妃が栄寧をにらみつける。よくもしくじったなと言いたげに、憎々《にくにく》しげに。

「いいえ！　この者は昔から仕えておりました。我が家に忍び込むことなどたやすいことだったでしょう。わたくしも父も何も存じておりません！」

「またそれか。そなたのもとには忍び込む者ばかりだな」

翠鈴の時と同じ言い訳をされ、明星は失笑《しっしょう》したようだった。その膝元《ひざもと》に蓮妃がにじり寄ってくる。

「殿下、どうかご明察を！　万が一この者が趙府に隠《かく》れていたとして、それが何になりましょう？　わたくしには関係のないことでございます。栄寧が勝手に消えたことでわたくしがどんなに心を痛めたか。幽鬼《ゆうき》だのと騒ぎになったのもあずかり知らぬことですわ。それなのにわたくしが罰《ばっ》せられるというのですか？」

　すがりつこうとするのを避け、明星が一歩下がる。

「よく回る口だ。このような性分《しょうぶん》とは思ってもいなかった」

「殿下、わたくしは本当に何も――」

「そなたの父がすべて白状した。今頃《いまごろ》は皇帝《こうてい》陛下の御前《ごぜん》に引き出されているだろう。よって弁明は不要だ」

　蓮妃が大きく目を見開いた。口元がわなわなと震えている。

　錦衣の武官たちが彼女を拘束しようとしたが、蓮妃はそれを振《ふ》り切りなおも訴えた。

「わたくしは蓮妃ですのよ！　あなた様の筆頭の妻でございます！　そのわたくしになにゆえこのような仕打ちをなさいますか！」

「そなたが仕えたかったのは新しき太子だろう。そう企んだ時点でもう妻ではない」

　武官たちともみ合い、髪《かみ》を振り乱して叫《さけ》ぶ彼女を、明星は冷然と見下ろしている。

「太子廃位《はいい》の謀略《ぼうりゃく》がどれほどの重罪かは承知のはず。そなたも覚悟《かくご》せよ」

　冷ややかな一喝《いっかつ》に、蓮妃の表情が固まる。

　とうとう糸が切れたかのようにその場にくずおれた彼女を、武官たちが引き起こして外へ連れていく。他の者たちも次々と引っ立てられていき、悲鳴と哀願《あいがん》と怒声《どせい》とで目が回るような騒ぎになった。

翠鈴は呆然とそれを見ていたが、ふいに両肩《りょうかた》をつかまれ、我に返った。

「怪我《けが》はないか？　どこか、痛むところは？」

明星が急《せ》いたようにのぞきこんでくる。直前までの威厳《いげん》ある太子としてのそれと違《ちが》い、顔は見えないがかなり慌《あわ》てているようだった。

「は……はい。薬も回避《かいひ》しましたので飲んでいませんし、別に傷つけられたわけでもないので、どこも……いたっ」

つられるように慌てて答えたが、手首が痛んでつい声を上げてしまった。

「どうした⁉」

「い、いえ、どこかに打ち付けたようです。逃《に》げる途中でぶつかって……」

明星は確認《かくにん》しようとしたようだったが、周囲の騒々《そうぞう》しさを思い出したのか、そのまま翠鈴をいきなり抱き上げた。

「ひえっ⁉」

「向こうへ行こう。静かな部屋があるはずだ」

「ひゃ、ちょ、だだだだめですっ、こんなことをされては太子様のお身体《からだ》がっ」

仰天《ぎょうてん》している間にも明星は足早に内回廊《かいろう》を戻《もど》り、先ほどとは違う部屋へ入った。武官たちも忙《いそが》しいのか太子の〝暴挙〟を見咎《みとが》める者は誰一人《だれひとり》いなかった。

「どこが痛む？　見せてくれ」

「そ、そんな恐れ多い！　大したことはございませんのでっ」

「いいから」

翠鈴を椅子《いす》に下ろし、仮面を外して傍《そば》にひざまずいた彼は、青ざめた顔をしていた。

街で初めて会った時は、あれだけの追跡劇《ついせきげき》をやりながら平然としていた。そんな彼が、先ほど飛び込んできた時は息を切らしていた。必死に駆《か》けつけてきたというふうに。

胸に甘い疼《うず》きが広がっていく。それと同時に目元が熱くなった。

助かったのだと実感した途端《とたん》、恐怖《きょうふ》がよみがえってきたのだ。

（一人ぼっちで死ぬのかと――あのまま玉になってしまうのかと思った……）

玉児のことを知らない蓮妃の手先たちは、硬質化《こうしつか》して砕《くだ》け散った翠鈴の身体を見ても、恐ろしさと不気味さしか覚えなかっただろう。そしてそのまま捨て置かれたに違いない。

そんな悲しい最期《さいご》を迎《むか》えるところだったと思うと、今頃になって身体が震《ふる》えてきた。

涙《なみだ》ぐむのに気づいたのだろう。明星が、そっと手を握《にぎ》ってきた。

「翠鈴……。もう大丈夫だ」

翠鈴はうつむいたまま、もう一方の手で涙をぬぐい、うなずく。

「お助けくださり、感謝します。太子様のおかげで一人で死なずにすみました」

怖《こわ》かった、とはさすがに言えない。太子である彼に伝えるのを許されるのは謝意だけだ。

明星はその言葉に虚《きょ》を衝《つ》かれたように黙《だま》り、痛ましげな顔になった。

そのまま彼は何か考えていたようだったが、やがて腰《こし》をあげた。

「あちこち傷になっているな。離宮《りきゅう》に戻って手当てをしよう。少し待ってくれ」

「……はい……、……!? あ、あの、なぜお脱《ぬ》ぎになるのですっ？」

銀地の袍《ほう》の留め具を外し、脱ぎ捨ててしまったのだ。もちろん中にも衣は着ているが、これでは太子ではなく簡略化した従者の恰好《かっこう》である。

啞然《あぜん》とする翠鈴に、あらためて帯を締《し》めながら明星が短く答える。

「邪魔《じゃま》なんだ。太子の袍も仮面も」

突《つ》き放したような、厭《いと》わしげな声に、翠鈴ははっとして彼を見上げた。

額面通りの言葉ではないように思えた。袍と仮面は外せば済むが、太子という地位はそうはいかない。

太子として、太子妃《ひ》だった人を裁く。彼がこれからするのは重苦しい仕事になるだろう。

(蓮妃さまへの態度が、いつもと違って苛烈《かれつ》に思えたけど……。でも、この方がおられるのはそういう世界なんだ……)

彼の悲しみを思うとつらくなり、沈痛《ちんつう》な面持《おもも》ちでいると、頭から何か被《かぶ》さってきた。

驚《おどろ》いて見れば、秀麗《しゅうれい》な刺繡《ししゅう》のされたそれは明星が脱いだ袍だ。しかもそれごと抱《だ》き上げられ、翠鈴はまたも仰天した。

「ひぃいぃっ！ お、お手が痛まれます！ おみ足もお背中なども痛まれますっっ！」

「まさか、これしきで。普段《ふだん》はもっと重い物を運んでいるんだぞ。鉄の盾《たて》とか戦馬車とか」

(それって病弱な方が触《さわ》っていい類《たぐ》いの物じゃなくない――!?)

皇宮流の冗談《じょうだん》なのだろうか。真面目《まじめ》な顔で言われても突っ込めない。

青ざめてぱくぱくしていると、かぶせた袍を丁寧《ていねい》に直し守るように包んでくれた。

大切なものを扱《あつか》うような仕草に、どきっとして思わず口をつぐんでしまったが――。

「一人になどしない。その時は傍にいると約束しただろう」

「……え?」

「いつでも私の傍にいてくれたら、あの約束も守りやすくなるな。これからもずっと」

翠鈴は戸惑《とまど》いながら明星を見た。突然《とつぜん》話が飛んだと思ったけれど、これはもしや、一人で死なずにすんだと言ったことへの返答なのだろうか。

神妙《しんみょう》に考え込んでいるふうだった明星が、名案だと言いたげに見つめてきた。

「そうすればおばあさんになった翠鈴とも仲良くできる。毎日楽しいだろうな、きっと」

「……」

(ええと……ど、どういう意味……?)

太子として采配《さいはい》した苛烈さに息を呑《の》み、妃《きさき》に裏切られた彼のつらさに同情し、駆けつけた時の動転ぶりにときめきを覚え、あの約束を持ち出したついでに将来にまで思いを馳《は》せられて困惑《こんわく》し――。

感情の振り幅《はば》が大きすぎて、胸がどきどきしっぱなしで――自分の頰《ほお》が熱いのは一体どれが理由なのか、翠鈴にもわからなかった。

◇

太子に抱《かか》えられ、人目につかぬよう塀《へい》を越《こ》えたりしつつ結構な速さで運ばれて――。

何もしていないのに疲労困憊《ひろうこんぱい》になりながら戻った翠鈴を、玲琅が涙目で待っていた。

「お嬢様《じょうさま》、すみません！　あたしがお供していればこんなことには……！」

床《ゆか》に平伏《へいふく》する彼女の後ろには門番たちもいる。太子に命じられていながら翠鈴の危機を救えなかったと責任を感じているようだった。

「蘭妃に玲琅を呼び出すよう吹《ふ》き込んだのも蓮妃の仕業《しわざ》だったらしい。占《うらな》いのことを話しに行った時にそう言われたようだ」

明星が言い添《そ》えたので、翠鈴は目を丸くした。

「では、蘭妃さまも蓮妃さまと？」

「いや、彼女はただ利用されただけだ。おだてられて張り切ってしまったんだろう。君を一人にする隙《すき》を作るため片棒を担《かつ》がされたんだ」

確かに蘭妃のあの張り切りぶりは尋常《じんじょう》ではなかった。皆《みな》で茶会をしたいから仕切ってほしいとでも唆《そそのか》されたのだろう。

「ところが来てみると門番がいた。これでは召《め》し出したのが誰かすぐわかってしまうと思い、今度は門番たちも口封《くちふう》じしようとしたらしい。一人は蓮華宮で捕《つか》まっていた。他《ほか》の者は後で蓮妃が人を差し向け、捕《と》らえていた」

翠鈴は息を呑んで彼女たちを見た。そうかもしれないと案じてはいたが、本当にそうだったとは。

「大丈夫《だいじょうぶ》でした⁉　お怪我《けが》は？」

駆け寄って膝《ひざ》をつき、のぞき込むと、彼女たちは急いた様子で頭を下げた。

「わたくしどもはなんともございません」

「お嬢様をお助けするどころか囚《とら》われるとは面目《めんぼく》ございません。お許しください」

「そんな、許すも何も……」

むしろ彼女たちは巻き込まれた側だ。しかし頑《かたく》ななほど頭を上げてくれなかった。

途方《とほう》に暮れていると明星が助け船を出してくれた。

「皆、今日は東宮《とうぐう》府に戻れ。怪我は養生せよ」

「――は」

「明日からはこれまで以上にこの人を守ってくれ」

その一言に、門番たちははっとしたように目を見交《みか》わし、深々と頭を下げた。

太子からの罰《ばつ》もないようだと、翠鈴はほっとして彼女たちを見送ったが、今度は玲琅のすすり泣きが聞こえてきた。

「あたしのことは罰してください。百叩《たた》きでも二百叩きでも島流しでもいいですからぁ！」

「な、何言ってるの。そんな怖いこと言わないで」

「でも、なんとしてもお嬢様をお守りせよと若様に仰《おお》せつかってたんです。それが果たせなかったんですから、お叱《しか》りを受けるのは当然です」

いつも明るい彼女がさめざめ泣いている。それほどの事態なのだとあらためて突きつけられるようで、どうしていいかわからなかった。

翠鈴は困り果てて明星を窺《うかが》ったが、彼は冷静な顔で玲琅を見ている。

「道理としてはそうだな」

「そんな……！」

翠鈴から見れば、玲琅は蘭妃の無茶振《ぶ》りから助けてくれたのだ。けれど明星と玲琅の立場からすればそれとこれとは別の話ということらしい。

彼女が責められるのは良心が耐《た》えられず、急いでその場に膝をついた。

「わたくしが迂闊《うかつ》でした。あやしいのは梅妃さまとばかり思い込んで、蓮妃さまのお誘《さそ》いに乗ってしまったのです。もっと深く配慮《はいりょ》するべきでした。お咎《とが》めならどうかわたくしに」

蓮妃のことを疑いもしていなかった。もう少し用心すべきだったろうと今ならわかる。

ここはのんびりした下町ではなく、守ってくれる両親も隼もいない。太子位転覆《てんぷく》を謀《はか》るような者がいる皇宮なのだから。

平伏する翠鈴と玲琅を前に、明星は黙《だま》っていたが、やがてため息とともに口を開いた。

「とにかく顔を洗ってこい。玲琅」

玲琅がおそるおそる顔をあげる。何か言おうとしたようだが言葉が出ないようだ。明星に目で促《うなが》され、彼女は躊躇《ためら》いながらも一礼してから出て行った。

なおも頭を下げていた翠鈴の耳に、またも深々とした嘆息《たんそく》が落ちてきた。

「翠鈴、顔をあげてくれ。そんなことはしなくていい」

「……、で……ですが」

「いいから。私が至らなかったんだ。君にそうされては胸が痛む」

翠鈴は迷ったが、太子様の胸を痛ませては一大事だという思いが勝ち、遠慮《えんりょ》がちに頭をあげた。と、伸《の》びてきた腕《うで》に手を取られ、そのまま身体《からだ》を起こされた。

「すまなかった。皇族の騒動《そうどう》に君を巻き込んでしまって」

目が合った明星がつらそうに言ったので、急いで頭《かぶり》を振《ふ》る。

「いいえ、わたくしのことはどうでもっ！　太子様がご無事で本当にようございました。……でも信じられません。蓮妃さまはなぜあのようなことを……」

煌の公主に将来の皇后の座を奪《うば》われたから？　けれどそれ以外では恵《めぐ》まれた境遇《きょうぐう》にあっ

たはずだ。高官の父を持ち、現在の妃では最上位。それでは満足できなかったのだろうか。

明星の顔が厳しくなる。冷たいような、太子の表情に。

「蓮妃の父、財務省の趙長官は、病弱な太子に不満があったようだ。娘《むすめ》が李妃になれず、この先も望めないこともそれに拍車《はくしゃ》をかけたんだろう。煌の公主との縁談《えんだん》が持ち上がったのがきっかけだったらしい。そこで太子を廃《はい》し、他の者を立てようと企《くわだ》てた」

翠鈴は息を呑み、彼の言葉を嚙《か》みしめた。

皇位継承《けいしょう》候補は明星の他にもいるのだと小璋が言っていた。だから太子に何かあっても皇統は途絶《とだ》えない、と。現実にそれを実行しようとした者がいたとは。

「趙長官には他に娘がいない。だが己《おのれ》が立てた太子と姻戚《いんせき》になることは必須《ひっす》だった。高官はこぞって娘を後宮へ送り込んでくるから、そこに己の権力が及《およ》ばなくなるのを危惧《きぐ》したんだ。それで蓮妃を新太子に嫁《とつ》がせようと考えた」

これまた想像もつかないような話だ。翠鈴は絶句してしまった。

「そんな……。そのようなことができるのですか？　一度後宮にお入りになったのに、他の方に嫁ぐなんて」

「……特例はある。離縁《りえん》という形で後宮を出て、他の男と婚姻《こんいん》することは可能だ」

明星の声に苦いものがにじんだような気がした。

「蓮妃は現在の最上位妃、しかも父は朝廷《ちょうてい》高官。離縁する理由がないし、たとえ申し出たところであやしまれるだけだ。そのため後宮から円満に出て行く口実を考えた。幽鬼騒動《ゆうきそうどう》を起こし、気に病《や》んで病になったと。病が重くなれば生家に戻《もど》って療養《りようよう》する許可も得られるし、一連の騒動に責任を感じた父親が妃《きさき》を返上して離縁を申し出てもおかしくはない」

そのために栄寧を幽鬼に仕立て上げたのだ。翠鈴は信じられない思いで呆然《ぼうぜん》となった。

「幽鬼騒動を仕掛《しか》けたのは蓮妃さまだったのですね……」

被害者《ひがいしゃ》だと思っていたのに、自作自演だったとは。

彼女らの思惑《おもわく》は途中《とちゆう》まではうまくいっていたのだろう。現に蘭妃は心配のあまり翠鈴に占いの依頼《いらい》に来たくらいだ。きっと他の妃も、このままでは蓮妃が後宮を出て行くかもしれないと思っていたのではないだろうか。

「しかし、幽鬼のはずの栄寧の行方《ゆくえ》を翠鈴が突《つ》き止めてしまった。蘭妃にそれを聞いて焦《あせ》ったのだろうな。計画が台無しになる前にと、君を呼び出した」

ごくり、と翠鈴は唾《つば》を飲んだ。邪魔《じやま》をされて蓮妃はさぞかし憎《にく》んだことだろう。あの時のまなざしや声を思い出すと今でも震《ふる》えが走る。

「わたくしが浅はかでした。蓮妃さまをまったく疑いもせず、あの紋様《もんよう》をお部屋で見つけて、それを口にしてしまって。栄寧さんが見つかってお喜びだろうと単純に思っていたのです」

もし助けが来なければ、あのまま蓮妃の生家へ運ばれ葬《ほうむ》られていただろう。誰《だれ》にも行方を知られないまま──。

青ざめてうつむいていると、そっと手を取られた。

「あの紋様を捜《さが》すのに時間がかかってしまった。来るのが遅《おく》れてすまない」

「そんな……、もったいないお言葉」

恐縮《きょうしゅく》するのをなだめるように優《やさ》しく手を握《にぎ》り、彼は少し黙ってから続けた。

「趙家のものだとわかった時、意外に感じたんだ。こんな企《たくら》みが進行しているとは思っていなかったから。疑わずにいた自分の甘さを知らされたよ」

「……」

「謀略《ぼうりゃく》が露見《ろけん》したのは、君があの紋様を見つけてくれたおかげだ。ありがとう」

明星が頭を下げる。太子にそんなことをされて翠鈴は息が止まりそうになった。慌《あわ》ててこちらも深々と礼を取ったが、複雑な思いでいっぱいで何も言えなかった。

妃とその父である朝廷高官という重要な二人を失い、きっと傷ついているだろう。そしてこれからは、また同じことが起こるのではと疑いながら生きていかねばならない。その苦しみはいかばかりだろうか。

(太子様が太子としてお生まれになったのは、ご本人のせいじゃないのに)

彼は何も悪くない。それなのに謀略やいわれのない悪意と一生戦っていかなくてはならないのか。太子であるというだけで。

「……どうしたら、太子様のお力になれますか？」

気がつくとそんな言葉が口から出ていた。

「先日、蠍《さそり》を寄越《よこ》したのもこの謀略の一環《いっかん》でしょうか。脅《おど》して退位を迫《せま》るために……。他《ほか》の者を立てるというのは具体的にどういうことでしょう。担《かつ》がれる方にお心当たりがありですか？」

知力武力ともに優《すぐ》れた側近が大勢いることはわかっている。その彼らに張り合おうだなんてことは微塵《みじん》も思わない。けれど太子の傍《そば》に仕えるのであれば、彼を狙《ねら》う敵を知っておかなければならない。その一心だった。

懸命《けんめい》に訴《うった》える翠鈴を明星は見つめていたが、やがて目を伏《ふ》せた。

「気を遣《つか》わせてしまったな。だが君はそんなことは考えなくていい」

「で……ですが、あなたさまを害そうとする者を知らなければ、お守りできません」

「守る？」

彼は意外そうな顔でつぶやき、しばし黙った。

その口元がかすかにほころぶ。意外にも照れたような表情だった。

「びっくりした。あまりそう言ってもらったことがないから……」

まさかという思いで、翠鈴は目を瞬《またた》く。太子ともあろう御方《おかた》の台詞《せりふ》とは思えなかった。

生まれた時から朝廷あげて守られまくってきたはずなのに。

しかし明星がすっと真顔になったので、言いかけた言葉を呑《の》みこんでしまった。

「優しいことを言ってくれると余計に胸が痛む。そんな君を危険な目に遭《あ》わせてしまって……。本当にすまない。巻き込んだ私の責任だ」

「お、お顔をお上げください、わたくしはなんとも思っておりませんからっ」

「だが――こんなところ、もう嫌《いや》になったただろう。家に帰りたくなったのではないか？」

頭を下げていた明星が遠慮がちに見つめてくる。太子にそんな態度を取らせてしまってますます恐縮しながらも、翠鈴は大きく首を横に振った。

「めっそうもない！　そのようなことは一度も思ったことはございません」

「本当に？」

「はい。まだ呪《のろ》いも解けておらず、呪いをかけた者も判明していないというのに、帰るはずがございません！」

そのために呼ばれたのにまだ何も成し遂《と》げていない。頼《たの》まれても帰るわけにはいかないのだ。

きっぱりと答えた翠鈴を彼は瞬いて見ていたが、いくらか後ろめたそうに独りごちた。

「君のことを思えば、役目を解いて家に帰すべきなんだろうな……」

「いえっ、わたくしはまだ」

「翠鈴」

きゅっと手を握りこまれた。

さらに決意表明しようとしていた翠鈴は目を見開いて彼を見上げた。

「君に言いたいことがあるんだ」

「な……なんでしょう？」

こんなに真剣《しんけん》な顔で何を言われるのか見当もつかなかった。手を握る彼の指に力がこもっている理由も。

自身の中で整理をつけるように黙《だま》ってから、明星が口を開く。

「初めて街で会った時……君はとても親切で優しかった。可愛《かわい》らしくて、機転が利《き》いて、話をすると楽しくて……好ましく思った。それは今でも変わらない」

「……!?」

いきなり褒《ほ》め言葉を羅列《られつ》され、わけがわからず固まってしまう。今、そういう話の流れだっただろうか？

「君に菓子《かし》をもらったり、お返しを選ぶため街に通ったり……そういうことはしたことがなかった。離宮《りきゅう》で二人で茶を淹《い》れたことも……。私には貴重な経験ばかりだ。ここへ来て君と話をするだけで安らげたし、顔を見ると力が湧《わ》いてくるように思えた」

言葉を選びながら語る明星は、どこか緊張《きんちょう》しているようにも見えた。まるでとっておきの秘密を話そうとでもするかのような表情に、つられて翠鈴もどきどきしてくる。

「だが、私が太子だと名乗るとそういうことはなくなってしまった。君が怯《おび》えたり恐縮したりするのを見るたびに申し訳なくなる。名乗らなければよかったと後悔《こうかい》もしたが、そういうわけにもいかなかったし……。かといって私が後宮に来なければ君とは会えないしで、本当に……あの呪いが忌《い》まわしい」

悩《なや》ましげに彼は額を押さえた。

「……すまない。整理してきたつもりなんだが、言いたいことがありすぎて混乱してきた」

「い、いえ、拝聴《はいちょう》しております」

戸惑《とまど》いながら翠鈴は面を伏せる。いずれ治天の君に上るという御方がお悩みのご様子。力になりたいが、どうすればいいのかいまいち話が見えてこない。

ふう、と息をつき、明星が思い切ったように吐《は》き出した。

「つまり——君と以前のように話せないことが不満なんだ。君からすれば無理もないのだろうが、なんというか、物足りないと思ってしまう。でも君が悪いわけじゃないから、どうしたらいいのかわからない。もっと君と近づきたいのに」

翠鈴は驚《おどろ》きのあまり目を瞠《みは》って顔を上げた。

いつも溌剌《はつらつ》としている明星の瞳《ひとみ》に、愁《うれ》いを帯びた熱があった。どんな感情なのかはわからないのになぜか惹《ひ》きつけられ、目をそらせない。

「……太子様……」

「なかなか明星とも呼んでくれないしな」

くすりと笑われ、慌てて口を押さえる。頑張《がんば》って何度か呼んでみたことはあったが、続かなかったのだ。いろんな意味で。

彼の笑《え》みがすぐに消える。真剣な顔で見つめられ、心臓が騒《さわ》ぎ出した。

「言おうかどうか悩んだが……やっぱり言わせてほしい」

「は……はい」

「私は君を――離《はな》したくない」

どくん、と胸が大きく波打った。動揺《どうよう》を通り越《こ》し、そのまま硬直《こうちょく》してしまう。

その反応を違《ちが》う意味にとったのか明星は急《せ》いたように続けた。

「いや、これは私の権限で言っているわけではないから、そこは誤解しないでくれ。……太子としてではなく、李明星として、君と……その、ずっと……」

言葉を探しているのか、それともためらっているのか、目を伏せて言いよどんでいる。

その表情を見ているうちに、翠鈴の頬《ほお》が勝手に赤くなっていく。

(な、なんなの？　この雰囲気《ふんいき》……いや、でも、太子様にはあの呪いがあるし……っ)

彼の緊張が、迷いが、こちらにも伝わってくるようで胸が高鳴っていた。

それが最高潮に達しようとした時、明星が振《ふ》り切るように顔を上げた。

「翠鈴」

もう一方の手も取られ、ぎゅっと握られる。

思わず固まる翠鈴に、彼は思いきったように打ち明けた。

「私と、友達になってくれないか」

翠鈴は見上げたまま、ぱちぱちと瞬いた。

（…………へ？）

何を言われるのか予想もつかなかったけれど、それにしても想定外といってよかった。もっと重大で深刻な秘密を話すような、落ち着かない雰囲気だったというのに。いや、太子の友人にと請《こ》われたのだから庶民《しよみん》にとって重大で深刻なことには違いないのだが。

「……嫌か？」

小声で訊《き》かれ、はっと我に返る。

「いいえ、まさか！　とんでもないことですっ。あ、いえ、とんでもないというのは太子様のお言葉のことではなくて！」

大慌《おおあわ》てで頭《かぶり》を振ったものの、そこから言葉が続かない。

「え……ええと、その、おそ」

「恐《おそ》れ多い、と言う断り文句はやめてくれ。他の理由ならいいが」

先んじて言われ、ぐっと詰《つ》まる。太子の申し出が恐れ多いと感じるのは当然のように思うが、彼には受け入れられないようだ。

どうしたらいいのかと途方《とほう》に暮れながら考えていると、明星が小さく息をはいた。

「……君が以前言ったように、実は私も死が怖《こわ》い。死というより孤独《こどく》が」

ぽつりとこぼれた言葉に、はっと翠鈴は顔を上げる。

「だが、君もそうだと言った時、自分のことより君の恐れを和《やわ》らげてやりたいと思った。そんなふうに誰《だれ》かのために感じたことは初めてだった。身の上に同情したというのも正直なところあるが……一番は、君がそれをさらけ出してくれたから……その真心に心が動いたのだと思う」

「……」

「今まではあまり他人と関《かか》わらないようにしていた。でも……君が一人怯えているのであれば、それは放《ほう》っておけない。一緒《いっしょ》にいることで、私に何かできないだろうか？」

誠実さあふれるまなざし、そして言葉たち。思いがけない数々に翠鈴は吸い込まれるように明星を見つめていた。

（わたしの言葉が、太子様を動かした……？）

あの時必死で紡《つむ》いだ気持ちが、彼にちゃんと届いていたのだ。それがわかって、じわじわと熱いものがこみあげる。

呆然《ぼうぜん》と見つめているうち、彼の着ている衣《ころも》に目が留まった。青い色のそれは初めて街で会った時のものと色味がよく似ていて、あの時のことが思い出された。

迷子かと思って声をかけた時の驚いた顔や、屋台の飴玉《あめだま》を渡《わた》されて戸惑っていた様子。二人で花見をした時の、菓子をつまむ不器用な仕草。茶会は初めてだとつぶやいた横顔。安らいだような笑み——。

次々に思い出がよみがえり、胸を衝《つ》かれたような思いがした。

(……そうか。このお方は……お寂《さび》しいんだわ)

皆《みな》に傅《かしず》かれ、守られてはいるが、それは太子としての彼のこと。けれど明星自身は？　家族とすら茶会をしたことがないと言っていた。そういう親しさはないのだと。気軽に日々の出来事を話したり、愚痴《ぐち》を言ったりする相手が他《ほか》にいれば良いけれど、それも叶《かな》わないのかもしれない。それは些細《ささい》なことのようでいて、きっと重苦しく、孤独を増幅《ぞうふく》させたのではないか。

だから翠鈴を求めてくれた。彼が何者か知らないまま出会い、遠慮《えんりょ》なく話して笑顔を交《か》わし合った。そんなことが心に響《ひび》いたから。

(これって、すごく名誉《めいよ》なことなんじゃないかしら。何も持ってないわたしを友にと言ってくださるなんて)

いずれ国の頂にのぼる人をどう支えればいいのかはわからない。でも、妃《きさき》に裏切られ、謀略《ぼうりゃく》を仕掛《しか》けられた彼を慰《なぐさ》めることはできるはず。

そうだ、友人にならきっとなれる。後宮に入って妃になれという要求ではないのだから、難しく考える必要はない。

「……本当に、わたくしでいいのでしょうか？」

それでも自信がもてずおそるおそる口を開くと、明星が表情を引き締《し》めてうなずいた。

「うん。君じゃないと嫌《いや》だ」

「あ……あの、玉児でもよいのですか？　知らないうちにご迷惑《めいわく》がかかるかも……」

「すべて含《ふく》めて君がいいんだ」

少しも躊躇《ためら》いのない、まっすぐな答えだった。

驚きながらも、そう断言してくれたことが信じられないくらい嬉《うれ》しくて――涙《なみだ》が出そうになった自分がなんだかおかしくて、翠鈴は思わず笑みを浮《う》かべた。

「……はい。では喜んで、お友達にならせていただきます」

明星が目を見開く。

何を思ったかしばし黙《だま》っていたが――。

「ありがとう、翠鈴！」

「うぐっ」

いきなり抱《だ》きしめられた。目を白黒させる翠鈴に気づいていないようで、安堵《あんど》したようにため息をついている。

「よかった……。断られるかと思った」

「そ、そんな、まさか、うぶ」

「では明日からは以前のように忌憚《きたん》なく話してくれるか？　礼を取ったりせずに」

「う、あの、それはすぐには、難しいかと」

楽しげにぎゅうぎゅう抱きしめられて痛いほど嬉しさが伝わってきたものの、ふと疑問がかすめる。

（え、ええと。友達ってこういうことするんだっけ……!?）

あまり友人がいないからよくわからない。わからないなりに、何かおかしい気がする。

（女人《にょにん》が口説けなくて困っておいでなのよね？　こうやって抱きしめるのはありなの!?）

呪《のろ》いの基準が謎《なぞ》だ。そういえば先ほどはいろいろと情熱的な台詞《せりふ》を言われたような気もするが――穿《うが》って考えすぎだろうか？

翠鈴の答えに明星は「それもそうか……」とつぶやいて考え込んだが、おもむろに身体《からだ》を離した。

「では少しずつ進もう。まずは、今度こそ名前で呼んでほしい」

そう要求した声音《こわね》もまなざしも、まるで愛を囁《ささや》いているかのような熱量で――。

（って違うッ。太子様は口説けなくていらっしゃるんだから。ただの気のせいよ！）

また顔が勝手に赤くなってきたが、これが友達の第一歩だと思うとうつむくのが憚《はばか》られて、なんとか目を見つめてうなずく。

「はい……。明星さま」

明星が微笑《ほほえ》んだ。少しだけまぶしそうに。

その表情を見たら、ただ純粋《じゅんすい》にこの人を守りたいと思えた。高貴で孤独で、安らぎを求める彼を助けたいと。

彼も自分も、いつまでこの世にいられるかわからないのは同じ。せめてその時まで少しでも楽しい時が過ごせたら。

（……いや、でも、友達って本当にこんな感じでいいんだっけ……？）

いまいち友達のあり方に自信がなくなってきながらも、両手を握《にぎ》ったまま見つめてくる彼が嬉しそうなことにほっとして、翠鈴はおずおずと笑《え》みを返したのだった。

終　東宮府の密談

東宮府《とうぐう》の奥。太子の居宮である御殿《ごてん》のさらに奥まった場所に、その廟《びょう》はある。

朱塗《しゅぬ》りの柱に黄金の甍《いらか》。吊《つ》り下げられた瑠璃色《るりいろ》の灯籠《とうろう》が淡《あわ》く影《かげ》を落とす。

無数の燈台《とうだい》と極彩色《ごくさいしき》の玉簾《すだれ》で彩《いろど》られた建物は夜の闇《やみ》に沈《しず》んでおり、扉《とびら》の向こうにわずかな明かりが揺《ゆ》れているだけだった。

月も眠《ねむ》る深更《しんこう》。

一人で廟を訪《おとず》れた明星は、あたりを見やり、すばやく扉の中へすべりこんだ。翠鈴に見せるのとは別人のような厳しい表情だったが、それを見る者はここには誰もいない。

御神像《ごしんぞう》が鎮座《ちんざ》する広い堂内には夜を通して灯《あか》りが灯《とも》されている。香《こう》のただようそこを横切り、屏風《びょうぶ》の裏の回廊《かいろう》へ出ると、垂れ幕で仕切られた小部屋へ入った。

廟で祈《いの》りを捧《ささ》げる折に休憩《きゅうけい》をとるための部屋だ。寝台《しんだい》や長椅子《ながいす》などが置かれ、寛《くつろ》げるようになっている。

主に太子が使うための部屋だが、今夜は明星より先に長椅子で休んでいる者がいた。

「──あーあ、退屈《たいくつ》だ。誰《だれ》かさんにこんなところに閉じ込められて」

当てつけのようにぼやいて、彼は読んでいた書物を放り出し長椅子にもたれこむ。傍《そば》の小卓《こづくえ》に足を投げ出しているのは元からのようだ。それでいてわざとらしいほどにこちらを見ない。全身で文句を言ってくるさまに、明星は眉《まゆ》を寄せた。

「もともとここが御居所のはず。抜《ぬ》け出したばかりか後宮にまでお出《い》でになるとは」

「だって、私だって萌春に会いたかったんだ。それをおまえが駄目《だめ》だと言うから」

「私にお任せくださいと申し上げたでしょう」

「などと言いながら離宮《りきゅう》で楽しくやっていたくせに」

素知らぬ顔で言われたが、聞き流しておく。こちらも言いたいことは山ほどあるのだ。

「夏信《かしん》はあなたに脅《おど》されて入れ替《か》わられたと。一日二日ならともかく、まさか後宮に日参なさるとは思いもしなかったと嘆《なげ》いていましたが?」

翠鈴と本来組むはずだった秘書官は、明星の事情聴取《ちょうしゅ》に小さくなって白状した。こちらとしても責められない。雑務に追われ、抜け出していることも気づかなかったのだから。

「脅すなどと人聞きの悪い。少しでいいから頼《たの》むとお願いしただけだ」

にこりと笑みを向けられた。おそらくいつもの調子で命じられ振《ふ》り回されたのだろう。

夏信に同情しながら明星は本題に入った。

「趙長官と蓮妃の件は一任せよとのことでしたが──」

「元長官と元妃だ」

「……」

「まあ、別に驚《おどろ》かないな。性悪《しょうわる》には見えなかったが、取り立てて気立てが良いわけではなかったし。いや、でも魂胆《こんたん》を隠《かく》すのが巧《うま》かったのだから、やはり性悪だったということか」

明星はため息をつき、いささか抗議《こうぎ》の意をこめて言った。

「ですから申し上げたのです。勧《すす》められるまま次々と妃を迎《むか》えるのはいかがなものかと。私も含めもっと熟考すべきでした」

「何を言う。重臣や豪族《ごうぞく》豪商がこぞって娘《むすめ》を妃にと言ってきたんだぞ。取り込む好機なのに逃《のが》してどうする。恭順《きょうじゅん》する者をあえて追い返すことはない」

「しかし」

「問題は太子が病弱であること。そうではないか？　だから不満を持つ者が出てくる」

明星は言葉を呑《の》む。

不満と言われたところで、それればかりはどうすることもできないのだ。

ふふ、と含み笑いが漏《も》れてくる。

「太子の足下《あしもと》が盤石《ばんじゃく》にならねばこれからも同じことが起こるだろうな。今回担《かつ》がれようとしたのが誰かは知らないが、さて次はどこぞの者になるのか。叔父《おじ》君か、それとも父上の御隠《おんかく》し子の君か」

自分の顔色が変わるのがわかった。

しかし口を開きかけた途端《とたん》、鼻先に閉じた扇子《せんす》が突《つ》きつけられる。

翡翠《ひすい》製のそれの向こうから無垢《むく》な瞳《ひとみ》が見据《みす》えていた。まなざしに少しだけ笑みをたたえて。

「皇統さえ続くなら私はどちらでもよい。そうだろう？」

言葉を失った明星を試《ため》すように見つめてくる。

答えがないと思ったのか、それきり彼は踵《きびす》を返した。

小部屋を出ていこうとするのに気づき、その背中に明星は思わず声を投げていた。

「太子殿下《でんか》！」

小さな背中がゆっくりと振《ふ》り返る。

童子の袍《ほう》に身を包んだ姿――離宮で小璋と名乗っていた少年が、淡々《たんたん》とこちらを見た。

気を静めようと大きく息をつき、明星は硬《かた》い声を押し出した。

「……私には継承権《けいしょう》はありません。何度も申し上げたはずです」

「あるさ。皇帝《こうてい》の甥《おい》にして私の従兄弟《いとこ》なのだから。おまえの父にはなくともおまえは――」

「私にはない」

恐《おそ》れ多くも主《あるじ》の言を遮《さえぎ》ったのは、どうしても誤解をされたくなかったからだ。

「殿下はこの国で唯一《ゆいいつ》の御方《おかた》です。私はこのまま将軍家の者として皇籍《こうせき》を返上します」

何度も周囲にはそう言ってきた。おかしな噂《うわさ》が立ったび、面識もない重臣たちから誼《よしみ》を結ぼうとされるたび、家庭内で不穏《ふおん》な空気が起こるたびに。それでも振り切れないのが厭《いと》わしく、もの悲しくもあった。

ずっと傍でそれを見てきたであろう太子は、やや表情をあらためたが、特段言及《げんきゅう》することはしなかった。いつものように飄々《ひょうひょう》と受け流したようだ。

「その唯一の存在がこの形《なり》では、公主を娶《めと》ることもできない。この私を子どもの姿にするとは、まったく良い度胸だ。神だか人だか知らぬが、呪いを解いて元の姿に戻《もど》った暁《あかつき》には倍返ししてくれる」

太子が腕《うで》を組んでつぶやく。口元には不敵な笑みが浮《う》かんでいたが、瞳は真剣《しんけん》そのものだった。

ある日突然《とつぜん》、彼は子どもの姿にされてしまった。どうやら何者かに呪いを受けたらしいとわかってから、明星は太子の代わりに表に立ち、あやしい動きをする者を探《さぐ》ってきた。

そのため、恐れ多いことだが皇帝と皇后にも内密にしている。もし知れば大騒《おおさわ》ぎどころではなくなるからだ。それこそ、この隙《すき》を突こうと陰謀《いんぼう》が乱発することだろう。

事情を知るのは明星と、玲琅ら数人の腹心、そして秘書官の夏信らぐらいである。とはいえ玲琅もまさか離宮に来ていた少年が本物の太子とは夢にも思っていないだろうが。

「女人《にょにん》を口説けぬという方便も、我が考えながら少し苦しいしな。翠鈴にも余計な気を遣《つか》わせているようだし」

「……はい。ごまかすのに苦心しました」

その方便のせいで翠鈴にあやしすぎる説明をするはめになったのだ。あれで納得《なっとく》してくれて助かったが、騙《だま》しているのだと思うと申し訳なくなることしばしばだった。

「蠍《さそり》の送り主は結局わからぬのだろう？　書庫の男のほうはなんとなく予想はつくが」

「あの方だとしても、あってはならぬことです。殿下の後宮に侵入《しんにゅう》するなど」

翠鈴が遭遇《そうぐう》した件を思い出すと、ひやりとした心地《ここち》がよみがえる。

彼女の従者が言ったように、彼女はこれからもああして己《おのれ》の身の危険も顧《かえり》みず——というより気にすることもなく、太子のために働くのだろう。この後宮にいる限り。

後宮に残らせたのは他《ほか》ならぬ自分だ。あれについては太子の指示ではなかった。であれば何者からも自分が守らねば。彼女はかけがえのない友人なのだから。

「その通りだ。事は急を要する。私も引き続き離宮で調査を助けるぞ」

「……は？」

引き続きの意味がわからなかった。何をそんなに張り切っているのかも。

訝《いぶか》しげな明星に、太子がわざとらしく顰《しか》め面《つら》を向ける。

「翠鈴のことだ。私が叱《しか》られたのではと心配しているのだろう？　おまえが怖《こわ》い顔をするからだぞ。可哀相《かわいそう》に」

「それは私から説明しておきます。危険ですので殿下はここをお出になられませんよう」

「野暮《やぼ》なことを。相変わらず男女の機微《きび》に疎《うと》いやつだ」

やれやれと言いたげな顔をして、太子が扇子をこちらに向け命じる。

「翠鈴を気に入った。会いたいから行かせろと言っている」

虚《きょ》を衝《つ》かれ、明星は太子を見返す。

そんなことになるような気がしていたが、実際そう言われるとやはり驚きは大きい。いや、動揺《どうよう》したといってもよかった。

けれど、にっこりと意味ありげに笑《え》んだ彼を見ると、結局反駁《はんばく》する言葉は出てこず――。

「……」

太子の顔を見つめたまま、ひそかに拳《こぶし》を握《にぎ》りしめるしかできなかった。

あとがき

こんにちは。清家未森《せいけみもり》です。

『後宮星石占術師《こうきゅうせいせきせんじゅつし》』、お読みいただきありがとうございます！

新作出るの久々だな〜と何気なく調べてみたら、なんと前シリーズが始まったのが平成二十六年でした。え……？ 何年前？ としばらく戸惑《とまど》いました。

そんなお久しぶりの新作は、中華《ちゅうか》ファンタジーです。

その昔……三本の短編の中から投票してもらい、新シリーズとなる一本を読者様に選んでいただくという企画《きかく》があったのですが、実は今作はその中の一つが元になっています。

ちなみにその時は、私の著書であります六蓮国《ろくれんこく》物語というシリーズと、同じ世界観で登場人物も少し繋《つな》がっている、という設定でした。

当時は別のお話が選ばれたため、日の目を見なかったのですが、今回書かせてもらえることになりました。ありがたいことです。

ただ、何年も前の企画ですし、六蓮国にいたっては完結してから十年も経っているので、基本の設定のみ残して、あらためて新しいお話として書いています。

当時の企画の短編を読まれた方も、そうでない方も、六蓮国を知らない方も、皆《みな》さんに楽しんでもらえたらいいなぁと思っています。


イラストは、ボダックス先生です。キャラクターやカバーのラフを見せていただいた時から、楽しみで仕方ありませんでした。素敵《すてき》なイラストをありがとうございます！

かっこいいサブタイトルは担当様がつけてくださいました。他のタイトル候補もどれも捨てがたく、迷いまくりで嬉《うれ》しい悲鳴でした。ありがとうございました！

刊行にご尽力《じんりょく》くださった関係者の皆様にも、深く感謝申し上げます。


そして、本作を手にとってくださった皆様。

新しく始まりました翠鈴《すいりん》と明星《めいせい》のお話は、いかがだったでしょうか？

登場人物の多くが「実は○○」と、秘密を持っています。それらが明らかになるまで書かせてもらえたらいいな……と思っています。応援《おうえん》よろしくお願いします！


あとがきのページを多めにもらえたので、最後に作者の近況《きんきょう》的なことを。

長い間お仕事をお休みしていたのですが、少しずつ再開することになりまして。

仕事を頑張《がんば》るためには体力が必要だし、健康にも気をつけていこう！　ということで、地味にですがやるようになりました。

身体《からだ》に良さそうなもの（トマトジュースとか青汁《あおじる》とか納豆《なっとう》とか）を摂《と》ったり、軽く運動してみたり。でも甘いものはやめられないのよね……と、これを書きながら思ったり。

いやでも、元気に仕事を続けられるように引き続き頑張ります。健康、大事です。

それではまた、お目にかかれますように。

清家　未森

BEANS BUNKO

「後宮星石占術師 身代わりとなるも偽りとなることなかれ」の感想をお寄せください。
おたよりのあて先
〒102-8177 東京都千代田区富士見2-13-3
株式会社KADOKAWA 角川ビーンズ文庫編集部気付
「清家未森」先生・「ボダックス」先生
また、編集部へのご意見ご希望は、同じ住所で「ビーンズ文庫編集部」
までお寄せください。

後宮星石占術師《こうきゅうせいせきせんじゅつし》

身代《みが》わりとなるも偽《いつわ》りとなることなかれ

清家未森《せいけみもり》

角川ビーンズ文庫 23456

令和4年12月1日 初版発行

発行者――――山下直久
発 行――――株式会社KADOKAWA
〒102-8177 東京都千代田区富士見2-13-3
電話 0570-002-301（ナビダイヤル）
印刷所――――株式会社暁印刷
製本所――――本間製本株式会社
装幀者――――micro fish

本書の無断複製（コピー、スキャン、デジタル化等）並びに無断複製物の譲渡および配信は、著作権法上での例外を除き禁じられています。また、本書を代行業者等の第三者に依頼して複製する行為は、たとえ個人や家庭内での利用であっても一切認められておりません。
●お問い合わせ
https://www.kadokawa.co.jp/（「お問い合わせ」へお進みください）
※内容によっては、お答えできない場合があります。
※サポートは日本国内のみとさせていただきます。
※Japanese text only

ISBN978-4-04-113235-7 C0193 定価はカバーに表示してあります。

◇◇◇

©Mimori Seike 2022 Printed in Japan

角川ビーンズ小説大賞
原稿募集中！
君の〝物語〟がここから始まる！
角川ビーンズ小説大賞がパワーアップ！
https://beans.kadokawa.co.jp
詳細は公式サイトでチェック!!!
【一般部門】&【WEBテーマ部門】
賞金 大賞100万円
優秀賞30万円
他副賞
締切 3月31日
発表 9月発表(予定)
イラスト／紫 真依